LA TRAHISON QUE TU ALIMENTES

MADDISON KINGS UNIVERSITÉ

TRACY LORRAINE

CHAPITRE UN

Kane

« **E**lle est enceinte, putain, » crie Letty, sa voix se brisant d'émotion alors que des larmes coulent sur ses joues. « Elle est enceinte de toi, putain. »

Mon monde commence à tournoyer, la confusion embrumant mon cerveau alors que je la regarde fixement.

Qu'est-ce qu'elle—

« Surprise, mon chou, » dit Alana dans un souffle en enroulant ses mains autour de mon bras, sa présence me fait sursauter mais sa voix transforme mon sang en lave.

En arrachant les yeux de Letty qui est en train de se briser, je la regarde avec incrédulité.

Mon cœur bat jusque dans mes oreilles alors que j'essaie de réaliser ce qui se passe.

« Je suis désolée, ce n'était pas comme ça que j'avais

l'intention de te l'annoncer. Je voulais te surprendre mercredi soir, mais tu sais la façon dont se sont déroulées les choses, » dit-elle en baissant la voix et en haussant les sourcils.

Mon estomac se noue en repensant à l'autre nuit et il menace d'expulser tout son contenu sur le parking.

En détournant les yeux de son regard vindicatif pendant un instant, je constate que Letty est partie. Mon corps me crie de courir, de la pourchasser, de lui dire que ce n'est qu'une grosse blague et de la prendre dans mes bras. Mais je ne sais pas si tout cela serait vrai, parce que je n'ai aucune putain d'idée de ce qui se passe là tout de suite.

Je me retourne vers Alana, son sourire narquois et accompli fait exploser quelque chose en moi.

Une fureur brûlante m'envahit et efface tout le reste alors que je l'attrape par la gorge et la plaque contre le côté de ma voiture.

Un halètement de terreur s'échappe de sa bouche avant que je ne commence à l'étouffer, en fixant ses yeux maintenant remplis de larmes.

« Tu mens. » J'ai envie de lui crier au visage, mais je ne le fais pas. Je n'ai pas envie qu'elle voie à quelle vitesse je suis en train de perdre le contrôle.

« N-non, je ne mens pas, » bégaye-t-elle, tout son corps tremblant dans ma prise brutale.

Je la regarde dans les yeux, en ayant besoin de connaître la vérité.

Je sais déjà que c'est une connasse menteuse et revancharde. Je n'ai aucune raison de croire un seul mot de ce qu'elle dit.

Le fait que Letty soit celle qui ait révélé son prétendu secret me fait me poser de sérieuses questions.

Pourquoi Letty l'aurait-elle su en premier ? Et même, comment Letty connaît-elle Alana ?

Je n'ai qu'une seule réponse.

Alana.

« Monte dans la voiture, » je grogne, en ouvrant la porte arrière et en la jetant presque à l'intérieur.

Elle couine avant de se ruer sur la banquette arrière pour s'asseoir.

« Qu'est-ce que tu— »

Je lui claque la porte au nez pour ne pas avoir à entendre sa putain de voix irritante une seconde de plus.

Je verrouille les portes de la voiture pour m'assurer qu'elle ne s'échappe pas, et je commence à faire les cent pas.

Le parking est vide maintenant et pour autant que je sache, personne n'a été témoin de ce qui vient de se passer. C'est clair que l'équipe de foot n'a rien vu ni entendu parce que sinon je suis sûr que, là tout de suite, je serais probablement étendu sur le sol.

« Putain. PUTAIN, » je beugle dans l'espace silencieux.

Mes mains tremblent alors que je sors mon portable de ma poche et trouve le numéro de Letty.

Je lance un appel et je le porte à mon oreille, mais comme je m'y attendais, ça sonne sans réponse.

Je savais que rester loin d'elle ces derniers jours était une erreur. Mais après mercredi soir, je ne pouvais pas la regarder dans les yeux en sachant que je l'avais trahie. Au lieu de cela, je me suis caché avec Reid dans l'espoir que nous pourrions trouver une sorte de plan qui pourrait me sortir de toute cette merde sans avoir à tuer qui que ce soit, en l'occurrence son con de père.

Je continue de faire les cent pas, en sachant que je dois me calmer si je veux monter dans cette voiture et l'affronter sans l'étrangler.

Après avoir ramassé mon sac de sport que j'avais laissé tomber quand Letty a couru vers moi, j'ouvre la portière côté conducteur et je me laisse tomber sur le siège.

« Kane, je— »

« Ne me parle pas. Ne me dis pas un putain de mot sauf si tu n'as pas l'intention de sortir vivante de cette voiture. »

Je la regarde dans le rétroviseur alors qu'elle déglutit nerveusement.

Mon regard soutient le sien, en la suppliant de me défier, de me dire qu'elle ment, de me donner une raison de mettre mes mains autour de sa gorge et de l'étrangler jusqu'à sa mort pour la punir de ce qu'elle a fait à Letty.

Mon esprit dérive vers le moment où je lisais cette lettre, où elle me parlait de notre bébé.

Putain.

Mes doigts se resserrent autour du volant dans une prise douloureuse alors que j'essaie d'imaginer comment Letty se sent en ce moment.

En ayant le sentiment de recommencer à perdre le contrôle, j'arrache mes yeux des siens et fais démarrer la voiture.

Mes roues crissent sur l'asphalte alors que j'appuie sur l'accélérateur.

L'intérieur de la voiture est silencieux, mis à part mes respirations haletantes et ses gémissements silencieux à l'arrière, des gémissements qui alimentent dangereusement la noirceur qui essaie de s'infiltrer dans mes veines et qui menace de m'envahir.

Ce n'est que lorsque nous sommes hors du comté de Maddison qu'elle se met à parler. Bien que je ne comprenne pas pourquoi elle pose cette question, la réponse est tellement évidente.

« Est-ce que tu m'emmènes à Creek ? »

Mes dents grincent au son de sa voix.

« Je t'emmène en enfer. Et s'il s'avère que tu te joues de moi, ce sera un aller simple. »

« Pas mon mari, » supplie-t-elle, en me forçant à m'imaginer l'un des hommes de Victor. Un homme qui, apparemment, n'est qu'avec Alana que pour l'exhiber à son bras parce qu'il ne la baise jamais. J'ai quelques théories pour expliquer pourquoi, mais en réalité, je m'en fous.

Je ne peux pas m'empêcher de laisser échapper un rire.

« Ton mari est trop gentil. » Nous savons tous les deux que c'est un mensonge. C'est l'un des membres les plus fidèles de Victor, et il est tout sauf gentil. « Tu te diriges droit vers le diable. »

Un gémissement s'échappe de ses lèvres alors que je suppose qu'elle imagine Victor.

Si c'est le cas, alors elle se met le doigt dans l'œil, parce que si mon intuition est juste, alors c'est exactement ce qu'il s'attend que je fasse.

Le moment où elle se rend compte qu'en fait nous ne

nous dirigeons pas chez Victor est clairement visible car elle se redresse un peu et regarde par la fenêtre avec attention.

« Cela ne sert à rien d'essayer de mémoriser le trajet au cas où tu trouvais le moyen de t'échapper. Quelque chose me dit que tu ne repartiras jamais. »

« O-où sommes-nous ? », halète-t-elle alors que je prends un chemin de terre à la périphérie de Creek.

Nous sommes littéralement au milieu de nulle part. C'est l'endroit idéal pour affronter une ordure comme elle.

« C'est une surprise, » dis-je, avec une voix basse et menaçante.

Je m'arrête devant deux énormes portes. Si vous ne savez pas que quelqu'un vit ici, vous ne le trouveriez jamais vu la façon dont elles sont habilement cachées derrière les arbres et les buissons, mais quand vous savez, vous savez.

Après quelques secondes, elles commencent à s'ouvrir pour me laisser passer, en alertant la personne à l'intérieur qu'elle a des visiteurs.

« Putain de merde, » halète Alana alors que la maison apparaît enfin.

Je comprends sa réaction. Le bâtiment est d'une beauté envoûtante.

Le manoir de Harrow Creek se trouve en hauteur et surplombe la ville pourrie en dessous. Son style victorien a été complètement rénové ces dernières années, en ne faisant que renforcer son apparence sinistre. Tout est sombre et tortueux. Tout comme la personne qui vit à l'intérieur.

J'éteins le moteur, je sors, j'ouvre sa porte et enroule mes doigts autour de son bras pour la faire sortir.

Elle chancèle en essayant de trouver son équilibre, mais je ne m'arrête pas, je la traîne jusqu'à la porte d'entrée qui s'ouvre comme par magie pour nous.

« Je me serais habillé si j'avais su que nous allions faire la fête, » dit Reid en regardant la femme derrière moi.

Il ne porte qu'un survêtement gris, il a les cheveux ébouriffés comme s'il venait juste de se réveiller ou de mettre à la porte une femme ou deux.

« En ce qui me concerne, tu es très bien, » ronronne Alana.

« Tais-toi, » j'aboie, en jetant presque cette pute traîtresse sur Reid.

« Hé, chérie. On dirait qu'on va s'amuser avec toi. »

Vu la façon dont les yeux d'Alana s'assombrissent quand elle le regarde, il est évident qu'elle n'a aucune idée de ce qu'il veut dire.

En attrapant brutalement sa nuque, il l'entraîne vers le couloir alors que je suis derrière.

Il se dirige directement vers la porte à laquelle je m'attendais et l'ouvre.

« Tu as faim, chérie ? »

« O-oui. »

« Génial, » dit-il dans un souffle, sa voix pleine d'intentions maléfiques.

Il la pousse dans la pièce avant de me regarder et de hocher la tête et nous échangeons un regard entendu.

« Les bières sont dans le réfrigérateur. J'en ai pour un instant. » Il continue d'avancer avant que la lourde porte ne se referme avec un bang effrayant.

En souriant en moi-même, je me dirige vers sa cuisine et sors deux bouteilles avant de me laisser tomber sur l'un des canapés de l'autre côté de la pièce.

Comme promis, il revient à peine deux minutes plus tard.

« Qu'a-t-elle fait ? », demande-t-il, en faisant sauter le bouchon de sa bière et en avalant la moitié de la bouteille d'un coup avant de tomber sur le canapé d'en face comme s'il était normal d'enfermer une femme dans son sous-sol avant même de savoir pourquoi.

Je m'avance sur l'assise du canapé, en posant mes coudes sur mes genoux et je laisse tomber ma tête dans mes mains.

« Elle est venue après le match. »

« Désolé pour ta défaite, mec. L'entraîneur a merdé en ne te laissant pas jouer dès le début. »

Je lui fais un signe de la tête, en appréciant son commentaire et son soutien.

« Ouais, eh bien. Letty m'attendait mais avant qu'elle ne m'atteigne, cette garce lui est passée devant. Elle prétend qu'elle est enceinte de moi. »

« Qu'est-ce que c'est que ce bordel ? », il rechigne. « Alana ? »

« Et Letty le savait déjà. »

Ses yeux s'écarquillent. « Elles se connaissent ? »

« Vu la façon dont Letty lui lançait des regards mortels, non. »

« Merde, alors... Alana joue à quoi ? Elle essaye de se mettre entre vous ? Où est Letty ? »

« Elle s'est enfuie, je ne sais pas où elle est allée, » j'avoue.

« Elle ira bien. Elle est plus forte que nous l'imaginons. »

« Elle a perdu notre bébé, » je lâche, incapable de le garder pour moi une seconde de plus.

« Attends... Quoi ? » Si la situation n'était pas si grave, l'expression confuse sur le visage de Reid me ferait rire.

« La raison pour laquelle elle a quitté Columbia et a recommencé à MKU, c'est parce que je l'ai mise enceinte le soir de la fête de Skye. Elle l'a perdu à vingt semaines. Elle a dû accoucher et tout, mec. » Mes doigts tirent sur mes cheveux jusqu'à ce que la douleur descende sur mon cou, mais ce n'est rien comparé à la douleur dans ma poitrine quand je prononce les mots à haute voix pour la première fois.

« Putain, » il souffle.

« Je n'en avais aucune putain d'idée, » j'avoue.

« Merde. »

« Donc, qu'elle entende qu'Alana est enceinte... » Je m'arrête parce que je n'ai pas vraiment besoin d'essayer d'expliquer la façon dont Letty doit se sentir en ce moment.

« C'est quoi le plan ? », demande Reid, en vidant le reste de sa bière.

« Je ne la crois pas. Je sens qu'il y a anguille sous roche. Le fait qu'elle ait clairement fait en sorte que Letty le sache en premier. Putain, » je dis, en frottant ma main sur mon visage. « Quelque chose ne tourne pas rond. »

« OK. Je vais la faire couiner comme un putain de cochon qu'on égorge, » il promet, quelque chose de sombre traversant ses yeux au même instant.

« Assure-toi qu'elle n'est pas vraiment enceinte d'abord. »

« Kane, » il grogne. « Qu'est-ce que tu penses que je suis, un putain de monstre ? »

Je ne peux pas m'empêcher d'éclater de rire en voyant son visage feignant l'innocence.

« Nous savons tous exactement ce que tu es, » je marmonne alors qu'il sort son portable de sa poche.

En prenant la bière que j'avais oubliée, je la porte à mes lèvres alors qu'il passe un coup de téléphone. La sonnerie venant de son haut-parleur remplit la pièce avant qu'Ellis ne réponde.

« Frérot, j'ai un travail, » aboie Reid en guise de bonjour.

« Balance. »

« Alana Murray. J'ai besoin de son dossier médical. »

« Bien sûr. Donne-moi vingt minutes. »

Reid raccroche sans prononcer un mot de plus.

« Allons-nous juste attendre qu'il nous rappelle pour avoir la réponse ? »

« Je pensais que tu ne demanderais jamais, » je dis, en vidant ma bouteille et en me levant avec impatience, prêt à en découdre avec cette garce et à découvrir la vérité.

CHAPITRE DEUX

Letty

Mes poumons brûlent, en luttant pour inspirer l'air dont j'ai désespérément besoin, quand je m'arrête enfin au coin d'une rue.

J'appuie ma paume contre le mur de briques rugueux, des larmes continuent de couler sur mes joues alors que cette image d'elle en train d'enrouler sa main autour du bras de Kane ne s'en va pas.

Quelque chose en moi se brise à nouveau quand je me souviens de la façon dont elle le regardait, comme s'il était la personne la plus importante à ses yeux.

J'aurais dû le voir venir.

Je savais qu'il se jouait de moi. Je savais que c'était trop beau pour être vrai.

On ne passe pas soudainement de l'état où on déteste quelqu'un de façon aussi perverse à celui de vouloir quelque chose de sérieux.

J'étais juste trop stupide pour le voir.

En levant les yeux, je vois une enseigne avec un néon clignotant d'un magasin.

En sachant que ma fausse carte d'identité est dans mon sac à main, je passe le dos de mes mains sur mes joues et je rentre, en ayant besoin de quelque chose pour engourdir la douleur.

J'attrape une bouteille de vodka sur l'étagère et me dirige vers la caisse avec autant d'assurance que possible. Ma fausse pièce d'identité est bien faite, ça a toujours fonctionné jusqu'à présent mais aujourd'hui ne serait pas le bon jour pour que ça ne fonctionne pas.

Mon cœur bondit jusque dans ma gorge lorsque le jeune homme regarde tour à tour la carte et moi, mais après quelques secondes, il hoche la tête et me la rend avant de me passer ma bouteille.

À la seconde où je sors du magasin, je la dévisse et laisse le liquide envahir ma bouche avant d'avaler gorgée après gorgée jusqu'à ce que la brûlure devienne trop intense.

Je chancèle contre le côté du bâtiment, en voulant que le néant provoqué par l'alcool arrive plus vite mais la chaleur de mon estomac ne remplit pas mes veines aussi vite que j'en aurais besoin.

Une fois la bouteille vidée, je la jette dans la ruelle derrière moi et me délecte du bruit de son explosion au sol, un peu à l'image du désastre qu'est ma vie.

Cette pute porte son bébé. Le bébé de Kane.

Mes bras s'enroulent autour de mon ventre alors que la douleur s'abat dans mes entrailles. Le souvenir de le sentir bouger dans mon ventre me saisit et mes larmes débordent à nouveau.

Je devais avoir notre bébé. Pas elle.

En sachant que je ne peux pas perdre le contrôle en étant seule dans une ruelle, je m'écarte du mur et marche sur le trottoir en appelant un Uber.

J'ai besoin de m'éloigner d'ici.

J'ai besoin de...

J'ai besoin de quelqu'un qui puisse me remettre sur pied.

Dès qu'une voiture s'arrête à côté de moi, j'ouvre la porte arrière, sans même prendre la peine de vérifier qu'elle est bien pour moi.

Je répète l'adresse à laquelle je veux aller et m'assois.

Le monde commence tout juste à tourner autour de moi et j'ai envie de plus.

« Pourriez-vous aller plus vite ? », je demande, ma voix commençant à bafouiller, en sachant que quand j'arriverai à la maison, il y aura davantage à boire.

Mes jambes me donnent l'impression de ne plus être attachées à mon corps quand je me dirige vers la porte d'entrée. Bon sang, je n'ai même plus l'impression de posséder mon corps lorsque j'ouvre la porte et que je scanne les visages à la recherche de celui—ou de ceux—que je veux.

Tout bouge au ralenti autour de moi quand je chancèle en fendant la foule venue ici pour soutenir les gars après leur défaite ce soir. Ils étaient si près de prendre l'avantage. Si seulement Kane avait—un cri me traverse la tête rien qu'au fait de penser à son nom.

« Letty ? » Je me retourne mais ne vois pas la personne qui m'a interpelée.

Je continue de chercher, en me dirigeant tout en trébuchant vers l'arrière de la maison.

La terrasse. Ils sont sur la terrasse.

Après ce qui semble être une éternité, j'atteins la porte et je la franchis, mes yeux se posant immédiatement sur une paire d'yeux verts familiers.

« Letty. Putain. »

En quelques secondes, je suis enveloppée dans une paire de bras et je m'effondre.

« C'est bon. C'est bon. Je suis là, » dit-il dans mon oreille alors que je presse mon nez contre son torse, en respirant son odeur qui me permet de reprendre pied. « Allez, sortons d'ici. »

Je le sens se pencher comme s'il attrapait quelque chose avant de m'accompagner à l'intérieur.

Je ne lève pas les yeux ni ne regarde où nous allons, je garde les yeux fermés et j'espère qu'il s'occupera de moi.

« Qu'est-ce qui ne va pas ? » dit Leon une seconde avant que je le sente s'arrêter devant nous.

« Je ne sais pas. Je l'emmène en haut. »

Pendant qu'il parle, le corps de Luca tremble alors qu'il essaie de contenir sa colère.

Je pense qu'aucun d'entre nous n'a besoin de dire son nom à voix haute pour savoir qui m'a réduite à cet état de loque.

« Lee, » je murmure en lui tendant la main.

Il la prend sans hésiter, en la serrant en guise de soutien tandis que Luca se remet à avancer.

Nous montons tous les trois les escaliers, en laissant

la fête derrière nous et peu de temps après, l'un d'eux referme une porte derrière nous et le bruit de la musique est étouffé avant que je ne sois posée au bord d'un lit.

J'expire un souffle tremblant, en sentant leurs deux regards inquiets sur moi alors que je garde mes yeux rivés sur le sol.

« Tiens, » dit Luca en me tendant une bouteille de vodka. Ma tête me dit que j'en ai déjà trop bu et trop vite, mais mon cœur se brise à nouveau et je la prends à l'aveuglette sans lever les yeux.

« Ouah. Calme-toi, Let, » dit Leon, en me prenant la bouteille des mains après que j'ai avalé quelques gorgées.

Le bras de Luca reste enroulé autour de moi, le bout de son doigt s'enfonçant dans ma taille où il me tient fermement.

« Qu'a-t-il fait, Let ? »

Je lève les yeux et halète en voyant la noirceur dans les yeux de Luca alors qu'il me supplie de lui dire que Kane a merdé et qu'il peut prononcer un fameux 'Je te l'avais bien dit'.

« Il... Il... » Je ravale le sanglot qui menace de surgir. « Avec quelqu'un d'autre. »

« Enfoiré, » aboie Leon avant que quelque chose de l'autre côté de la pièce ne s'écrase sur le sol.

Luca reste muet mais sa mâchoire tressaute de frustration et une veine palpite sur sa tempe, en me montrant silencieusement à quel point il est furieux.

« Elle est... elle est encein— » Je n'arrive pas à faire sortir le mot de ma bouche alors qu'un sanglot finit par jaillir.

Mes larmes coulent abondamment alors que je me brise en mille morceaux devant eux.

« Merde, Letty. » Luca prend mon visage dans ses mains géantes, ses pouces essuyant mes larmes.

Je ferme les yeux, en attendant qu'il dise les mots qui vont venir. Mais quand il parle, ce n'est pas ce à quoi je m'attendais.

« De quoi as-tu besoin ? Dis-moi comment arranger les choses. »

Mes yeux se posent sur les siens. La noirceur est toujours là, mais il y a une étincelle de quelque chose d'autre que je n'arrive pas à interpréter à cause de la vodka qui coule dans mes veines.

« Luc, » prévient Leon en venant s'asseoir de l'autre côté.

« J-je— »

« Letty ? » Luca grogne en réduisant légèrement l'espace entre nous.

Mon rythme cardiaque s'accélère et le soulagement m'inonde parce que la douleur diminue un peu grâce à la façon dont il me regarde.

« F-fais-le partir. S-s'il te plaît. »

« Luc, » prévient encore Leon avant que la chaleur de sa main ne glisse le long de mon dos pour s'arrêter sur ma taille.

Un frisson me parcourt avec son contact apaisant.

« S'il te plaît, j'ai besoin de— » Je n'ai pas le temps de connaître la fin de cette phrase parce que les lèvres de Luca trouvent les miennes alors que ses doigts glissent de nouveau dans mes cheveux.

Je bouge instinctivement, en écartant mes lèvres et en

lui laissant enfoncer sa langue à l'intérieur pour trouver la mienne.

Un gémissement de désir gronde dans ma gorge alors qu'il envahit profondément ma bouche, en forçant mes pensées à sortir de ma tête et en me consumant complètement.

Ou du moins c'est ce que je pensais jusqu'à ce qu'un léger effleurement de doigts touche mon cou alors que Leon écarte mes cheveux et appuie ses lèvres directement sous mon oreille.

Et là, je me consume complètement.

La chaleur inonde mon corps alors que le baiser de Luca continue et que les mains de Leon glissent le long de ma taille jusqu'à ce qu'il prenne mes seins en coupe. Ses mouvements sont plus audacieux, plus confiants et je ne peux mettre cela que sur le compte du fait que nous nous soyons déjà retrouvés dans cette situation.

Je lève la main et l'enroule autour du cou de Luca alors que j'incline la tête pour approfondir encore plus notre baiser. Mon autre main atteint la cuisse de Leon, en ayant besoin d'être en contact avec les deux.

« Putain, Let, » Luca halète quand il arrache enfin ses lèvres des miennes, en posant sa tête contre la mienne.

Son regard soutient le mien pendant un instant jusqu'à ce que je gémisse alors que les doigts de Leon pincent mon téton à travers mon t-shirt, puis il se recule pour regarder ce que fait son frère.

« Debout. »

À sa demande, je me lève, incapable de faire autre chose que de suivre les ordres. Leon se lève avec moi, son torse appuyé contre mon dos, ses mains fermement sur mes hanches.

En passant sa main derrière lui, Luca retire son t-shirt, en révélant des centimètres de perfection tout en muscles.

« Enlève tes vêtements. »

Les mains de Leon glissent vers le haut et saisissent mon t-shirt pour le tirer. Les yeux de Luca se fixent sur chaque centimètre de peau qui se révèle jusqu'à ce que ma vue disparaisse momentanément alors que Leon le fait passer par-dessus ma tête.

À la seconde où il est retiré, Luca est de nouveau sur moi. Son torse nu est pressé contre ma poitrine recouverte de dentelle et ses lèvres sont sur les miennes.

Je m'affaisse contre lui alors que le bruissement du tissu derrière moi emplit mes oreilles avant que la chaleur de Leon ne me coince entre eux.

Putain de merde, les rumeurs étaient vraies, je pense tandis que leurs caresses et baisers experts me font tout oublier en ce moment.

Luca rompt notre baiser avant que je ne sois retournée vers Leon.

« On s'occupe de toi, Cupcake. Laisse-toi aller. »

Je hoche brièvement la tête avant qu'il n'embrasse ma mâchoire et mon cou.

« Lee, » je gémis, en ayant besoin de ses lèvres sur les miennes alors que les mains de Luca explorent mon corps d'une manière telle qu'elles ne l'ont jamais fait auparavant.

Sa bite dure se presse contre mes fesses pendant que je sens Leon contre mon ventre. L'idée de les exciter tous les deux envoie de la chaleur dans mon entrejambe, en faisant palpiter avidement mon clitoris.

Putain. J'ai envie de plus.

Je fais glisser mes mains le long du ventre de Leon et ses abdos tressautent à mon contact alors que je trouve sa ceinture.

Il me laisse le déboutonner mais il recule quand je m'apprête à glisser ma main sous le tissu.

« On est là pour s'occuper de toi, Let. Pas pour que tu t'occupes de nous. »

« N-non, ce n'est pas jus— » Je n'arrive pas à terminer ma phrase avant que ses lèvres ne viennent s'écraser sur les miennes.

Luca dégrafe mon soutien-gorge, en libérant mes seins lourds avant que ses mains ne glissent autour de mon corps pour les prendre en coupe. Il taquine mes tétons et mes hanches se mettent à bouger, en les excitant tous les deux au passage, si leurs grognements simultanés veulent dire quelque chose.

« Tu pourrais jouir juste comme ça, n'est-ce pas, Let ? Coincée entre nous alors que nous te touchons à peine, » grogne Luca dans mon oreille.

En guise de réponse, un frisson me parcourt tout le corps alors que ses mains effleurent mon ventre jusqu'à la ceinture de ma jupe.

Il l'ouvre et la laisse tomber au sol avant de faire courir ses doigts autour de la bordure en dentelle de ma culotte.

Oh putain.

Il glisse le bout de ses doigts sous la dentelle, et il embrasse mon dos alors qu'il la fait glisser sur mes cuisses.

« Oh mon Dieu, » je crie, en arrachant mes lèvres de

celles de Leon alors que les doigts de Luca trouvent mon clitoris gonflé.

« Tu es tellement mouillée pour nous, bébé. »

En fermant les yeux, je pose ma tête en arrière sur son torse alors qu'il me touche d'une manière experte tandis que Leon laisse tomber ses lèvres sur mes seins.

Plus vite que je ne le pensais possible, je cours vers ce que je sais déjà être une jouissance intense avec leurs mains et leurs bouches qui œuvrent à l'unisson pour me satisfaire.

« Oh mon Dieu, oh mon Dieu, » je chante alors que mon orgasme commence à naître avant d'exploser en moi, en faisant faiblir mes genoux et s'affaisser mon corps.

Mais aucun d'eux ne me laisse tomber.

Je suis toujours en train de savourer des répliques de mon orgasme quand mon dos heurte le matelas et Leon tombe à genoux entre mes jambes.

Nos regards se croisent un instant. Je sursaute en voyant le désir et la douleur qui me fixent.

« Lee, » je soupire, en ayant besoin de savoir qu'il va bien, mais tout ce qu'il fait c'est de secouer la tête alors qu'il ouvre largement mes cuisses.

En arrachant ses yeux des miens, il les fait traîner le long de mon corps. Ma peau brûle sous son regard avant que Luca ne tombe à côté de moi et ne réclame ma bouche une fois de plus, ses doigts chatouillant mes côtes jusqu'à ce qu'il tire sur mon téton alors que la langue de Leon atterrit sur mon clitoris.

Mon dos se cambre alors que Luca avale mes cris.

Toujours sur la fin de mon dernier orgasme, je jouis à nouveau bien avant d'y être préparée.

« Leon, » je crie, mes doigts se faufilant dans ses cheveux alors que je chevauche vague après vague de plaisir.

Ce n'est que lorsqu'un claquement fort résonne dans la pièce que je me rends compte que quelque chose ne va pas.

Leon s'éloigne de moi en même temps que j'ouvre les yeux et regarde autour de moi pour voir que Luc est parti.

« Luc. » Son nom sort de ma bouche alors que mon cœur s'effondre une fois de plus.

En rampant sur le lit, je tire sur ses draps pour couvrir mon corps nu tandis que Leon retombe sur ses fesses.

« Putain, » il grogne, en s'essuyant la bouche avec le dos de sa main, en me rappelant inutilement ce qui vient de se passer.

« Je suis redevenue sobre très vite, » dis-je alors qu'un frisson me traverse le corps.

« Cela n'aurait probablement pas dû se passer, » avoue Leon, en se relevant du sol et en attrapant mon t-shirt sur le tapis avant de me le tendre.

« Merci, » je murmure, en le lui prenant et en l'enfilant pour me couvrir.

Il se laisse tomber sur le lit à côté de moi et pousse un grand soupir.

« Je suis désolé. Je n'aurais pas dû laiss— »

« Lee, » dis-je en lui tendant la main. « Rien de tout cela n'était ta faute. S'il te plaît, ne— »

« Je n'aurais pas dû encourager ça ni continuer. Tu avais l'air si triste, Let, » dit-il, en attrapant mon visage, pour me prendre la joue en coupe et me tourner vers lui pour que je le regarde.

« Je voulais juste aider. »

Mon cœur souffre pour le garçon brisé devant moi.

Je tends la main et la place sur sa cuisse, en voulant le soutenir de la même manière qu'il le fait pour moi, seulement, je ne touche pas seulement sa cuisse, et il inspire une profonde respiration lorsque mes doigts se connectent avec sa bite encore dure.

« Merde, » je halète, en déplaçant rapidement ma main plus bas. En détournant mon regard du sien, je marmonne : « J'imagine que je devrais proposer de te rendre la pareille, hein ? »

Le son de son rire me force à le regarder à nouveau, et je ne peux m'empêcher de sourire quand je le trouve la tête renversée en arrière et un large sourire sur le visage.

« Même si j'adorerais ça, ce n'est probablement pas la meilleure idée qui soit. » Il se lève du lit et commence à ramasser mes vêtements abandonnés.

« Eh bien, quel genre d'amie serais-je si je ne faisais pas au moins une p-proposition ? », je bégaie quand je lève les yeux pour le trouver en train de tenir ma culotte pour que je l'enfile. « Merci », je murmure, en la faisant glisser de ses doigts.

« Allez, partons d'ici avant qu'il ne revienne. »

« Nous devrions aller le trouver. »

« Non, nous ne devrions pas. Allez. »

Confiante en l'idée que Leon sait exactement comment gérer son jumeau, je prends sa main tendue et le suis à travers le couloir jusqu'à sa chambre.

« C'est la salle de bain ? », je demande en désignant une porte en face de celle que nous venons de franchir.

« Ouais. » Avec un sourire de façade, je laisse Leon debout au milieu de sa chambre l'air totalement perdu.

Mon cœur me fait mal alors que je ferme la porte derrière moi et m'appuie contre elle.

La pièce autour de moi continue de tourner à cause de la vodka que j'ai consommée, mais cela n'engourdit plus la douleur. Je crains que rien n'y réussisse maintenant.

Venir ici était une erreur. Non seulement j'ai mal après les révélations d'aujourd'hui, mais maintenant j'ai blessé Luca. Encore.

« Argh, » je pleure, ma main tirant sur mes cheveux de frustration à cause toutes les putains d'erreurs que je commets. Et comme toujours, elles ont toutes un rapport avec ce putain de Kane Legend.

Les souvenirs du parking menacent de ressurgir une fois de plus mais je les refoule, en craignant que de ne pas m'en remettre si je repense à ses paroles ou à la façon dont elle le regardait.

« Let, ça va ? » Leon appelle, avec une inquiétude évidente dans la voix.

« Ouais, je sors dans une minute. »

Je m'éloigne de la porte pour aller aux toilettes avant de me laver les mains et de m'éclabousser le visage et d'essayer d'arranger mon maquillage qui ne ressemble plus à rien après toutes ces larmes et... ces baisers.

Putain de merde.

En réalisant que je ne peux pas me cacher dans sa

salle de bain toute la nuit, j'ouvre la porte à contrecœur et je fais face à Leon.

Heureusement, il a enfilé un t-shirt propre et je n'ai pas à être confrontée à son corps de malade qui me ferait me rappeler à quel point c'est bon quand il est pressé contre le mien.

Je me dirige vers l'endroit où il est assis sur son lit, je replie mes jambes sous moi et m'assois en face de lui.

« Je n'aurais pas dû venir ici. J'ai tout fait empirer. C'est juste que... j'avais besoin de vous. »

« C'est bon, Let. Tu sais que nous sommes là pour toi si tu as besoin de nous. »

« Mais— » Je regarde vers la porte, en me demandant où Luca s'est enfui et s'il va bien.

« Il ira bien. »

« Je n'aurais jamais dû lui demander de— »

« Ce n'est pas ta faute. »

« Non, tu as raison. C'est de la *sienne,* » je crache, en ne voulant même pas prononcer son nom.

« Tu veux en parler ? »

J'inspire longuement en fixant les yeux bienveillants de Leon.

« Il a couché avec quelqu'un d'autre. Elle est venue après le match. »

« Tu as dit qu'elle était enceinte— »

« C'est vrai. » Je lui parle de la femme dans le café, dont je sais maintenant qu'elle n'était pas du tout là par hasard. Elle avait tout prévu. Elle m'attendait.

« Et elle l'a juste lâché comme ça au milieu du parking ? », me demande-t-il quand je lui raconte comment ça s'est terminé.

« Yep. »

« Et il n'en avait aucune idée ? »

« Je ne suis pas restée assez longtemps pour voir sa réaction. »

« Jésus, Let. Je savais que c'était un connard, mais j'espérais vraiment que votre lien soit réel, tu sais. Malgré ce que je ressens pour lui, je le désirais pour toi. »

Je prends sa main et je la serre. « Merci, Lee. J'apprécie vraiment que tout ça ne t'ait pas fait péter un câble. »

« Tu sais que je t'aime, Let. Je veux juste le meilleur pour toi, peu importe ce que c'est. »

« Merci, » je murmure.

« Il y a plus, n'est-ce pas ? »

Je le regarde pendant quelques secondes, en me demandant comment il peut si bien lire en moi.

« Ouais, je— »

« Attends, tu n'es pas obligée de me le dire. » Je vois la panique remplir ses yeux et je me souviens de notre accord d'il y a quelques semaines.

« *Faisons un marché. Quand tu seras prêt à parler, viens me trouver et on pourra régler ça. En mettant nos vérités sur la table.* »

« Lee, tu n'as pas besoin de me dire quoi que ce soit. Ce n'est pas pour ça que j'ai envie de te parler. »

Il lâche un long soupir qui montre à quel point il est soulagé.

« Ce n'est pas que je ne veuille pas te le dire, Let. C'est juste que... je ne sais pas comment ni par où commencer. »

« C'est bon, » dis-je en lui souriant, en voulant qu'il

sache que je n'attends rien en échange du partage de mes secrets. « Il y a dix-huit mois, j'étais à une fête à Creek— »

Un gros fracas retentit de quelque part dans la maison avant que des cris et des hurlements ne nous arrivent aux oreilles.

« Qu'est-ce que c'était— »

Nos deux yeux s'écarquillent en même temps que la prise de conscience nous frappe.

« Kane. »

« Putain. »

Je suis presque sûre qu'aucun de nous n'a jamais été aussi rapide de toute sa vie quand nous volons tous les deux vers la porte.

CHAPITRE TROIS

Kane

Je suis Reid jusqu'à sa cave, ce n'est pas la première fois que je descends ici mais malgré tout, ça me choque.

Il a fait aménager tout l'endroit comme une prison avec un espace spécial supplémentaire tout au bout où il réalise ses… expériences, dirons-nous.

Il marche jusqu'au bout de la longue rangée de portes, il sort un jeu de clés de sa poche arrière et il en enfonce une dans la serrure. Le son du métal contre le métal résonne dans tout l'espace étrange.

Il entre à l'intérieur de la petite cellule, en me laissant regarder depuis la porte.

Alana est recroquevillée dans un coin avec ses bras enroulés autour de ses genoux.

Une once de culpabilité me traverse à la vue des larmes qui coulent sur ses joues, mais ensuite je regarde dans ses yeux bleus et froids et je me souviens de qui elle est. Des jeux auxquels elle essaie de jouer.

« Allons-y, » exige Reid, en la soulevant du sol par le bras et en la tirant hors de l'espace clos et sombre.

Il la fait s'assoir sur une chaise fixée au sol et s'assure qu'elle n'en bouge pas sous la simple menace du regard mortel qu'il lui lance.

« Maintenant, » dit-il, en tirant une autre chaise et en s'asseyant juste en face d'elle. « Est-ce que tu vas gâcher tout mon putain plaisir en me disant à quoi tu joues ? Ou est-ce que je vais jouer à des jeux insolites ce soir ? »

Ses lèvres se tordent et ses yeux se plissent alors qu'elle le fixe.

Respect pour elle, la plupart des gens qui seraient dans sa situation en ce moment pisseraient dans leur froc.

Je ne connais rien d'elle, ni de son passé. Tout ce que je sais, c'est qu'elle est mariée à un homme qui, pour une raison quelconque, refuse de la baiser et je suis le seul à pouvoir la divertir quand son mari est occupé. Mais à la façon dont elle regarde Reid, comme s'il n'était pas l'un des putains d'hommes les plus effrayants de la planète, je commence à me demander ce qu'elle a vécu dans sa vie pour avoir l'air si imperturbable.

« OK. Bien. Je suis content que ce soit ta décision, » dit Reid, en se frottant les mains comme s'il était un enfant qui vient d'avoir carte blanche dans un magasin de bonbons.

Il se lève de sa chaise et se dirige vers un placard qui va du sol au plafond et ouvre les portes.

Les yeux d'Alana suivent chacun de ses mouvements avant de scruter le contenu du placard. Mais encore une fois, elle ne montre aucun signe de nervosité lorsqu'elle regarde la panoplie d'outils de torture que Reid a à portée de main.

« Alors, Alana... », dit-il d'un air songeur en parcourant ses options. « Parle-moi de ta grossesse. »

« Je ne te parlerai de rien du tout, putain, » dit-elle sèchement. « Je n'ai aucune raison d'être ici. »

« Ah non ? », demande-t-il en la regardant par-dessus son épaule. « Eh bien, tu peux tout nous raconter, n'est-ce pas ? Nous donner tous les détails, nous prouver qu'il n'y a aucun problème et que nous pouvons te laisser sortir saine et sauve par la porte d'entrée. »

« J'espère que tu sais que mon mari va te tuer pour ça, » crache-t-elle.

« Ton mari, vraiment ? L'homme qui n'en a rien à foutre de toi. Qui te donne aux autres pour ne pas avoir à s'occuper de toi. L'homme qui travaille sous mes ordres. »

« Sous les ordres de ton père, pas sous les tiens. »

« Hmm... à quel point es-tu sûre de ça ? Assez pour risquer ta vie, celle de ton bébé ? »

Alana pâlit légèrement quand Reid sort un cran d'arrêt du placard. C'est une option plutôt légère compte tenu de tout ce qu'il a là-dedans, mais j'imagine qu'il veut commencer comme ça pour ensuite passer aux choses sérieuses.

« Alors, je vais te le demander encore une fois. Parle-nous de ta grossesse. »

« J'en suis à treize semaines. J'ai passé mon échographie la semaine dernière, » dit-elle en me regardant droit dans les yeux.

« Tu as des images de l'écho ? »

« Dans mon sac à main. »

« Legend, » dit Reid en faisant un signe de tête en direction de la cellule dans laquelle il l'a mise.

Je prends le sac par terre et je le lui lance.

Immédiatement, il commence à le fouiller sans gêne jusqu'à ce qu'il en sorte un petit morceau de papier carré familier.

Il le regarde en scannant tous les détails, avant de me le passer.

Mon estomac se tord douloureusement quand je le regarde. L'image est tellement similaire à celle que Letty avait de notre petit garçon, seulement quand je regarde celle-ci, je ne ressens rien.

Le bébé est évidemment plus petit et pas aussi facile à distinguer mais il est là et les détails imprimés sur le côté indiquent le nom d'Alana et la date de la semaine dernière.

« Date du terme ? » Reid aboie et elle donne immédiatement une date dans six mois.

Il s'assied à nouveau devant elle, ses yeux ne quittant jamais les siens.

« Et la date de conception du bébé ? »

« Je ne le dirai pas, » dit-elle sèchement. « C'est personnel. »

« Tellement personnel que cela te sauvera de la mort ? »

Ses lèvres s'entrouvrent alors qu'elle s'apprête à parler.

« Non, je ne pense pas. »

Elle arrache ses yeux des siens et me regarde à nouveau. « C'était la nuit où tu m'as emmenée au Greek

Place à Maddison. Nous sommes restés au Royal après dans cette incroyable suite. Tu te souviens ? »

Je hoche la tête, en ne m'en souvenant malheureusement que trop bien.

« C'était cette nuit. »

« Tu prends la pilule, » dis-je. « Et je ne me suis jamais approché une seule fois de toi sans être protégé. »

Elle rit d'un air moqueur. « Ne sois pas naïf, Kane. Tu sais aussi bien que moi que rien n'est efficace à cent pour cent. » Elle lève les yeux au ciel comme si la réponse était évidente mais malgré ce qu'elle plaide, je ne suis toujours pas convaincu par elle.

Je n'ai aucune idée de pourquoi. Peut-être le détachement dans ses mots, qui est tout le contraire de la façon dont Letty parle de sa grossesse même un an après son interruption. Quelque chose ne tourne pas rond.

La sonnerie du téléphone portable de Reid interrompt le silence alors qu'Alana et moi nous regardons, elle attend que je dise à Reid d'arrêter, et moi j'attends la vérité.

« Oui, » aboie-t-il dans le téléphone qui n'est pas sur haut-parleur cette fois. « OK, super. Merci beaucoup. Tu m'as dit tout ce que j'avais besoin de savoir. »

Il raccroche, la tension ne faisant que s'intensifier maintenant qu'il connaît la vérité.

Mon cœur bat la chamade et ma tête se met à tourner.

« Reid ? » Ma voix semble désespérée et je déteste qu'elle puisse entendre ma vulnérabilité mais j'ai besoin de savoir qu'elle ment. Je dois pouvoir aller voir Letty et lui dire que c'est des conneries, qu'elle est la seule à avoir porté mon bébé.

« Remonte, Kane. »

« Non, je veux rester ici, » je réplique.

« Monte. Maintenant. »

« Mais— »

Il se retourne et me regarde droit dans les yeux.

« Bien. Bien. » Je lève les mains en signe de reddition.

Je leur tourne le dos, je passe devant les cellules, en me demandant s'il y a d'autres personnes à l'intérieur, et si c'est le cas, si elles peuvent entendre, avant de monter les escaliers et de retourner dans sa cuisine pour prendre une autre bière. Mais avant que la porte du sous-sol ne se referme derrière moi, j'entends son cri strident.

Je m'arrête, en l'écoutant résonner, en priant pour que cela signifie que cette connasse est une putain de menteuse et qu'elle est sur le point de subir tout ce qu'elle mérite.

Je crève d'envie d'aller dans son armoire à alcools et de prendre quelque chose de plus fort, mais je sais que je ne peux pas. Dès qu'il me confirmera ce que je sais depuis le moment où Alana a ouvert la bouche dans ce parking, j'irai trouver Letty.

Je fais toujours les cent pas avec la bouteille de bière à moitié vide à la main quand la porte se referme une fois de plus et qu'il apparaît devant moi.

Son torse est tacheté de sang et il a un sourire satisfait et diabolique aux lèvres.

« Alors ? »

Sans dire un mot, il sort une bouteille de whisky et un verre, se verse une généreuse rasade avant de l'avaler.

« Qu'est-ce que tu sais sur cette garce ? »

« Rien. »

Il hoche la tête en se versant un autre verre.

« Elle a été victime de violence quand elle était enfant. »

« En voyant la façon dont elle t'a tenu tête, cela ne me surprend pas. »

« À tel point qu'elle a été admise dans un hôpital avec de graves lésions internes. »

« Et donc ? », je demande, en ne comprenant pas où il veut en venir.

« Elle est stérile, Kane. Il n'y a aucune trace d'elle montrant qu'elle est enceinte ou qu'elle l'ait jamais été. Les lésions étaient si importantes qu'elle est incapable de tomber enceinte. »

« Putain, » je soupire, envahi par le soulagement. « Alors, pourquoi ? »

« Je ne sais pas. Elle refuse toujours de parler. Mais je vais le découvrir. »

« Elle est encore en vie ? »

« Évidemment. Quelle image as-tu de moi ? Il n'y a aucune chance que je la tue sans en avoir d'abord profité. »

« Tu es foutrement malade, tu le sais ça ? »

Il se verse une autre rasade de whisky. « Tu n'aimerais pas que je change. Maintenant, qu'est-ce que tu fous encore ici ? Va trouver ta copine. »

« Appelle-moi quand tu sauras la vérité. »

« Bien sûr. Ce ne sera peut-être pas super rapide, cela dit. Quelque chose me dit qu'elle va me faire travailler dur pour ça. » Son sourire est diabolique alors que ses yeux se concentrent sur un point au-dessus de mon épaule alors qu'il imagine toutes les choses qu'il va faire avec elle.

« Eh bien, profite de ça, espèce d'enfoiré pervers. »

Il éclate de rire alors que je place la bouteille sur son comptoir et me dirige vers la porte.

« Tu dis ça comme si tu étais un putain de saint, Legend. »

« Le putain d'ange Gabriel, frérot. »

Il rit encore quand j'arrive à la porte d'entrée et que je la franchis, le laissant profiter de sa soirée de torture.

Je fais tourner mon moteur et j'appuie sur l'accélérateur en traversant la longue allée de Reid, plus qu'heureux de m'éloigner de cette garce menteuse et de la laisser *jouer* avec le diable et de découvrir où se trouvent vraiment ses limites et ce qui va enfin la faire avouer.

J'ai su que quelque chose n'allait pas à la seconde où elle m'a regardé.

Elle a toujours un air sournois dans les yeux. Dès le premier jour, j'avais le sentiment qu'elle préparait quelque chose. J'ai surtout supposé qu'elle voulait que je tombe amoureux d'elle et que je l'éloigne de son simulacre de mariage, mais elle n'a jamais rien dit une seule fois à propos de l'idée de se mettre ensemble. Enfin, jusqu'à ce qu'elle prétende porter mon enfant.

C'était peut-être de cela qu'il s'agissait, sa façon de nous forcer à nous unir.

Mais pourquoi maintenant ?

Letty.

Si elle en savait assez sur Letty pour la pourchasser et

révéler ses secrets, alors elle sait à quel point Letty compte pour moi, ce qui signifie que cette garce nous suivait.

Mes mains serrent le volant, en n'aimant pas le sentiment que cette pensée remue en moi. Cela ne fait que renforcer les mots de Letty qui me disait vouloir rester en dehors de ce monde. Je les ai compris à l'époque, personne d'autre que les enfants ayant subi un lavage de cerveau ne veut faire partie de ce monde, mais y entrer volontairement à cause de moi, non.

Seuls des putains d'idiots s'engageraient dans cette vie en sachant exactement ce que cela implique, les risques qu'ils encourent.

Je secoue la tête en pensant à moi étant jeune en train de regarder les Hawks, Victor, comme s'ils étaient des dieux. Malheureusement, c'est toujours comme ça que les choses marchent à Creek. C'est comme ça qu'ils trouvent de nouveaux membres juniors désireux d'être initiés chaque année. On leur dit qu'ils seront plus en sécurité à l'intérieur. Que leurs familles seront plus en sécurité s'ils rejoignent les rangs—si leurs pères ne sont pas déjà des membres seniors, ce qui est le cas pour la plupart d'entre eux. On attend des jeunes garçons qu'ils deviennent des membres, qu'ils suivent les traces de leur père. Et s'ils ne le font pas... eh bien, il est temps de se barrer de Creek avant que Victor et sa bande de joyeux lurons ne vous trouvent et ne vous forcent la main.

Les portes s'ouvrent pour me laisser sortir quand je m'approche, et je retourne directement vers Maddison.

Je sors mon portable de ma poche, je trouve le nom de la personne qui saura exactement où je dois aller et je l'appelle. Je mets mon téléphone sur haut-parleur et le laisse tomber sur mes genoux.

« Tu as merdé. » C'est ce qu'Ella me dit en guise de salut à la seconde où elle décroche.

« Ce n'est pas ce qu'on pourrait croire. »

Un rire amer se fait entendre à l'autre bout de la ligne. « C'est ce qu'ils disent tous. »

« Je suis sérieux. Qu'est-ce que tu sais ? », je demande, en ne voulant pas lui raconter des trucs que Letty ne lui aurait pas racontés.

« Qu'elle est revenue traumatisée. Mais ne t'inquiète pas, elle a plein d'amis qui sont là pour la réconforter, pour l'aider à la faire se sentir mieux. »

Des images précises de ce qu'elle essaie d'insinuer remplissent ma tête, en faisant se resserrer ma prise sur le volant et en faisant appuyer mon pied un peu plus fort sur l'accélérateur.

« Où est-elle ? », je grogne dans le haut-parleur.

« En train de s'amuser loin de toi, » elle crache.

« Ella, » je menace avec une voix basse.

« Kane, » elle fulmine en retour, en ne reculant pas devant ma menace.

« Très bien, je la trouverai moi-même. Elle n'est clairement pas assise à côté de toi, donc je sais exactement où elle est. J'avais déjà une vague idée, j'avais juste besoin d'une confirmation. »

« Kane, non. S-s'il te plaît, ne fais pas ça. »

« Elle est à moi, Ella. À moi. Tu peux essayer de m'arrêter autant que tu veux mais j'avancerai tant bien que mal, » je préviens.

Je suis de retour à Maddison et je me dirige vers la maison des Dunn peu de temps après.

Je m'arrête dans la rue un peu en contrebas de l'endroit où je me suis garé la première fois que je suis venu ici la trouver et repense brièvement au dénouement de cette soirée.

Un sourire diabolique menace de se former sur mes lèvres à l'évocation de ce souvenir où je l'ai emmenée dans la chambre de cet enfoiré. Mais ensuite la réalité me revient en pleine tête et je me souviens de pourquoi elle est ici, de pourquoi elle a couru vers eux.

S'ils l'ont touchée, putain...

En ouvrant la portière de la voiture, je sors et me dirige vers la maison. Contrairement à la dernière fois, je ne me cache pas et les gens me reconnaissent immédiatement.

Plus d'un essaient de m'arrêter pour me dire comment j'ai failli rebattre les cartes durant le match, mais je ne m'arrête pas pour discuter avec eux. J'ai une cible—ou deux—en tête, et je ne m'arrêterai pas tant que je ne saurai pas qu'ils sont loin de ma copine.

Si elle est contrariée en pensant que j'ai merdé, alors elle doit en discuter avec moi. Pas avec eux. Jamais avec eux, putain.

Je traverse la maison en attirant plusieurs paires d'yeux sur moi mais aucun d'eux ne s'approche. Un seul est assez courageux en imaginant qu'il sait comment me gérer.

« Kane, qu'est-ce que tu fous ? », demande Micah en venant se placer devant moi.

« Écarte-toi de mon chemin, Lewis. »

« Non, pas si tu es ici pour déclencher une guerre. »

« Putain, je suis là pour en finir. Où est-elle ? »

« J-je, euh… »

« Laisse tomber. » Je le dépasse, en l'envoyant trébucher alors que je marche dans la maison à la recherche d'un signe de Letty ou de l'un des jumeaux Dunn.

Il semble que la chance soit de mon côté quand j'arrive à la cuisine car je trouve Luca torse nu, qui me tourne le dos, la tête basse alors qu'il se penche en avant sur le comptoir.

Je devrais probablement considérer sa posture, la défaite qu'on peut y lire, mais je ne le fais pas. Mon adrénaline monte trop vite avec mon envie de me le faire.

Elle a couru dans ses bras. Elle m'a tourné le dos et a couru vers lui.

En faisant irruption derrière lui, j'enroule mes doigts autour de sa ceinture et le tire en arrière, en le jetant sur le comptoir plein de bouteilles d'alcool. Le verre vibre avec la force de la collision et elles basculent comme des dominos, chacune frappant le sol quelques secondes après la dernière, en se brisant et en remplissant la pièce d'une odeur d'alcool.

Des halètements et des cris retentissent autour de moi mais je reste concentré sur l'homme devant moi.

Je m'approche de lui et je me mets droit devant lui, mes yeux plongeant dans les siens.

« Où est-elle ? » Je beugle devant son visage alors que sa mâchoire commence à tressauter.

« Ce ne sont pas tes putains d'affaire. »

Ma main s'enroule autour de sa gorge, en la serrant en signe d'avertissement.

« Si, carrément. Elle est à moi. Où est-elle, putain ? »

« Fuck. You, » crache-t-il.

En prenant de l'élan, je fais enfin ce que j'ai crevé d'envie de faire pendant tout ce temps.

Quelque chose remue en moi à la seconde où mes articulations touchent sa joue, le son de la peau contre la peau, celui des os qui se connectent sont comme de la musique à mes putains d'oreilles.

« Connard. »

Avec une agressivité que je n'attendais pas de sa part, il me prend par surprise et me force à reculer, en me plaquant contre le mur avec son avant-bras contre ma gorge.

« Vas-y, beau gosse. Putain, essaie, » je le nargue.

Luca tend son bras en arrière, son visage crispé, la colère et la haine tourbillonnant dans ses yeux alors qu'il me fixe.

Nous avons le même gabarit, mais je sais pertinemment que je suis plus rapide quand il s'agit de se battre.

J'ai été formé par les meilleurs. Alors que je passais des heures sur le ring avec plusieurs membres des Hawks à m'entraîner, ce petit bourge était dans le gymnase et sur le terrain en train de jouer. Cela a peut-être fait de lui un quarterback qui déchire, mais cela ne va pas l'aider là tout de suite.

« Qu'est-ce que tu attends, espèce de gonzesse ? », je crache, en attendant qu'il lance son coup de poing pour que je puisse prendre le dessus.

Un grognement s'échappe de ses lèvres juste avant qu'il ne bouge, mais il n'en a pas l'occasion car une voix interrompt le silence autour de nous.

« Luca, non, » crie Letty.

En arrachant mes yeux des siens, je la trouve en train de se débattre à travers la foule pour nous rejoindre.

À la seconde où elle arrive, mon cœur se décroche et tout l'air s'échappe de mes poumons.

« Scarlett ? »

Mes yeux la supplient de me dire qu'il y a une autre raison pour laquelle elle se tient devant moi seulement vêtue d'un t-shirt d'homme, alors qu'un homme torse nu me cloue contre le mur.

« Non. » Je secoue la tête, en refusant d'accepter qu'elle se soit précipitée ici et littéralement directement dans ses bras. « Non, dis-moi que tu ne l'as pas fait. »

Elle ne peut rien dire car un autre Dunn apparaît derrière elle, ses yeux fixés sur son frère.

« Luca, ne fais pas ça. Ton bras, » dit-il doucement mais c'est suffisant pour que la prise de Luca sur ma gorge diminue.

Je regarde les deux frères tour à tour, ma poitrine se soulevant de colère.

La culpabilité brille dans leurs yeux mais personne ne dit rien.

« Princesse ? »

Quand mes yeux se posent à nouveau sur elle, les siens sont pleins de larmes retenues mais ce ne sont pas eux qui font bouillir à nouveau mon sang, c'est l'état de ses cheveux en bataille et de ses lèvres visiblement gonflées.

« Non, » crie-t-elle, clairement aussi en colère que je

le suis en ce moment. « Tu ne peux pas venir ici après tout ça et me regarder comme si j'avais tort. Tu l'as mise enceinte, Kane. »

Un halètement bruyant se propage dans tout notre public.

« OK, tout le monde fout le camp d'ici, » une voix familière retentit de quelque part derrière Letty mais je ne quitte pas mes yeux des siens pour regarder pendant que la petite blonde nettoie la pièce comme une pro avec l'aide de Leon.

« Tu peux me lâcher maintenant, » je marmonne à Luca mais il se presse plus fort contre moi. « Dégage de là, connard. »

« Va te faire foutre. »

Je me déplace plus vite qu'il ne peut l'anticiper et mon poing atterrit directement dans son orbite, en le faisant trébucher en arrière et entrer en collision avec le comptoir contre lequel je l'avais initialement poussé.

« Kane, » crie Letty, en courant vers Luca qui a glissé et est au sol, son œil déjà gonflé avec la marque rouge vif sur sa joue et le visage furieux.

Elle se met à genoux à côté de lui, en écartant doucement sa main de son visage pour inspecter les dégâts.

« Tu dois partir, » aboie-t-elle, en me regardant brièvement par-dessus son épaule. « Personne ne veut de toi ici. »

« Letty, s'il te plaît. Ce qu'elle a dit, ce n'était pas vrai. »

« Non ? » Elle se lève, se tourne vers moi, les yeux plissés. « Prouve-le. »

« Q-quoi ? »

« Prouve-le ! »

Mes lèvres s'entrouvrent pour dire quelque chose mais je n'ai pas de mots, comment suis-je censé prouver ça ?

« Tu ne peux même pas rester là et me dire que tu n'as pas couché avec elle. Tu es une putain de blague, Kane. »

La colère et la douleur en moi se mélangent et je baisse les yeux sur son corps à peine vêtu une fois de plus.

« Moi ? Tu es là, vêtue d'un de leurs t-shirts en m'accusant d'être avec quelqu'un avant même de m'avoir laissé parler. Lequel d'entre eux as-tu baisé ce soir, Letty ? Vers lequel as-tu couru pour essayer de m'oublier ? Était-ce Luca cette fois, ou as-tu encore utilisé Leon pour te sentir mieux dans ta peau ? »

« E-encore ? » une voix grogne derrière elle, et quand je regarde par-dessus l'épaule de Letty, je vois Luca en train de regarder Letty et Leon tour à tour avec les sourcils rapprochés.

« Oh, cette soirée est de mieux en mieux, n'est-ce-pas ? Il ne savait pas. Il ne savait pas que tu avais déjà baisé son frère. »

« Assez, » aboie Leon, en venant se placer derrière Letty.

« Lee ? »

« Pas maintenant, Luc. »

Un sourire s'étire sur mes lèvres avant qu'un rire de maniaque ne sorte de ma gorge.

« Tu es une putain d'hypocrite, Scarlett Hunter. » Je fais un pas vers elle tandis que Leon passe son bras autour de son épaule. « Je ne vais pas lui faire de mal, » je crache.

Il rit d'un air moqueur. « C'est un peu tard pour ça. »

« Ça ne t'a pas empêché de prendre ce qui m'appartient à la première occasion. » Mes lèvres se courbent de dégoût. « Ou est-ce que tu l'as baisé pendant tout le temps où j'étais avec elle ? »

Je n'avais aucune idée que Luca s'était levé jusqu'à ce que je sois poussé de force loin de Letty et Leon, mon épaule heurtant le mur, en envoyant une vive douleur le long de mon bras.

« Sors de ma putain de maison. » Il continue de me pousser vers la porte de derrière et je le laisse faire jusqu'à ce que nous y arrivions, puis je résiste.

« Retire tes mains. » Je soutiens son regard pendant quelques secondes avant de regarder à nouveau Scarlett. « C'est une connasse et une menteuse, Letty. Elle n'est pas enceinte, elle voulait juste te faire du mal. Mais toi, tu as fait ça. » Je fais un signe de tête vers les jumeaux. « J'espère qu'ils profiteront bien de toi parce qu'ils n'auront peut-être plus d'autres occasions quand je mettrai à nouveau la main sur toi. »

Luca et Leon s'avancent tous deux d'un air menaçant comme s'ils allaient réussir à me faire peur.

« Ce n'est pas fini, Princesse. Loin de là, » je préviens avant de tourner les talons et de sortir de la maison.

CHAPITRE QUATRE

Letty

L e silence remplit la cuisine des Dunn alors que nous fixons tous la porte que Kane vient de franchir.

Mon cœur tonne dans ma poitrine et mes mains tremblent.

Il y a une partie de moi qui a envie de le croire, de courir après lui et de lui dire que tout cela n'était qu'une erreur. Mais ensuite je me souviens de la façon dont elle le regardait. Ce qu'il dit est peut-être vrai, elle n'est peut-être pas enceinte, mais il l'a quand même baisée et elle le veut toujours.

« C'est bon, » dit Leon, en enroulant sa main autour de ma nuque et en me tirant contre sa poitrine.

« Non, » dis-je, en pressant mes mains contre lui et en faisant un pas en arrière.

Ses yeux restent rivés sur moi alors que je me tourne vers Luca qui se tient à quelques mètres de moi, adossé au mur comme si son corps ne voulait plus le soutenir. Ses épaules sont baissées et ses yeux sont embrumés comme s'il n'était pas vraiment là.

« Luc, » je soupire en faisant un pas vers lui.

Il était déjà énervé, il n'avait vraiment pas besoin que Kane lui dise que ce n'était pas la première fois que Leon et moi avions passé un moment ensemble.

Il expire un long souffle avant que ses yeux ne se lèvent enfin. Quand ils trouvent les miens, un halètement s'échappe de mes lèvres alors que je les trouve pleins de larmes retenues.

« Je suis désolée, » je murmure, en faisant un pas de plus vers lui, en ayant besoin de le réconforter, de lui dire que tout va bien se passer. Mais plus je le regarde, plus je commence à douter que ce soit le cas. Il a l'air complètement dévasté.

« Quand ? », demande-t-il enfin, ses yeux ne quittant jamais les miens.

« Il y a d-des années. C'était juste une fois, nous étions saouls. Tu étais avec... » Je me creuse la tête mais Luca étant un dragueur invétéré, ça aurait pu être n'importe qui. « Une pom-pom girl probablement. »

Un son indéchiffrable monte dans sa gorge avant qu'il ne lève la main pour passer ses doigts dans ses cheveux.

« J-je ne... je ne peux pas— »

Il s'écarte du mur et disparaît dans le couloir pour s'en aller soit à l'étage, soit hors de la maison, je n'en ai aucune idée.

Je me tiens là, mon corps s'affaissant de dépit alors que je me demande comment cette journée a pu se transformer en une telle putain de mascarade.

Je me retourne, mes yeux trouvant immédiatement ceux de Leon.

« Je suis désolé, » articule-t-il, et j'acquiesce, en acceptant ses mots. Ce n'est pas sa faute.

« Moi aussi. »

« Nous devrions retourner au dortoir, » dit finalement Ella, en me rappelant que quelqu'un d'autre assistait à ce cauchemar.

« O-ouais. »

« Non, Let. Reste, s'il te plaît. J'ai besoin de savoir— »

« Je ne peux pas, Lee. » Je regarde la porte que Luca a franchie il y a à peine une minute. « Il n'a pas besoin de moi ici. »

« Mais je veux— »

« Tout ira bien pour elle avec nous au dortoir, » dit Ella, en me tirant contre elle et en enroulant ses bras autour de moi. « Je pense que laisser tout le monde se calmer est probablement la meilleure chose à faire. »

Les lèvres de Leon s'écartent pour argumenter une fois de plus mais il doit se rendre compte qu'Ella a raison car au lieu de discuter, il prend un peu de recul et dit : « Je vais aller chercher tes affaires. »

À la seconde où il disparaît par la porte, je me tourne vers Ella et en regardant ses yeux inquiets, je m'effondre.

Elle me prend dans ses bras et me laisse pleurer sur son épaule.

Je n'ai aucune idée du temps qui passe, mais je ne me

rends même pas compte que Leon nous a rejointes jusqu'à ce qu'elle le remercie et passe sa main dans mes cheveux.

« Allons-y, ma belle. »

« A-attends, je dois— » J'attrape mes Converse avant de les enfiler.

Elle fait un signe de tête à quelqu'un à travers la petite fenêtre de la porte de la cuisine et pas une seconde plus tard, Micah entre.

« Prêtes ? »

« Ouais, » répond Ella pour nous deux avant de me conduire vers la même porte que Kane a traversée en trombe il n'y a pas si longtemps.

L'air du soir de la fin de l'été me frigorifie à la seconde où nous sortons et j'enroule mes bras autour de moi pour essayer de me réchauffer alors que nous nous dirigeons vers la route.

« Tiens, » dit Micah, en enlevant son sweat à capuche et en le posant sur mes épaules.

« Merci, » je murmure.

À la seconde où nous marchons sur le trottoir, je ne peux pas m'en empêcher de lever les yeux pour voir si la voiture de Kane est là.

Je me déteste de faire ça mais je ne peux pas m'empêcher de le vouloir même après tout ce qui s'est passé ce soir.

Rongée par la culpabilité de le chercher lui et non Luca, je regarde en arrière vers la maison et vers sa fenêtre. Il fait noir et il n'y a aucun mouvement à l'intérieur donc, avec un soupir, je me retourne vers la voiture de Micah et monte à l'intérieur après qu'Ella m'a ouvert la portière.

Nous sommes tous silencieux alors que Micah démarre le moteur et entreprend le court trajet de retour vers le dortoir.

Ella s'assoit à côté de moi et prend ma main, en la serrant pour me soutenir.

En appuyant ma tête contre la fenêtre, je regarde l'obscurité à l'extérieur.

Tous les deux m'ont escortée jusqu'à ma chambre, encore une fois sans rien dire et je ne pourrais pas être plus reconnaissante de ce soutien silencieux. Je pense que suffisamment de mots ont été dits ce soir.

Ella prend place à côté de moi sur mon lit pendant que Micah reste debout, hésitant.

« Tu veux quelque chose à manger, à boire ? »

Je secoue la tête de gauche à droite.

« Je vais te chercher une bouteille d'eau, » dit-il quand même et il se glisse hors de la pièce.

« Je suis désolée d'avoir gâché ta soirée, » je marmonne doucement à Ella.

« Ne sois pas idiote. Les gars ont perdu. La fête n'était pas vraiment géniale. »

« Ce n'est pas la question. »

Micah rentre et place la bouteille sur ma table de chevet.

« Est-ce que je peux faire quelque chose ? Je suis sûr que je pourrais faire en sorte qu'Ellis demande aux autres de lui botter le cul pour toi. »

Un petit sourire se dessine sur mes lèvres.

« Merci, mais ça va. Je pense que je suis peut-être celle qui a vraiment merdé ce soir. »

« Que s'est-il passé, Let ? », demande doucement Ella.

En expirant longuement, je retombe sur mes oreillers alors que les larmes me montent à nouveau aux yeux.

« J-je pense qu'il a couché avec quelqu'un d'autre. »

« Connard, » elle crache. « Je vais le tuer, put— »

« Ella, » je dis sèchement, en la coupant. « Nous n'avions pas officialisé notre relation, nous n'avons établi aucune règle ou autre— »

« Mais quand même, ce n'est pas— »

« J'ai couru directement dans les bras de Luca et Leon et... merde. Je ne suis pas vraiment innocente non plus. »

« Tu as été prise en sandwich par les jumeaux ? », demande-t-elle avant que nous n'éclations de rire tous les trois.

C'est tellement mal. Tellement, tellement mal, mais après toutes les larmes et la douleur, ça fait vraiment du bien.

Je me lève, m'adosse au mur, et je regarde mes genoux.

« J'ai merdé. Mais... merde. »

« Ils étaient aussi bons que ça ? », demande Ella, les yeux pétillants d'excitation.

Je soupire, en souhaitant que la situation soit différente. « Ouais, aussi bons. »

« Jésus, » marmonne Micah en passant ses mains dans ses cheveux. « Est-ce vraiment ce que tu veux ? Vraiment ? Deux à la fois ? »

Pour n'importe qui d'autre, il semblerait poser une

question normale, mais je vois qu'il y a plus. Je vois que ça le tue à petit feu.

« C'est juste un fantasme, » je réponds pour Ella dans l'espoir de l'aider un peu. « Je suis sûre que tu ne refuserais pas deux filles à la fois. »

« Une, ce serait déjà pas mal, » marmonne-t-il, en se levant tandis que ses yeux restent rivés sur Ella. « Si tu as besoin de quoi que ce soit, je serai dans ma chambre. »

« Merci, Micah. Tu es un super ami. » Il me sourit avant de disparaître et de me laisser seule avec Ella.

« Mon Dieu, c'est quoi son problème ? », demande-t-elle une fois qu'il est assez loin pour ne pas entendre. « Il a besoin de baiser, » dit-elle en répondant à sa propre question.

« Hmm... », je marmonne, en ne voulant pas m'immiscer pas dans la vie des autres alors que la mienne est un tel bordel. « J'ai besoin de prendre une douche, » j'admets avant qu'elle ne commence à creuser.

« Tu veux que j'attende ? »

Je regarde l'horloge et mes yeux s'écarquillent quand je vois qu'il n'est pas si tard. J'ai l'impression que cette journée a duré une semaine.

« C'est bon, je vais probablement m'écrouler de fatigue, » je mens. La réalité est que je vais passer toute la nuit à regarder mon plafond en pensant à toutes les choses que j'aurais pu faire différemment car mes regrets menacent de me noyer.

« OK, si tu es sûre de toi. Je suis prête à passer une nuit à regarder des comédies romantiques niaises avec un pot de glace chacune pendant que tu noies ton chagrin. »

« Je veux juste dormir. »

« OK. J'attendrai un autre jour pour dépoussiérer mes vieux DVD. »

« Marché conclu. »

« Appelle-moi si tu as besoin de quoi que ce soit. »

Elle disparaît et à la seconde où la porte se referme derrière elle, tout mon corps s'affaisse de tristesse et je chancèle jusque dans la salle de bain.

En vrai, je n'ai pas l'énergie de me doucher, mais à chaque fois que je bouge, je peux sentir l'odeur de Luca et Leon sur moi et j'ai besoin de la faire partir. J'ai besoin d'oublier à quel point j'ai merdé ce soir.

Les effets de la vodka semblent avoir disparu depuis longtemps maintenant, en laissant juste un battement sourd et persistant derrière mes tempes.

Je retire le t-shirt de Leon, je laisse tomber ma culotte et me place sous le jet d'eau en espérant que cela n'effacera pas seulement leur odeur mais aussi les souvenirs de chaque mauvaise décision que j'ai prise ce soir.

Je n'aurais pas dû m'enfuir.

Si je n'avais pas paniqué à l'idée qu'une autre soit tombée enceinte de Kane, alors peut-être que tout cela aurait pu être évité.

Je retombe contre le mur carrelé et glisse jusqu'à ce que mes fesses touchent le sol.

La colère qui recouvrait le visage de Kane quand il a réalisé ce que j'avais fait avec les Dunn emplit mon esprit avant de me souvenir de la dévastation totale de Luca lorsqu'il a découvert que Leon et moi lui mentions depuis des années.

Un sanglot me déchire la gorge alors que je laisse

tomber ma tête dans mes mains et finis par me laisser me noyer dans mes regrets et la douleur qui les accompagne.

L e bruit de personnes en train de s'activer à l'extérieur de ma chambre me réveille le lendemain matin bien avant que je ne sois prête à affronter la réalité.

Mes yeux sont gonflés et douloureux à force d'avoir pleuré jusque tard dans la nuit, et mon corps est lourd d'épuisement.

En me retournant, j'attrape mon portable et regarde l'heure, en remarquant bien que je n'ai pas d'appels ou de messages de Kane ou de Luca.

Je comprends. Ils doivent tous les deux me détester maintenant.

« Argh, » je gémis dans mon oreiller, en sachant que je dois faire quelque chose concernant le désastre qu'est ma vie, mais en réalité, je serais plus qu'heureuse de me cacher dans ma chambre toute la journée et de ne parler à personne.

En refusant de me comporter en victime, je traîne mes fesses hors du lit et je m'habille.

Il y a une personne dans tout ce bordel qui n'a rien fait de mal et c'est par là que je dois commencer.

J'enfile un jean et un pull, je ramasse mes cheveux en un chignon négligé et applique une légère couche de maquillage avant d'ouvrir ma porte.

Tous les yeux se tournent vers moi quand je sors, en me rappelant que chaque personne ici est consciente de ce qui s'est passé la nuit dernière. Mes joues rougissent alors que l'image de Leon entre mes cuisses me frappe.

À quoi diable pensais-je ?

Je ne pensais pas. J'étais alimentée par la colère et la vodka.

Personne ne dit rien pendant que je me fraie un chemin dans la pièce et je déteste qu'ils marchent sur des œufs à cause de moi.

« C'est bon, vous pouvez continuer comme si je n'étais pas là. »

« Tu as causé une scène hier soir, » dit Brax après quelques secondes maladroites.

« Désolée si j'ai flingué la fête. »

« Nous n'étions pas vraiment d'humeur de toute façon, » ajoute West.

« Clairement, c'est toi qui nous as permis de nous divertir. »

« J'aurais bien envie de te répondre 'de rien' mais... » Je m'interromps.

« Comment tu te sens ? » Ella demande avec empathie.

« Mieux que je ne devrais. » Je suppose que j'ai dégrisé avant de m'endormir donc j'ai réussi à éviter une gueule de bois carabinée.

« Tu as faim ? », demande Violet en poussant une assiette de gâteaux dans ma direction.

« Merci, » je marmonne, en en prenant un.

« Je... hum... » Je montre la porte du doigt. « Je dois essayer d'arranger certaines choses. »

Je peux voir la curiosité sur leurs visages quand ils se demandent qui je vais voir exactement, mais aucun d'entre eux ne me le demande, ils hochent simplement la tête ou sourient tristement alors que je les laisse.

Au moment où je m'arrête devant chez les Dunn, je suis comme une loque nerveuse. Non seulement je vais devoir leur faire face après ce qui s'est passé entre nous, mais je vais aussi devoir regarder tous leurs colocataires dans les yeux.

En expirant longuement, je descends de la voiture avant de me convaincre de retourner au dortoir et de me cacher.

En ne voulant réveiller personne, je renonce à appuyer sur la sonnette et entre. Il y a de fortes chances qu'ils ne me laissent pas entrer s'ils voient que c'est moi, de toute façon.

Des bruits de conversation viennent du salon, alors je me dirige par-là dans l'espoir d'y trouver Luca.

Je m'arrête dans l'embrasure de la porte, la vue devant moi me laisse littéralement sans voix.

Je dois faire du bruit car au bout d'une seconde, tous les regards se tournent vers moi.

« Letty ! » Shane, le frère cadet des jumeaux, annonce joyeusement alors que mes yeux restent fixés sur Luca, qui berce sa petite nièce.

Les yeux de Luca se lèvent vers les miens mais je ne vois aucun bonheur en eux et mon cœur se brise à nouveau. Son œil est noir et enflé et sa joue a une vilaine ecchymose à cause du coup de poing de Kane la nuit dernière. Mon estomac se retourne à l'idée qu'ils se soient battus à cause de moi.

« Salut, » dis-je, en finissant par regarder Shane

quand la tension dans la pièce commence à devenir trop forte. « Elle est magnifique. »

Le sourire de Shane illumine son visage alors qu'il jette un coup d'œil à sa fille.

« Merci. » Il touche la femme à côté de lui. « Tu te souviens de Chelsea, n'est-ce pas ? »

« Bien sûr. » Je lui souris gentiment alors que je me tiens maladroitement debout, en sentant les yeux de Luca me brûler.

« Que veux-tu, Let ? », aboie-t-il, en faisant haleter Shane de surprise.

« J-je, euh... j'espérais que nous pourrions discuter, » dis-je maladroitement, en me tordant les mains alors que tout le monde me regarde.

« Leon est à l'étage si tu as besoin de parler à quelqu'un. Vous semblez être proches tous les deux ces temps-ci. »

« Luc, s'il te plaît. Ce n'est pas comme ça. »

« Ah bon ? Alors c'est comment ? Parce que la dernière fois que je vous ai vus ensemble, il avait la tête— »

« Luca, » tonne Leon derrière moi, en coupant ses mots.

Je ne me retourne pas pour regarder Leon, même si je sens le léger contact de ses doigts sur le bas de mon dos alors qu'il passe devant moi. J'apprécie le soutien, mais je ne pense pas que ce sera suffisant.

« Nous étions sur le point de prendre le petit-déjeuner, tu veux te joindre à nous ? »

« Elle ne peut pas, » répond Luca pour moi.

« Luc, s'il te plaît. On peut juste discuter ? »

« Tu as eu des années pour me dire la vérité, Let. C'est trop tard. »

Mes lèvres s'entrouvrent pour répondre mais je réalise rapidement que je n'ai aucun argument.

« Il n'y avait rien à dire, » répond Leon pour moi. « C'était il y a des années et nous avons tourné la page. Comme toutes les lycéennes avec qui tu as passé du bon temps. »

La mâchoire de Luca tressaute alors que Shane et Chelsea nous regardent tous les trois tour à tour, j'imagine en train d'essayer de se figurer ce qui se passe.

« Ouais, la différence est qu'elles ne signifiaient rien pour moi. Elles n'étaient rien. Pas ma meilleure amie, » dit-il, en plissant les yeux vers Leon. « Ou mon frère. » Il me fixe du même regard.

« Luca, je— »

« Non, » il dit sèchement. « Je n'ai pas envie de parler de ça maintenant. Tu dois partir. »

Tout l'air de mes poumons se vide en entendant ses mots. Jamais il ne m'a parlé comme ça auparavant. Les larmes me brûlent les yeux alors que je le supplie silencieusement de m'écouter.

« Scarlett, » il crache.

« Bien. Bien. » Je lève les mains en signe de reddition. « Mais ce sont des conneries et tu le sais. » Je me tourne vers Shane et Chelsea et je leur souris tristement. « Je suis désolée de vous avoir interrompus. J'espère que vous passerez une bonne matinée tous ensemble. »

Avec un dernier regard sur un Luca au cœur brisé qui est toujours en train de bercer sa belle nièce, je tourne les talons et cours vers la porte d'entrée, en réalisant pour la première fois que venir ici et essayer de lui parler était une énorme erreur.

« Letty, attends. »

« Bien sûr que tu as envie de lui parler, putain. Autant l'emmener à l'étage et continuer là où tu t'étais arrêté la nuit dernière, » j'entends Luca marmonner, mais je ne m'arrête pas, je ne peux pas.

Clairement, Leon l'ignore aussi si les pas qui martèlent le sol derrière moi veulent dire quelque chose.

« Letty, » il m'appelle alors que je suis presque au niveau de ma voiture.

« Non, Leon. Je dois partir. »

« Il est juste en colère. »

« Je sais. »

« Il va se calmer, donne-lui juste un peu de temps. »

Il finit par me rattraper. Sa main s'enroule autour de mon bras et il me fait pivoter pour lui faire face.

Sa respiration se coupe lorsqu'il voit mes joues humides.

« Il ne se calmera pas, Lee. Je l'ai assez blessé avec Kane. Si tu ajoutes la nuit dernière et— » Un sanglot éclate alors que j'envisage la possibilité d'avoir foutu en l'air ma relation avec mon meilleur ami de façon définitive.

« Ça va aller. C'est juste la pression de la saison et tout. »

Leon m'entoure de ses bras, mais contrairement à d'habitude, je ne fonds pas dans son étreinte. Je suis trop brisée pour même accepter son réconfort.

« Je dois y aller. » Je m'écarte de sa prise et sans un autre mot, je me dirige vers ma voiture.

À la seconde où le moteur se met en marche, j'appuie sur l'accélérateur et je m'éloigne de la maison, en sentant les yeux de Leon sur moi pendant tout ce temps. Mais je ne regarde pas en arrière. Je ne peux pas. Ça ne ferait que me briser plus vite si je voyais son regard.

CHAPITRE CINQ

Kane

La porte d'entrée de la maison s'écrase contre le mur, en alertant ceux qui pourraient être ici que je suis de retour à la maison. Cela dit, quand je fais un pas à l'intérieur, je me rends compte que personne ne l'a probablement remarqué parce qu'il y a de la musique à fond dans le salon.

Quand je me dirige vers l'endroit d'où vient la musique, le fait de savoir que j'arrive en plein milieu d'une une putain de fête ne fait qu'ajouter à ma colère déjà incontrôlable.

En ouvrant la porte, je constate que ça ressemble plus à une fête privée qu'à une soirée déchaînée.

Devin et Ezra sont au milieu de la pièce avec deux filles chacun, en train de se frotter sur eux.

« Ah, un de plus pour se joindre à la fête, » crie Devin, en faisant se tourner ses deux filles vers moi. De larges sourires illuminent leurs visages tandis que leurs yeux me dévorent.

« Nan, allez vous faire foutre, » je hurle plus fort que la musique alors que je les dépasse pour aller en trombe dans la cuisine.

« T'es toujours tendu du string à cause de Letty ? », il m'interpelle.

Je m'arrête net et me retourne vers lui.

« Qu'est-ce que tu viens de dire, putain ? », je crie en poussant la fille devant lui sur le côté et en me mettant devant lui.

« J'ai dit— »

Mon poing attrape son t-shirt alors que je le pousse en arrière, en forçant la deuxième fille à s'écarter de là.

« C'est quoi ce bordel, Legend ? », il aboie quand il heurte le mur avec un bruit sourd.

« Ne te mêle pas de mes putains d'affaires, » je bouillonne, en me penchant contre lui jusqu'à ce que nos nez se frôlent presque.

« Qu'est-ce qui s'est passé ? »

Le souffle de mes respirations haletantes se répand son visage alors que les images des dernières heures défilent dans mon esprit comme un putain de film.

« Putain, » j'aboie, en le relâchant brutalement. « PUTAIN. »

En me retournant avec mes mains dans mes cheveux, je vois Ellis qui arrive en courant dans la pièce avec un air paniqué sur le visage.

« Allons-y, » me dit-il en tenant la porte ouverte et en faisant un signe de tête vers les escaliers.

« J'ai besoin d'un putain de verre. »

« Je t'en prends un. »

« Qu'est-ce qui s'est passé ? », Devin demande à nouveau, en commençant à avoir l'air désespéré.

« Retourne avec tes putes, » marmonne Ellis alors que je passe devant lui, en prenant les escaliers quatre à quatre jusqu'au dernier étage.

La porte de ma chambre se referme sur elle-même alors que je commence à faire les cent pas, en essayant désespérément de faire sortir de ma tête l'image de Letty prise en sandwich entre les jumeaux Dunn.

« PUTAIN, » je beugle une fois de plus avant qu'Ellis ne me rejoigne, en fermant ma porte derrière lui et en me jetant une bouteille de vodka.

Sans perdre un instant, je dévisse le bouchon et la porte à mes lèvres, en avalant le liquide comme si c'était de l'eau.

« Commence à parler, » exige-t-il en se laissant tomber sur la chaise de l'autre côté de la pièce.

« Putain d'Alana. »

« C'est ce que j'ai cru comprendre quand Reid a appelé. Elle prétend être enceinte de toi ? »

« Ouais, en plus elle l'a d'abord dit à Letty. »

« Merde. »

« Tu n'en as pas idée, putain. Elle a couru chez ces putains de Dunn pour se défouler en prenant son pied. »

« Merde, » dit-il encore.

« Je dois sortir de ce merdier, E. Je ne peux pas continuer comme ça. » Je regarde par la fenêtre dans l'obscurité alors que je tire mes cheveux, en souhaitant pouvoir m'éloigner d'une manière ou d'une autre de Victor et de tout ce qu'il continue d'exiger de moi.

« Je pensais que Reid s'en occupait, » dit Ellis en répétant ce que je lui ai dit après qu'il a demandé où j'avais disparu la semaine dernière en constatant que je ne venais pas en cours.

La vérité, c'est que je n'ai aucune idée de ce que Reid mijote, à part qu'il mijote quelque chose. Les conneries avec les expéditions ont clairement un rapport avec lui, je n'ai juste aucune idée de sa stratégie.

J'espère qu'il envisage d'éradiquer Victor de la surface de la Terre, mais nous savons que ce n'est pas aussi simple que d'appuyer sur une gâchette. Il a le pouvoir sur trop de choses, trop d'alliés dans des endroits que nous ne connaissons même pas. Ce serait carrément suicidaire de l'éliminer sans avoir un bon plan.

« Ouais, eh bien, il n'agit pas assez vite. Je ne peux pas vivre ces deux vies à la fois. Ça ne marchera pas. »

« Est-ce que ce sont ces deux vies le problème ? Ou est-ce Letty ? »

« Elle les a baisés. Les deux, à la seconde où elle a pensé que j'avais merdé, » dis-je, les mots sortant de ma bouche sans les contrôler. L'émotion dans ma voix me fait grimacer. Ça me fait paraître faible et je suis tout sauf un putain de faible.

« Tu es sorti avec Alana mercredi soir. Tu l'as emmenée à l'hôtel, » me fait-il remarquer gentiment, ce souvenir faisant se retourner mon estomac. « Tu ne penses pas que c'est un peu hypocrite de la juger alors qu'elle pensait que tu avais mis une autre enceinte ? »

« Je ne—putain. Je ne sais plus rien en ce moment, E. »

« Eh bien, elle n'est pas réellement enceinte, c'est déjà quelque chose, non ? »

Je le fixe un instant, en sentant le poids de la dévastation que Letty a dû ressentir quand Alana a mis ce fardeau sur mes épaules.

« Letty est tombée enceinte le soir de la fête de Skye l'année dernière. »

Le menton d'Ellis se décroche.

« Elle l'a perdu à vingt semaines. »

Il passe sa main sur son visage alors que mes mots s'enregistrent. « Putain, Kane. »

« Le fait d'entendre qu'Alana était enceinte a dû la tuer. »

« Merde. Depuis combien de temps tu sais ça ? »

« Elle me l'a dit la nuit de mon accident mais elle n'a pas dit qu'elle avait fait une fausse couche. Je l'ai accusée d'avoir avorté et je suis parti en trombe. »

« Une fausse couche à vingt semaines. C'est comme— »

« L'enfer ? »

« Ouais. »

« Elle n'en a parlé à personne. Elle a traversé ça toute seule. »

Il reste silencieux pendant quelques secondes alors qu'il regarde ses mains avant de lever les yeux vers moi. « Kane, tu dois lui parler. Ce qu'elle a fait ce soir, putain. Je comprends. Tu peux quand même imaginer ce qu'elle a dû ressentir ? »

Je secoue la tête, l'émotion me bloquant la gorge à cette seule pensée.

« Elle a couru vers eux, E. Vers tous les deux. »

« Peux-tu la blâmer ? Ils ont toujours été là pour elle. Tout ce que tu as fait de ton côté, ça a été de lui rendre la vie difficile. »

« Merci, » je marmonne en me laissant tomber sur mon lit et en portant à nouveau la bouteille à mes lèvres.

« Qu'est-il arrivé à Alana ? »

« Je l'ai laissée avec Reid. »

« Alors elle est morte, » dit-il sur un ton impassible.

« Je ne sais pas. Il avait l'air très excité d'avoir l'occasion de s'amuser avec elle. »

« Bien sûr que oui. Elle est totalement son type. »

« Quoi, une pute ? »

Il jette la tête en arrière et éclate de rire. « J'allais dire blonde mais ouais, une pute ça marche aussi. »

Avec l'aide d'Ellis, je finis par boire jusqu'à m'évanouir et quand je me réveille, le soleil passe à travers les rideaux ouverts et j'ai une gueule de bois d'enfer.

« Jésus, putain, » je marmonne en me retournant et en enfonçant mon visage dans l'oreiller pour protéger mes yeux de la lumière.

Je retombe dans les vapes jusqu'à ce que tout me frappe à nouveau.

Elle a couché avec les putains de jumeaux. La douleur traverse ma poitrine.

Ça ne devrait pas me faire aussi mal. Je ne devrais pas m'en soucier autant.

Surtout en sachant que j'ai mal agi aussi.

En me penchant, je me rends compte que je porte toujours les vêtements de la nuit dernière. Je sors mon portable de ma poche et le met devant mon visage pour voir l'heure.

« Putaaaain, » je gémis quand je vois à quel point il est tard avant de remarquer le nombre d'appels manqués que j'ai de Reid.

Je tape sur l'écran, et je le rapproche de mon oreille pour le rappeler.

« Bonjour, » gronde-t-il dans le haut-parleur.

« Chut, » je siffle.

« Tu es sorti pour célébrer le fait que tu ne vas pas avoir d'enfant avec le diable incarné ? », demande-t-il, l'amusement remplissant sa voix.

« Quelque chose du genre. Qu'est-ce qu'elle a dit ? »

« Carrément tout mais je mettrais ma main à couper que c'est un coup monté. Elle est peut-être une garce bornée mais je ne pense pas qu'elle ait fait ça toute seule. »

« Qu'est-ce que tu penses ? », je demande, mais je pense que je sais déjà ce qu'il va dire.

« Victor. »

Je gémis lorsqu'il prononce le nom que je redoutais.

« J'ai besoin de sortir de là, mec. Putain, je ne peux plus faire ça. »

« Je sais. Ça va arriver. J'ai juste besoin d'un peu plus de temps. »

Je gémis à nouveau dans le téléphone, en roulant sur le dos et en passant mon bras sur mes yeux.

« Je t'appellerai quand j'en saurai plus. Fais-moi confiance, hein ? »

« Je sais, je sais. C'est juste que... »

« Je vais te faire sortir de là. »

Je raccroche, en ne me sentant pas vraiment confiant à l'idée qu'il gère ça alors que je devrais probablement le faire. Je veux avoir confiance dans le fait qu'il peut le faire, mais je crains que cela ne prenne trop de temps. Je dois me concentrer sur les cours et le football si cela doit être ma vie mais je pourrais aussi bien partir et devenir un membre senior des Hawks.

Peut-être que cela a toujours été mon destin et que le reste n'était qu'une chimère. Quelque chose de presque atteignable mais pas tout à fait. Un peu comme Letty. J'ai eu un avant-goût avant que ma vie de merde n'interfère et ne gâche tout.

En ayant besoin de sortir de la maison et de cet endroit, je me douche, je m'habille et je saute dans ma voiture.

Je n'ai pas de destination en tête mais quand je passe le panneau Rosewood, je ne suis pas vraiment surpris. Après avoir déménagé ici pour donner à Kyle un nouveau départ après sa sortie de prison, c'est devenu une sorte de sanctuaire pour moi. Quelque part loin de la vie de merde que j'étais obligé de vivre à Creek et loin des Hawks.

Ici, personne ne savait qui j'étais. Ils n'avaient aucune idée des choses que j'avais faites, des gens que j'avais blessés, des vies que j'avais ruinées. J'étais juste un homme qui s'occupait de son jeune frère, en lui donnant la seconde chance qu'il méritait après s'être fait entuber par l'enfant démoniaque de Victor Harris.

Je pense à Gray et à ce qui aurait pu lui arriver après qu'il a essayé d'enlever Harley à mon frère comme moyen de lui donner une leçon pour l'avoir trahi. Victor ne semble pas se soucier que son plus jeune fils soit porté disparu. Je n'ai même jamais eu la chance de voir le mien sur un écran mais je sais déjà que j'aurais donné ma vie pour lui sans hésiter. Je ne peux pas comprendre comment on peut si facilement tourner le dos à sa propre chair et à son propre sang.

Plus j'y pense, plus j'arrive à la conclusion qu'il doit y avoir plus de choses dans l'histoire qu'il n'y paraît.

J'expire en me garant dans le parking en bord de mer et en coupant le moteur. Je reste là et regarde les vagues s'écraser sur le rivage et les familles qui profitent au maximum du soleil de fin d'été.

Comment aurait été la vie maintenant si Letty avait eu notre bébé ? Aurions-nous trouvé un moyen de former une famille ? Cela aurait-il pu être nous, là-bas, en train de montrer à notre petit garçon comment construire des châteaux de sable ou en train de plonger ses orteils dans l'eau chaude de l'océan ?

Je sors mon portable de ma poche, je cherche son numéro et je l'appelle. Je ne sais pas à quoi je m'attends après ce qui s'est passé la nuit dernière, mais je ne peux empêcher une vague de déception de m'inonder lorsque je finis par tomber sur sa messagerie vocale.

À la seconde où je retire mon portable de mon oreille, la déception fait place à la colère. L'image d'elle avec les Dunn revient en force et fait se serrer mes poings en me remémorant le souvenir de mes articulations qui touchent le visage de Luca.

Ce coup de poing a été long à venir, mais putain c'était loin d'être suffisant.

Je reste assis là à regarder l'océan alors que le soleil descend sous l'horizon.

CHAPITRE SIX

Letty

Je m'arrête chez Maman et je vois la voiture de Harley dans l'allée. Je coupe le moteur, et je repose ma tête en arrière en regardant la maison. Elle me fait l'effet d'être un havre de paix. Loin de lui, loin de tous ceux qui savent ce qui s'est passé la nuit dernière.

Je redoute demain, j'ai peur d'entrer en cours en sachant que la majorité des étudiants sauront combien j'ai merdé.

« Argh, » je crie dans le silence de ma voiture, en souhaitant comme pas possible pouvoir revenir en arrière et affronter les révélations de cette garce d'une façon différente.

Avec mes regrets qui pèsent lourd sur mes épaules, je sors de la voiture et me dirige vers la maison. Je trouve immédiatement Harley dans la cuisine en train de se préparer quelque chose à manger.

« Hé, sœurette. Comment ça va ? » Je la regarde et fonds en larmes, incapable de les contenir.

« Oh, merde. Merde. » Elle se précipite vers moi et me prend dans ses bras.

Ma petite sœur a presque dix-huit ans maintenant, nous avons exactement la même taille et la même corpulence. Fini la petite fille énervante qui me suivait comme mon ombre, aujourd'hui c'est une belle jeune femme.

Mon estomac gargouille alors qu'elle me serre, et ça nous fait rire toutes les deux.

« J'allais me faire un sandwich, » dit-elle. « Mais j'ai une meilleure idée. Viens. »

Elle me prend la main et me tire vers la porte d'entrée.

« J-je ne peux pas sortir, je ressemble à une loque, » je dis.

« Tu n'as pas besoin de sortir de la voiture. Mais je pense que tu as besoin de plus qu'un sandwich là tout de suite. » Elle lève un sourcil en me fixant. « Ensuite tu pourras tout me raconter. »

« OK, » je murmure, en sachant que je n'ai pas vraiment envie d'en parler mais en ressentant le besoin brûlant d'être honnête avec ma sœur. Dieu sait que j'ai caché assez de choses à ma famille au cours des dix-huit derniers mois.

Elle se tourne immédiatement vers l'océan et je ne peux m'empêcher de me sentir plus légère. La plage améliore un peu les choses.

« Aces ? », je demande, en imaginant où nous allons.

« Les milkshakes de Bill arrangent tout. »

« Je ne peux pas dire le contraire. »

Au moment où nous nous arrêtons sur le terrain en bord de mer, je me sens mieux que tout à l'heure.

« Nous pouvons entrer. Ça va aller. »

« Tu es sûre ? Ça ne me dérange pas de pique-niquer dans la voiture si tu ne veux voir personne. »

« Non, ça va. Un hamburger dans la voiture, ce ne serait pas pareil. »

« C'est vrai. Viens, alors. »

Ensemble, nous marchons de l'extrémité du parking vers Aces. Ce petit restaurant est la meilleure chose qui existe à Rosewood. J'ai des souvenirs fantastiques ici avec Luca, Leon et le reste de nos amis d'école.

Je soupire, des images des années passées défilent dans mon esprit alors que Harley nous conduit jusqu'à un box à l'arrière pour que nous puissions nous cacher.

« Tu es sûre que tu vas bien ? », demande-t-elle, en m'entendant clairement soupirer.

« Ouais, je vais bien. Cet endroit me rappelle tellement de souvenirs. »

Nous nous asseyons, et même pas une seconde plus tard, Bill se précipite vers nous avec un large sourire aux lèvres, en voulant tout savoir sur MKU et savoir si je vais bien. Cet homme sait tout ce qu'il y a à savoir dans cette ville. Dieu sait comment, mais c'est le cas. Il sait aussi exactement ce qu'il ne faut pas dire, et pour preuve, il ne mentionne même pas Columbia, ce dont je lui suis reconnaissante.

Nous passons nos commandes, qu'il avait devinées car tous les jeunes ici commandent la même chose, et il se précipite dans sa cuisine presque aussi vite qu'il est arrivé.

« Alors... comment ça va avec Kyle ? », je demande, plus que disposée à me concentrer sur le jeune frère Legend pendant quelques minutes avant que Harley ne pose les inévitables questions.

Ses yeux s'adoucissent et un sourire commence à s'étirer sur ses lèvres alors qu'elle pense à lui. Cette vision me fait mal au cœur mais je suis si heureuse pour elle. Ils méritent tous les deux un peu de bonheur après tout ce qu'ils ont traversé.

« C'est vraiment bien. »

« C'est ce que je peux voir à l'expression de ton visage, » dis-je, en faisant rougir tout son visage. « Où est-il ? Je pensais que vous viviez presque ensemble ces jours-ci. »

« Il est avec Ash et les mecs. Il élabore des tactiques de jeu et regarde de vieux matchs ou un truc du genre. J'ai passé la journée avec Ruby avant de rentrer à la maison en pensant que Maman serait là. »

« Où est-elle ? »

« Je n'en ai aucune idée. Elle est rarement là et plutôt évasive. Je pense qu'elle a quelqu'un. »

Mon cœur se serre lorsque je me souviens des mots de Papa la semaine dernière sur le fait qu'il aimerait toujours Maman. Si elle voit quelqu'un d'autre, même après toutes ces années, ça va le tuer.

« As-tu vu Papa ? », je demande, en imaginant que non.

« Nous allions y aller hier mais il a dit qu'il était occupé. Je ne l'ai pas vu depuis des lustres. »

« Je l'ai vu la semaine dernière. Il va bien, » dis-je, en espérant l'empêcher de s'inquiéter.

« Oh ? Tu y es allée avec Kane ? »

Tout l'air s'échappe de mes poumons à la mention de son nom.

« Donc, ce petit retour à la maison a tout à voir avec lui, je suppose. » Elle lève un sourcil vers moi et s'assoit pour continuer à me regarder. « Balance tout, sœurette ! »

J'ai envie de rire de son attitude mais je n'en trouve pas la force.

« C'est le bordel, » j'admets, en posant mes coudes sur la table rouge devant moi et en laissant tomber ma tête dans mes mains.

« Je ne m'attendrais à rien d'autre avec vous deux. Alors... »

« Je pensais que c'était réel, » je murmure, en ne voulant pas vraiment dire les mots à haute voix. « Je lui avais tout raconté et il... il avait dit toutes ces choses gentilles, il s'était bien comporter. Je pensais que le fait qu'il sache et accepte la vérité voulait dire que les choses allaient enfin changer... »

« Mais ? », elle demande.

« Je ne sais même pas démêler le vrai du faux en ce moment. Cette femme est arrivée en prétendant être enceinte de lui— »

« Quoi ? » Elle crie si fort que la moitié du restaurant se tourne vers nous.

« Har, » je dis sèchement.

« Désolée. Désolée. C'est juste que... je ne m'attendais pas à ça. »

« Tu n'es pas la seule. »

« Alors, qu'est-ce qu'il s'est passé ? », demande-t-elle avec impatience, en se penchant en avant pour me faire face en attendant le prochain rebondissement.

« Je me suis réfugiée directement auprès de Luca et Leon. J'ai fait quelques erreurs pour me réconforter. »

« Let ? » Ses yeux s'écarquillent devant mes propos flous.

« Moins tu en sauras, mieux ce sera. »

« Je ne suis plus une enfant, » dit-elle sèchement, en imaginant que son âge est la raison pour laquelle je n'ai pas envie d'entrer dans les détails.

« Je sais, Har. Je suis juste... mortifiée. C'est un tel gâchis. »

« OK. Continue... »

Je résume très brièvement ce qui s'est passé dans la cuisine des Dunn tandis qu'elle me fixe en mangeant comme si elle était devant son émission de télévision préférée.

« Il a dit qu'elle n'était pas enceinte ? »

« C'est ce qu'il a dit, mais comment puis-je avoir confiance en lui après tout ça ? »

« Qui est-elle ? »

Je hausse les épaules. « Aucune idée. Une femme blonde. Un peu plus âgée que lui, peut-être. Belle. Genre la perfection. »

« Alana, » fulmine Harley.

« Attends. Tu la connais ? »

« Oui, » elle crache, son dégoût pour cette femme se voyant clairement sur son visage. « C'est une salope manipulatrice. Je ne peux pas la blairer. »

Mes lèvres s'entrouvrent mais je n'arrive pas à choisir

parmi les millions de questions qui me trottent dans la tête.

« Ils ne sont pas en couple. Ils n'ont jamais été un vrai couple, si cela peut te soulager. »

« Alors qu'est-ce qu'ils sont ? »

« En fait, je ne sais pas vraiment. Une sorte d'étrange arrangement. Chaque fois que j'en parle, Kyle me dit de ne pas en parler, » dit-elle avec une mine boudeuse.

« Mais ils se voient depuis un moment. »

« Ouais, » admet-elle avec une grimace. « Mais je ne pense vraiment pas qu'il l'aime, et je ne dis pas ça juste parce que c'est une salope énervante. »

« Mais il couche avec elle ? », je demande, incapable de masquer la douleur dans ma voix.

« Ouais, mais pas très souvent. Enfin, pas souvent à la maison. »

Mon estomac se retourne en pensant à lui avec une autre femme. Lui emmenant une femme dans une maison où il ne m'a jamais emmenée. Cela ne devrait pas faire autant mal, mais je ne peux pas arrêter cette douleur.

« Letty, est-ce que tu... » Elle s'interrompt comme si elle ne voulait pas dire ce qu'elle pense à voix haute.

« Crache le morceau, Har, » j'exige alors qu'un des serveurs de Bill apporte nos milkshakes.

Elle s'arrête quand il les pose sur notre table.

« Je pense... je veux dire, je n'en suis pas sûre mais... » Je lève un sourcil vers elle, en souhaitant qu'elle aille droit au but. « Je pense que c'est un Hawk, » murmure-t-elle.

Je ne peux pas m'en empêcher de rejeter la tête en arrière et d'éclater de rire.

« Tu penses ? Jésus, Har. »

« Quoi ? », gémit-elle, en ayant l'air en colère.

« C'est un Hawk. Ce n'est pas un secret. Il a travaillé pour Victor pendant des années, il lui a vendu son âme en échange de son aide pour récupérer Kyle. »

« Il... merde. » Harley retombe en arrière sur le banc. « Je veux dire, je m'en doutais mais... merde. Letty, tu dois faire attention s'il a un lien avec Victor. »

Comme si je ne le savais pas, putain.

Bill apporte nos hamburgers et notre conversation s'arrête brutalement pendant que nous nous empiffrons, même si à aucun moment cela ne quitte mon esprit.

« Si ça peut aider, je me méfie de cette garce comme pas possible. »

Je fixe le visage sérieux de ma sœur pendant quelques secondes.

Ce n'est pas que je ne la crois pas. La première fois que j'ai vu cette garce, elle était en train de discuter du fait qu'elle trompait son mari. Sa fidélité n'a jamais été remise en question. Mais...

« Et je peux faire confiance à Kane ? », je demande, c'est le vrai problème dans le contexte.

« Letty, » soupire-t-elle en repoussant le reste de son hamburger à moitié mangé. « Kane est... Kane. Il est beaucoup de choses, il a fait beaucoup de conneries. Mais ce n'est pas un menteur. S'il te dit qu'elle n'est pas enceinte, alors je serais encline à le croire. » Mon regard soutient le sien, en étant choquée qu'elle le soutienne. « Quoi ? », demande-t-elle en riant comme si elle pouvait lire dans mes pensées. « Je sais comment gérer un Legend. Et je sais que Kane aime faire croire qu'il se fout de tout, mais je pense que c'est loin d'être la vérité quand il s'agit de toi. »

« Tu ne nous as pas vus ensemble depuis des années. »

« C'est vrai, mais j'ai vu son visage chaque fois que ton nom est évoqué à la maison. Il t'a dans la peau depuis des années, Let. Et je suis presque sûre que ça n'a jamais changé. »

Ses mots me ramènent directement au restaurant où il m'a emmenée la semaine dernière et ses mots résonnent dans mon esprit.

« Tu dois lui parler. »

« Je sais, » je marmonne, mon estomac se nouant à cette simple pensée. Il était tellement en colère hier soir. Je ne peux pas imaginer qu'il soit prêt à s'asseoir et à avoir une conversation rationnelle avec moi.

Kane Legend ne fait rien de manière rationnelle.

« J'ai besoin de bouger, » dit Harley après quelques minutes de silence. « Je pense que je vais exploser sinon. »

« Allons-y. »

Nous payons nos repas et saluons d'un geste de la main Bill, qui est dans la cuisine, avant de partir. Sans dire un mot, nous marchons toutes les deux vers la plage, comme si nous étions attirées par l'océan.

En descendant les marches, nous enlevons toutes les deux nos baskets et nous marchons jusqu'au rivage.

« Tu m'as manqué, tu sais, quand tu partie pour l'université. »

« Je suis désolée de ne pas avoir été plus présente. »

Harley doit interpréter plus que je ne l'aurais

souhaité dans mon ton car elle me regarde, en ralentissant.

« Je n'ai pas dit ça pour te culpabiliser. Je comprends parfaitement pourquoi tu as fait ce que tu as fait. Je disais juste, c'est bien de t'avoir ici. De faire à nouveau ce genre de choses. »

« Ouais, c'est vrai. Tu m'as manqué aussi, Har. »

« De toute façon, nous devons nous serrer les coudes maintenant. »

« Pourquoi dis-tu ça ? »

« Nous avons toutes les deux des Legend à apprivoiser. » Au bout d'un moment, elle éclate de rire et je ne peux m'empêcher de la rejoindre et de rire aussi.

« Tu penses que c'est bizarre que nous soyons avec des frères ? », je demande une fois que nous nous sommes calmées.

« Il n'y a pas de règles, Let. Eh bien, à moins que tu ne veuilles te taper Zayn. »

« Beurk, » dis-je en lui tapant l'épaule.

« Ça montre juste que nous avons des goûts similaires. »

« Pour des bad boys dangereux aux intentions perverses ? »

« Ouais, c'est ça. Même si je dois l'admettre, je pense que tu es la plus mal lotie. Kane va être plus difficile à apprivoiser que Kyle. »

« Bon Dieu, arrêtons-nous là en ce qui concerne les comparaisons, Har. »

« C'est juste. Peux-tu juste me dire une chose ? »

« Vas-y. »

« Est-ce que c'est vrai que Kane a un piercing... tu sais... en bas. »

« Qu'en penses-tu ? »

« Je pense que c'est le genre de mec qui pourrait en avoir un. »

« Alors tu as ta réponse. »

« Oh mon Dieu. Tu penses que tu peux le convaincre d'en parler à Kyle ? Je veux dire, j'ai entendu dire que c'était vraiment génial. »

« Tu es au lycée, Har. Avec qui diable parles-tu de piercing à la bite ? »

« Oh, tais-toi. Juste parce que je suis plus jeune, ça ne veut pas dire que je ne fais pas exactement les mêmes trucs que toi et Zayn avez faits au lycée. »

« Mais tu es censée rester pure et innocente pour toujours, » je me moque en prenant une voix de bébé pour l'énerver.

« Trop tard pour ça. Kyle a bel et bien ruiné mon innocence. »

« Je devrais peut-être échanger quelques mots avec ce garçon. »

« Putain, ne t'avise pas de le faire, » me prévient-elle, en me faisant rire à nouveau.

« Je pourrais... juste pour m'amuser. Dieu sait que ça me ferait du bien en ce moment. »

« Rentre et va lui parler. »

Je secoue la tête. « Pas aujourd'hui. Tout est encore trop frais. »

« Tu ne peux pas aller en cours avec ce poids sur les épaules. »

Je sais qu'elle a raison, mais l'idée d'affronter Kane en

ce moment me terrifie un peu. Il était tellement en colère hier soir, je ne suis pas sûre d'être prête à faire face à cette colère sans le soutien des autres.

Nous marchons jusqu'à ce que nous n'ayons pas d'autre choix que de faire demi-tour et de rentrer. Harley parle du lycée, du cheerleading et de Kyle et de l'équipe de foot. Je l'écoute attentivement, contente d'avoir autre chose sur quoi me concentrer pendant un petit moment avant de devoir retourner à la réalité. Même si j'ai envie de rester cachée ici et d'écarter de mon esprit tout ce que j'ai laissé derrière moi, je sais que je ne peux pas. J'ai passé les dix-huit derniers mois à me voiler la face, il est temps que je commence à gérer mes problèmes de front. Tu sais, comme l'adulte que je suis censée être.

Au moment où nous regagnons le parking, le soleil s'est presque couché derrière nous, en projetant une superbe lueur orange sur tout ce qui nous entoure.

En regardant par-dessus mon épaule, je jette un dernier regard sur l'océan et aspire une profonde bouffée d'air salé, en me rassérénant et en me préparant au psychodrame qui aura sans doute lieu dans la semaine à venir.

« Prête ? », me demande Harley, en s'arrêtant à côté de moi pendant quelques minutes pendant que je m'imprègne de ce sentiment de paix.

« Ouais. Il est temps de me comporter en adulte. »

« Tu peux le faire, Let. J'ai foi en toi. »

« Merci, » je murmure en me retournant vers le parking et en me dirigeant vers sa voiture. « Attends, » lui dis-je, ma main atterrissant sur son avant-bras alors que l'arrière d'une voiture gris métallisé très familière disparaît du parking. « Est-ce que... », je m'interromps, en n'en croyant pas mes yeux.

Non, ça ne pouvait pas être lui. Il n'aurait pas... il ne m'aurait pas suivie ici. N'est-ce pas ?

« Qu'est-ce qui se passe ? », demande Harley, en n'ayant clairement pas le temps de voir la voiture au moment où elle lève les yeux. « Je n'ai rien vu. »

« Cela n'a pas d'importance. C'était probablement mon imagination, » dis-je, en essayant de faire comme si de rien n'était, mais la vitesse des battements de mon cœur me dit que ce n'est pas le cas.

C'était lui. Quelque chose en moi sait que c'était lui.

Mais pourquoi ?

« Tu dois vraiment régler tout ça, Let. Ça te rend folle. Enfin, plus folle que d'habitude. »

« Merci, Har. »

« Donc, il y a moyen que tu reviennes ici en restant un peu plus longtemps et en prévenant à l'avance la prochaine fois ? Ce serait formidable de passer ce week-end ensemble, » dit Harley alors que nous rentrons à la maison.

« Qu'est-ce qu'il y a ce week-end ? », je demande, déjà impatiente de repartir alors que je ne suis même pas encore rentrée.

« N'est-ce pas la fête des anciens élèves ? Tu ne veux pas être là pour le match et la soirée ? »

Je pense à Luca et à Kane. Aucun d'eux ne voudra que j'assiste au match. Mais leurs prochains matchs sont à l'extérieur et je n'aurai pas la chance d'y aller.

Je soupire, en sachant que peu importe à quel point ils me détestent en ce moment, je n'ai pas envie de rater le match, et de manquer l'occasion de les voir déchirer sur le terrain.

« Je pourrais revenir après le match. On pourrait passer une soirée entre filles ? »

« Ça serait super. Je dirai à Kyle qu'il doit passer la nuit avec les gars, et nous pourrons avoir la maison pour nous seules. »

« Ou nous pourrions simplement rester à la maison, » je suggère, en ne voulant pas vraiment être dans la maison de Kane.

« Je m'arrangerai. Argh, je suis excitée, » dit-elle en sautant de la voiture. « Tu rentres ou tu repars tout de suite ? »

Je soupire. « Je devrais vraiment repartir. »

« Letty, va lui parler. Joue cartes sur table et vois ce qui se passe. »

« Quand es-tu devenue si pleine de sagesse, Harley Hunter ? », je demande, en l'attirant dans une étreinte.

« Il faut avoir de la sagesse pour apprivoiser un Legend. »

« Un lion pourrait être plus facile à dompter, » j'admets, en sachant à quel point Kane peut être sauvage.

« Mais ça vaut le coup, si je puis dire. »

J'éclate de rire à la seconde où j'entends ses mots. « S'il te plaît, s'il te plaît, dis-moi que ma petite sœur ne vient pas de dire ça, » je supplie.

« Je ne dis que la vérité, » dit-elle en haussant les épaules.

« Viens ici, petite provocatrice. » Je la prends dans mes bras et la serre fort. « Merci. J'en avais vraiment besoin, » je murmure à son oreille.

« Je serai toujours là pour toi, Let. Quand tu as besoin. »

« Merci, » dis-je en me reculant et en prenant ses mains dans les miennes.

« Tout va s'arranger. Tu verras. »

Je lui souris à nouveau, je la libère et me dirige vers ma voiture prête à retourner dans le comté de Maddison.

Je roule doucement, en voulant repousser ce moment le plus possible. Mais finalement, je me retrouve exactement là où je ne veux pas être, garée dans la rue devant la maison des Harris.

La voiture de Kane est garée devant avec deux autres voitures et toutes les lumières sont allumées. Tout espoir que j'avais qu'il ne soit pas ici diminue rapidement.

En me disant que ça ne peut pas être pire que la tentative de ce matin de parler à Luca, je descends de la voiture et me dirige vers la porte d'entrée.

Je secoue mes bras le long de mon corps au moment où je m'arrête. La porte est noire avec un heurtoir en forme de crâne vraiment menaçant. Rien que sa vue envoie un frisson dans tout mon corps.

Je lève ma main et je frappe une fois en espérant que personne n'entende et que je puisse retourner en courant vers ma voiture en sachant que j'aurais au moins essayé de faire les choses correctement.

Malheureusement, ce n'est pas ce qui se passe.

CHAPITRE SEPT

Kane

J'avais les meilleures intentions du monde quand je suis rentré à la maison. J'allais m'enfermer dans ma chambre et essayer d'avancer sur mon devoir de littérature avant de me lever tôt le lendemain pour pouvoir aller à l'entraînement du matin comme si de rien n'était, comme si ces deux connards n'avaient pas fait s'effondrer mon monde samedi soir.

Mais quand j'entre dans le salon, je vois Devin et un pack de six bières et mes bonnes intentions s'envolent directement par la fenêtre.

« Comment ça va ? », demande-t-il comme si ce qui s'était passé la veille n'était jamais arrivé.

« C'est... » Je m'interromps, en n'ayant pas de réponse. « Je suis sûr que quelqu'un t'a déjà raconté tous les détails. »

« J'ai entendu dire certaines choses. Je ne peux pas

croire qu'elle ait essayé de prétendre être enceinte de toi. C'est délirant, » aboie-t-il en me lançant une canette.

« Ouais. Elle avait suivi Letty aussi, pour s'assurer qu'elle le découvre avant moi. »

« J'ai toujours su que cette garce était folle mais putain. »

« Et maintenant ? »

« Dieu sait. Reid essaie de découvrir la vérité mais il semble que ton père en soit le responsable. »

« Putain, ne l'appelle pas comme ça, » grogne-t-il, son visage se tordant de colère.

« Qu'est-ce qui m'a échappé ? »

« Nous n'avons toujours pas ce dont nous avons besoin. Il nous entube. »

« Je pensais que Reid avait arrangé vos expéditions. »

« Ouais, on est deux. Il se passe un truc et je vais devoir lui parler, putain. »

« À Victor ? »

« Non, au putain de Père Noël, » dit-il sur un ton impassible.

« Tu devrais aller voir Reid pour parler de ça, » dis-je, en suivant mon instinct.

« Pourquoi ? Victor est celui qui s'occupe de nous. »

« Je sais, j'ai juste... j'ai l'impression que Reid mijote quelque chose, » j'admets avec une grimace.

Devin s'assoit en avant, en posant ses coudes sur ses genoux.

« Explique. »

Je vide ma canette avant de l'écraser et de la poser sur la table. « Je ne sais pas. Quelque chose ne va pas. Vic a demandé à Letty de mettre cet endroit sur écoute parce qu'il y avait un problème d'approvisionnement. Mais tu dis qu'il y a des problèmes d'expédition. »

« Pourquoi ne m'as-tu pas dit ça avant, bordel ? »

« Je pensais que ça s'arrangerait tout seul. » Je hausse les épaules comme si ce n'était pas grave. En réalité, je voulais que Reid continue son plan, quel qu'il soit, en espérant que ma libération fasse partie de ce plan. C'était probablement égoïste de ma part de ne rien dire, mais je n'ai vraiment pas envie de me retrouver au milieu d'un truc au sein de la famille Harris. Je suis déjà plus profondément impliqué que je ne l'aurais voulu.

« A quoi joue-t-il, bordel ? »

« Aucune idée. Tu ne lui fais pas confiance ? », je demande, en sachant très bien qu'il lui fait confiance, tout comme moi.

« Ouais, sur ma vie. Mais s'il est en train de planifier quelque chose alors il aurait dû me le dire. »

« Il y a sans doute une raison pour laquelle il ne l'a pas fait, » lui dis-je, en prenant et en ouvrant une autre canette de bière.

Devin fait pareil, la mâchoire serrée de frustration. Il n'a pas besoin de me dire pourquoi. Je sais à quel point il est énervé d'être dans l'ombre de Reid tout le temps.

Je suis sur le point de dire quelque chose, peu importe quoi, dans l'espoir de le distraire quand on frappe à la porte d'entrée.

« Tu attends quelqu'un ? », je l'interroge, en me demandant s'il attendait une nana avant de se retrouver avec moi.

« Non. Et toi ? »

« Putain, qui viendrait me voir ? » Ses yeux croisent

les miens et je sais qu'il pense exactement à la même personne que moi parce que de la colère traverse ses yeux. « Ce n'est pas elle. Et tu dois laisser tomber. »

« Peu importe. » Il descend du canapé et se dirige vers la porte d'entrée.

J'entends le grondement de sa voix avant que la porte ne se referme, et je suppose qu'il a renvoyé la personne qui s'est présentée. Donc je ne m'attendais pas à ce qu'il réapparaisse dans l'embrasure de la porte avec un sourire diabolique aux lèvres.

« Tu avais tort. Tu as de la visite. »

Devin s'écarte mais personne n'apparaît. Mais une seconde plus tard, elle s'avance et tout l'air s'échappe de mes poumons quand je la regarde.

Ses cheveux sont rassemblés en un chignon sur sa tête, son visage, presque pas maquillé, montre à quel point les cernes sous ses yeux sont sombres et à quel point sa peau bronzée habituellement éclatante est pâle.

« Tu viens présenter tes excuses, Princesse ? », demande Devin en s'approchant d'elle et en ramassant la mèche de cheveux qui encadre son visage.

Elle ne réagit pas du tout à son commentaire, au lieu de cela, elle garde les yeux rivés sur moi.

« P-pouvons-nous parler ? » Sa légère hésitation révèle ce qu'elle ressent vraiment.

Devin me lance un regard, son sourcil haussé en guise de suggestion silencieuse.

L'idée qu'il la touche me donne envie de lui couper ses putains de mains mais je ne peux pas empêcher sa suggestion de faire son chemin en me donnant envie de satisfaire mon besoin pervers de lui faire payer pour la nuit dernière.

Assis en arrière et en étirant largement mes jambes, je fais courir mes yeux le long de son corps.

« Tu sais, je ne suis pas vraiment d'humeur à parler, Princesse. »

Ses yeux se plissent sur moi alors que je mords ma lèvre inférieure, en imaginant toutes les choses sales que j'aimerais lui faire en ce moment juste pour prouver à qui elle appartient vraiment.

Elle halète quand Devin tire durement sur cette petite mèche de cheveux et ses yeux volent vers les siens.

« Kane a toujours préféré l'action que les mots. Je pensais que tu le saurais après toutes ces années, Princesse. »

Sa main s'envole pour le faire s'éloigner d'elle mais avant qu'elle ne réussisse à le toucher, il enroule sa main autour de son poignet et la tire contre lui, en laissant tomber ses lèvres à son oreille et en lui murmurant quelque chose. Quelque chose que j'aimerais vraiment pouvoir entendre.

Elle sursaute, en essayant de s'éloigner de lui mais elle n'est pas à la hauteur de sa force.

« Allez, Princesse. La rumeur dit que tu es prête à tout. »

Si je n'étais pas aussi énervé, je pourrais rire en voyant l'expression de son visage.

Je connais Letty, et je sais qu'elle n'est pas comme les filles avec qui Devin passe habituellement du temps, même en sachant ce qui s'est passé la nuit dernière avec les Dunn.

« Va te faire foutre, Devin, » bouillonne-t-elle en repoussant son torse avec sa main libre.

« Oh, Princesse. La petite partie de plaisir ne fait que commencer, » grogne-t-il, en la mettant contre le mur et en l'y immobilisant avec ses hanches.

Elle me jette un regard comme si j'allais venir à son secours.

« Quoi ? », je demande, en luttant pour masquer vraiment ce que je ressens en voyant Devin toucher ce qui m'appartient. Un rire amer sort de ma bouche quand la colère crispe son visage. « Tu penses que je vais te sauver ? » Je secoue la tête et porte ma bière à mes lèvres. « Vas-y, Dev. Elle se fout clairement qu'on la touche. »

« Qu'est-ce que tu racontes, Kane ? », elle bouillonne. « Dégage. » Ses mains commencent à voler vers Devin alors qu'elle essaie de le combattre. Il laisse quelques coups le toucher avant de reprendre ses poignets et de les plaquer contre le mur au-dessus de sa tête.

« Continue à te battre, Princesse. Les rebelles me font bander encore plus. »

« Lâche-moi, putain. »

Devin grogne contre elle, en montrant ses dents d'une manière qui devrait la terrifier. Mais malgré le fait qu'elle se batte contre lui, je sais qu'elle n'a pas peur. Ma copine est plus forte que ça.

En arrachant mes yeux de ce spectacle, confiant sur le fait que Devin n'ira pas trop loin, je sors mon portable de ma poche et je trouve une liste de lecture puis appuie sur Play pour que la musique remplisse la pièce.

Je ne sais pas si Ellis et Ezra sont à l'étage mais nous

n'avons vraiment pas besoin des cris de colère de Letty pour les alerter et les faire se pointer ici. Je suis tout à fait partant pour jouer avec elle, mais nous n'avons pas besoin d'un public.

Je vide ma bière, je la jette sur la table basse et je me dirige vers l'endroit où Letty essaie toujours de se libérer.

« Qu'est-ce qui ne va pas, Princesse ? », je demande innocemment, en replaçant cette mèche de cheveux derrière son oreille. « Je pensais que deux hommes à la fois, c'était ton nouveau truc. Tu sais très bien que Devin et moi pourrions t'emmener dans des endroits dont ces deux connards ne peuvent que rêver. »

« Non, » crie-t-elle alors que je fais glisser mon doigt sur ses joues. « J-je suis juste venue pour parler. P-pour m'expliquer. »

« Je ne suis pas sûr que ce soit nécessaire. Comme Dev l'a dit, les actions ont plus de sens que— » Je baisse mes doigts sur ses seins et pince son téton, en la faisant haleter. « Tu ne penses pas ? »

« Kane, s'il te plaît. Ne fais pas ça, » supplie-t-elle.

« Oh allez, Princesse. Ne prétends pas que tu n'apprécies pas ça. »

Devin s'écarte et me laisse appuyer ma cuisse entre ses jambes. Elle porte peut-être un jean mais la chaleur de sa chatte me réchauffe presque immédiatement à travers mon pantalon de jogging.

Sa main glisse de sa taille et disparaît sous son pull, bien qu'il s'arrête sur son ventre en sachant que je le foutrais par terre s'il s'avisait de remonter plus haut.

« Regarde. » Je baisse la tête vers sa poitrine. « Tes

tétons en redemandent. Tu veux qu'on les suce tous les deux ? »

« Non, » crie-t-elle, sa voix ayant une espèce de dureté qui me force à la croire. Cela ne veut pas dire pour autant que je vais arrêter.

Je me penche, mes lèvres effleurant son oreille comme le faisait Devin tout à l'heure. « Et je sais déjà que tu es trempée. »

« Non, » elle répète.

« Tu es venue ici pour t'excuser, n'est-ce pas ? »

« Kane, s'il te plaît. C'est ce que je veux, je veux m'expliquer. Pas... pas comme ça. »

« Hmm... à quel point crèves-tu d'envie de tout me dire, Princesse ? » Je serre sa poitrine assez fort pour la faire gémir alors que je presse ma bite dure contre sa hanche. « Es-tu assez désespérée pour te mettre à genoux et me montrer à quel point tu es désolée ? »

Ses yeux s'écarquillent sous le choc mais je ne manque pas l'éclair doré qui n'apparaît en eux que lorsqu'elle est excitée.

« Peut-être que tu pourrais sucer Dev aussi, juste pour me montrer à quel point tu es sincère ? »

Ses sourcils se rapprochent. Elle veut argumenter mais elle n'a aucune idée de ce que je vais dire ensuite.

Je fais glisser mon nez sur sa joue, et je la regarde dans les yeux.

« J'aime ton regard quand il est comme ça, Princesse. Maintenant, dis-moi, t'ont-ils donné ce dont tu avais envie ? »

Elle secoue si légèrement la tête que je ne sais pas si elle est consciente que je peux le sentir ou non.

« Non ? »

Elle halète en me donnant ma réponse.

« Tu as envie de deux hommes, deux vrais, hein ? »

« Non. Kaaane, » elle crie quand je laisse tomber ma main et prends sa chatte dans ma paume, en pressant mon doigt contre la couture de son jean pour qu'il effleure son clitoris.

« Tu es une sale petite pute, Scarlett Hunter. Mais nous l'avons toujours su tous les deux, n'est-ce pas ? Putain, tu mouilles à chaque fois que je te le murmure à l'oreille. » Je lève ma main et je la pousse à l'intérieur de son jean jusqu'à toucher sa chair. « Tu es putain de trempée. »

Je fais le tour de son clitoris en soutenant son regard. Je peux voir qu'elle crève d'envie de fermer les yeux alors que les sensations envahissent son corps, mais je ne la laisserai pas faire et elle le sait.

« Étais-tu aussi mouillée pour eux, Princesse ? As-tu joui autant avec eux qu'avec moi ? »

« Kane, » crie-t-elle une fois de plus lorsque je pousse ma main plus bas et que j'enfonce deux doigts en elle. Je les enfonce jusqu'à atteindre son point G.

« Putain, c'est torride, » dit Devin. Il touche toujours innocemment son ventre mais quand je lui jette un coup d'œil, je constate qu'il a la main dans son pantalon de jogging et qu'il se branle lentement.

Je m'attends à ce que Letty suive mon exemple et le regarde, mais quand je relève les yeux, je constate que ses yeux sont toujours fermement rivés sur moi.

« Est-ce que tu vas jouir pour nous, Princesse ? Pour

laisser Devin voir ton côté pervers quand tu viens sur mes doigts. »

Sa tête bouge d'un côté à l'autre alors que je la frotte plus fort, en la rapprochant plus près de son orgasme.

« Il est tellement dur pour toi, Princesse. Il pense aussi que tu es une sale petite pute. Ça te montre que nous savons tous qui tu es vraiment, n'est-ce pas ? »

« Oh mon Dieu, » gémit-elle, incapable d'arrêter mon invasion avant d'exploser.

Sa chatte se serre autour de mes doigts alors que le plaisir inonde son corps, mais là encore, ses yeux ne quittent jamais les miens.

« Brave fille, » je soupire en soutenant son regard. « Maintenant, mets-toi à genoux. »

En mettant une main sur son épaule, je la force à descendre. Ses genoux sont si faibles depuis son orgasme que c'est facile.

Je porte mes doigts à ma bouche et je les lèche pendant qu'elle me regarde.

« Tu as le goût de la trahison, Princesse. »

J'attrape ma ceinture, je fais glisser mon pantalon de jogging le long de mes cuisses, en laissant ma queue se libérer.

Un grognement jaillit à côté de moi et pour la première fois depuis que je me suis approché d'elle, Letty regarde Devin.

Ses yeux s'écarquillent lorsqu'elle réalise que je veux qu'elle le fasse en présence d'un public. Mais cette once de peur dans ses yeux me fait un effet auquel je ne m'attendais pas.

« Dégage, Dev, » je grogne.

« Attends, quoi ? » aboie-t-il, confus et perdu.

« Ça se passe entre moi et Letty. Fous le camp. »

« Putain de rabat-joie, » marmonne-t-il en reculant d'un pas avant que la porte du salon ne claque quelques secondes plus tard.

« Où en étions-nous ? », dis-je en regardant Letty qui est à genoux avec ma bite qui bouge devant son visage. « Oh, c'est vrai. Tu allais présenter tes excuses. »

Ses grands yeux noirs me fixent alors que je frotte mon gland contre ses lèvres.

« Ouvre, Princesse. Tu as beaucoup de choses à te faire pardonner. »

Je n'attends pas de voir si elle est prête à le faire volontairement, à la place je m'élance en avant, en remplissant sa petite bouche chaude d'un seul mouvement.

« Putaaaaain, » je gémis alors qu'elle me suce. « Merde, c'est bon, putain. Dis-moi que tu ne leur as pas fait ça. Dis-moi. »

Son regard continue de soutenir le mien alors qu'elle s'écarte presque complètement de moi, je m'attends à ce qu'elle recule vraiment pour me répondre, mais elle me surprend en secouant simplement la tête et en reprenant ma bite dans sa bouche jusqu'à ce que je touche le fond de sa gorge.

« Tu aimes sucer ma bite, n'est-ce pas ? »

Ses yeux brillent à nouveau de désir alors que je lève ma main pour la poser contre le mur et que je m'enfonce plus profondément dans sa gorge.

« Putain, Letty. »

Mes hanches bougent plus vite, comme si je baisais sa

bouche, en prenant mon plaisir alors que la salive coule de son menton et des larmes de ses yeux.

« Tu es tellement belle, Princesse. Tellement belle et toute à moi. Tu as compris ? »

Elle hoche la tête avant de me reprendre et de me sucer jusqu'à ce que je n'aie d'autre choix que de jouir dans sa bouche en émettant un grognement fort.

À la seconde où elle recule, je place mes mains sous ses bras et la soulève contre le mur.

Ses lèvres s'entrouvrent pour dire quelque chose mais je tiens son visage dans ma main et je pose mes pouces sur ses lèvres.

« Non. »

Son regard soutient le mien, ses sourcils se rapprochant de confusion.

Confiant sur le fait qu'elle ne va rien dire, je bouge mes mains pour essuyer les larmes de ses joues et la salive de son menton.

« Ce n'est pas assez, Princesse, même pas un peu, » je soupire. Ce n'est pas une surprise, je savais déjà qu'une putain de vie avec cette femme ne serait jamais assez.

Elle couine alors que je l'écarte du mur et je la jette par-dessus l'accoudoir du canapé.

« Aïe, merde, » crie-t-elle lorsque ma paume se pose sur ses fesses recouvertes de son jean.

« Silence, » j'aboie. « À moins que tu ne veuilles que les autres ici te regardent en train de te faire baiser. »

Elle referme sa bouche pendant que j'enroule mes doigts autour de la ceinture de son jean et fais glisser le tissu sur ses cuisses, avant de faire la même chose avec sa culotte.

Je prends sa chatte par derrière, et j'enfonce deux doigts en elle.

« C'est à moi, » je grogne. « Cette chatte est à moi, putain. Tu comprends, Princesse ? »

« À toi, » murmure-t-elle.

Je retire mes doigts et j'aligne ma bite avec son entrée et je la pousse si fort en elle que ses pieds quittent le sol.

« Elle. Est. À. Moi. », dis-je au rythme de mes poussées.

Je passe ma main dans son dos, je détache ses cheveux et les entortille autour de mon poing, en lui faisant cambrer le dos et en me permettant de m'enfoncer encore plus profondément.

« Dis-moi qu'ils ne t'ont pas baisée. Dis-moi qu'ils n'ont pas eu ça. »

Elle secoue violemment la tête. « Non. Je suis à toi, Kane. À toi, » crie-t-elle alors que je la martèle encore et encore, en touchant son col à chaque fois que je m'enfonce.

« Putain de vrai, Princesse. »

Le canapé glisse sur le sol alors que je la baise brutalement avec des va-et-vient rapides. Le son de nos peaux qui entrent en contact résonne plus fort la musique alors qu'elle gémit sous moi.

« Je veux t'entendre crier mon nom, Princesse. Je veux savoir que tu sais qui est en train de défoncer ta jolie petite chatte en ce moment. »

Je tire sur ses cheveux pour la mettre debout, et mes lèvres descendent le long de son cou exposé. J'aspire la peau sensible sous son oreille dans ma bouche et y enfonce mes dents.

« Kane, » crie-t-elle, sa chatte ondulant autour de moi alors que la douleur la submerge.

« Dis-moi ce qu'ils ont fait. Dis-moi ce qu'ils t'ont fait. »

Elle hésite et je la mords à nouveau, plus fort cette fois jusqu'à ce que le goût du cuivre me remplisse la bouche.

« I-ils m'ont touchée. E-embrassée. »

« Ici ? », je demande en passant mes doigts sur ses lèvres.

« Oui, » soupire-t-elle.

En faisant tourner son visage vers moi, je pose mes lèvres sur les siennes.

« C'est à moi, » je grogne contre elles.

Elle hoche la tête.

« Quoi d'autre ? »

« Ils m'ont doigtée. »

Ma possessivité fait gronder un grognement du fond de ma poitrine à l'idée qu'ils aient pu mettre quoi que ce soit en elle.

« Qui ? »

« L-Luca. »

« Connard. »

« Quoi d'autre ? », j'exige, mes hanches continuant à faire des va-et-vient.

« Ils m'ont léchée, » murmure-t-elle en détournant son visage du mien de honte.

Je fais glisser ma main le long de son corps, j'écarte sa chatte et presse deux doigts contre son clitoris gonflé.

« Ils ont goûté *ma* chatte ? » Ma voix est brutale même

à mes propres oreilles alors qu'elle gémit et frissonne à mon contact.

« Je suis désolée, » murmure-t-elle. « Je suis désolée. Je suis tellement désolée. »

« Qui ? »

« L-Leon. »

Tout l'air s'échappe de mes poumons alors qu'un soulagement auquel je ne m'attendais pas m'inonde. Je déteste ce qu'elle a fait, qu'ils aient touché ce qui m'appartient, mais je suis tellement content que ce ne soit pas Luca.

En laissant une main sur sa chatte, je porte l'autre à sa gorge et la serre suffisamment pour m'assurer qu'elle va écouter chaque mot que je suis sur le point de lui dire.

« Si tu cours vers eux à nouveau. Si tu les laisses te toucher à nouveau. Putain, je les tuerai. »

Elle hoche la tête d'un mouvement vif, en prenant mon avertissement au sérieux.

« Tu es à moi, Letty. Putain de mienne. Tu comprends ? »

« Oui, » crie-t-elle.

« Bien. Maintenant, laisse-moi te montrer. »

En relâchant sa gorge, je saisis sa nuque et la repose sur le canapé, en la martelant encore et encore jusqu'à ce que je sente les picotements familiers arriver à la base de ma colonne vertébrale.

« Viens, Princesse. Aspire ma putain de bite comme une sale petite pute. »

Exactement comme je l'imaginais, elle crie de plaisir, son corps se crispant alors que le plaisir prend le dessus. Après deux va-et-vient, je m'enfonce tout entier en elle avant que mon orgasme ne me saisisse, ma bite convulsant violemment en elle.

Au moment où j'ai fini, je sors et remets mon pantalon.

Je fais deux énormes pas en arrière, je la regarde penchée en avant avec la preuve de ce que nous venons de faire en train de s'écouler d'elle.

« Maintenant, tu peux partir. » Ma voix est froide et sans émotion. Tout son corps se raidit un instant avant qu'elle ne se lève, ne me tourne le dos et ne remonte son jean.

« Très bien, » crache-t-elle. « Mais dis-moi un truc. »

Je ne réponds pas. Je sais déjà ce qu'elle va me demander. Je suis vraiment surpris que ça lui ait pris autant de temps.

« À quand remonte la dernière fois que tu l'as baisée ? » Sa voix tremble quand elle parle mais elle ne me regarde toujours pas.

« Avant d'arriver ici. Depuis, je suis sorti deux fois avec elle mais je ne l'ai pas baisée. »

« Mais tu l'as touchée, n'est-ce pas ? » Ce n'est pas une question. Elle sait déjà.

« Oui. Tout comme ils l'ont fait avec toi. »

Un sanglot jaillit de sa gorge.

« La différence, c'est que ma vie en dépendait. Toi, c'était ton choix. »

« Au revoir, Kane. »

Un rire de maniaque sort de ma bouche alors qu'elle se dirige vers la porte et s'arrête avec les doigts autour de la poignée.

« Tu n'es pas stupide, Letty, alors n'essaie pas de faire comme si tu l'étais. C'est loin d'être fini et tu le sais. »

Elle prend une inspiration tremblante et baisse la tête.

« Ceci. Nous. Ce ne sera jamais fini et tu le sais. »

Son menton tombe mais aucun mot ne sort alors qu'elle ouvre la porte et fait un pas pour la franchir.

« À la prochaine, Princesse. Et tu peux parier sur ta vie qu'il y aura une prochaine fois. »

La porte d'entrée claque derrière elle et il me faut vraiment me retenir pour ne pas la suivre et traîner ses fesses jusqu'à mon lit.

CHAPITRE HUIT

Letty

Par miracle, je parviens à garder mes sanglots au fond de moi quand je traverse la ville à toute vitesse vers la sécurité de mon dortoir.

Seul Micah est dans le salon quand j'arrive, je ne le regarde pas et il ne dit pas un mot, il me regarde juste avec ce que je ne peux imaginer qu'être de l'inquiétude dans ses yeux.

Mais s'il est aussi proche des Harris que je commence à le penser, alors je suis sûre qu'il sait qui est responsable de tout ça.

Je m'arrête dans l'embrasure de la porte et inspire.

« S'il te plaît, ne le dis pas aux autres. »

« Tout ce que tu veux. »

« Merci, » je murmure avant de m'enfermer dans ma chambre.

Je retombe contre la porte avec un bruit sourd alors que mon premier sanglot éclate.

Je couvre mon visage et pleure sur tout ce qui s'est passé.

La perte de mon amitié avec Luca, la fin des bons moments avec Kane. Le fait qu'il ait touché une autre femme et le fait de savoir que j'ai si facilement permis à Luca et Leon de me toucher. Mais surtout, je pleure à cause de la douleur dans mon cœur en me disant que j'aurais dû argumenter quand Kane m'a dit de partir tout à l'heure.

Je n'aurais pas dû obéir aux ordres. J'aurais dû me retourner, le regarder dans les yeux et lui dire ce que je ressentais vraiment. Lui expliquer à quel point ça fait mal de me dire qu'il était avec quelqu'un d'autre mais que, même en sachant ça, je suis incapable de m'en aller.

Mais je ne l'ai pas fait. J'ai dit au revoir et je suis partie comme si je m'en foutais.

***

Je ne me souviens pas du moment où je me suis finalement mise au lit la nuit dernière ni du moment où je me suis endormie mais je sais que c'était longtemps après être rentrée. Bien trop tôt, mon alarme sonne, en me tirant de mon sommeil où les choses sont beaucoup plus faciles à gérer.

Je gémis, en me retournant pour trouver mon portable et l'éteindre.

En ouvrant les yeux, je regarde l'écran en attendant qu'il devienne clair et vois des messages de Leon.

Un soupir m'échappe. Au moins, je n'ai pas ruiné toutes mes relations avec mes erreurs.

Leon : Je suis désolé pour tout à l'heure. Est-ce que ça va ?

Leon : Let, s'il te plait parle-moi. Je m'inquiète pour toi.

Leon : Scarlett Hunter, ne m'oblige pas à venir te trouver.

Je ne peux pas m'empêcher de rire en lisant son dernier message même si je me demande ce qui s'est passé car, pour autant que je sache, il n'est jamais venu ici. Ou s'il l'a fait, il ne m'a pas réveillée.

Je regarde l'heure des messages et je me rends compte qu'il n'était pas si tard que ça. J'ai dû m'évanouir plus tôt que je ne le pensais.

Mes pouces survolent mon écran à la hâte pour répondre.

Letty : Je suis vraiment désolée, je me suis endormie. Je vais bien. S'il te plaît ne t'inquiète pas. On se verra en cours. X

En sachant qu'il ne répondra pas tout de suite parce qu'il est à l'entraînement, je me lève du lit et je me dirige vers la salle de bain pour me préparer pour les cours.

Mon estomac est noué en sachant que je vais devoir affronter d'autres personnes, notamment Kane et Luca. Je n'ai aucune idée de comment l'un ou l'autre va réagir à mon égard.

« Jésus, » je marmonne à la seconde où je me regarde dans le miroir et trouve du sang séché sur mon cou.

Je pose mes doigts sur la marque, je repense à la nuit

dernière quand Kane était collé à moi. Pas étonnant que ça fasse mal, il m'a mordue.

En longeant la blessure des doigts, je repense aux événements qui se sont produits dans le salon des Harris.

Je n'aurais pas dû autant aimer ça. Même le fait que Devin soit là ne m'a pas vraiment rebutée.

Kane a raison. Je ne suis qu'une sale petite pute.

Mon corps se réchauffe de l'intérieur quand je l'entends grogner ces mots dans mon oreille comme s'il se tenait derrière moi.

En secouant la tête, j'essaie de le chasser de mes pensées et je retire mes vêtements d'hier et me place sous le jet chaud de la douche.

Quand j'émerge, Ella, Micah et Violet sont assis autour de la table pour le petit-déjeuner.

« Tu veux du bacon ? », demande Vi et je secoue la tête, en sachant déjà que je ne vais pas pouvoir avaler quoi que ce soit. « Juste du café, ce serait bien. »

« Tu as besoin de manger, Let, » dit Ella, l'inquiétude étant évidente dans sa voix.

« Peut-être plus tard. Je ne peux pas maintenant. »

Tous les trois me regardent alors que je tire un siège et que je m'y assois, mon cou me brûle alors qu'ils voient tous la marque que je n'ai pas pu cacher.

« Leon était là hier soir, » lâche Ella et ma tête s'envole de la table vers elle.

« Ah bon ? »

« Ouais, mais Micah a dit que tu étais entrée et que tu étais allée te coucher alors nous l'avons convaincu de ne pas te déranger. »

Je jette un coup d'œil à Micah, en le remerciant

silencieusement de m'avoir laissée passer du temps toute seule. Un petit sourire s'étire sur ses lèvres en guise d'acceptation.

« Ouais, je me suis endormie comme une merde. »

« Où étais-tu allée ? »

« Je... hum... je suis rentrée à la maison. J'ai passé la journée avec ma sœur à la plage. C'était sympa. » *Jusqu'à ce qu'elle me convainque de régler mes problèmes et que j'aille voir Kane.*

« OK, allons-nous tous ignorer le fait qu'on dirait qu'elle a été attaquée par un vampire ou quoi ? », demande Vi, en finissant par évoquer le sujet tabou.

Je lève la main pour couvrir la marque de colère laissée à cause de ma dernière erreur.

Était-ce vraiment une erreur ?

Ma punition d'hier soir était inévitable, j'ai juste accéléré un peu le processus en allant le voir et en lui facilitant la tâche.

« J'ai vu Kane, » j'admets avec une grimace.

« Putain, il t'a mordue, » renâcle Ella. Je ne sais pas si elle est horrifiée ou impressionnée. « Je suppose que ce serait stupide de ma part de te demander s'il était en colère. »

« Il n'y a absolument rien à expliquer. J'ai merdé, je l'ai mérité. »

« Ce sont des conneries, Let. Il t'a blessée le premier avec cette pute. As-tu au moins découvert la vérité ? »

Ai-je découvert la vérité ? Notre conversation brumeuse sur un fond de luxure remplit mon esprit mais n'est pas très claire.

« J-je ne sais pas. »

« Bon Dieu, Let. « Peut-être que la prochaine fois ce serait bien d'essayer d'avoir une conversation en public pour que vous puissiez réellement parler, » suggère gentiment Violet.

Je ne peux pas m'empêcher de me demander si cela aurait fait une différence. Quelque chose me dit qu'il aurait quand même lâché sa fureur sur moi exactement comme la nuit dernière à la maison. Et je sais déjà que je l'aurais laissé faire.

Bon sang, je suis foutue.

« Alors, quel est le plan maintenant ? »

Je hausse les épaules parce que la réalité est que je n'en ai pas. Il y a de fortes chances que le seul mec sur les trois qui me parlera aujourd'hui sera Leon. Quelque chose me dit que les deux autres vont juste me lancer des regards mortels à distance. Luca essayant de trouver la meilleure façon de s'enfuir et Kane la meilleure façon de mettre la main sur moi quand je m'y attendrai le moins.

« Eh bien, puis-je te suggérer d'en avoir un parce que quelque chose me dit que Kane ne va pas lâcher l'affaire comme ça, » dit Ella, ses yeux contenant une gravité qui me fait frémir jusqu'aux orteils.

« Je sais. »

Le bruit des gars qui déboulent dans la pièce coupe court à tout ce qu'elle allait dire d'autre.

Ils sont tous les deux en train de plaisanter jusqu'à ce que leurs yeux se posent sur moi et qu'ils s'arrêtent instantanément.

« Ne vous arrêtez pas à cause de moi, » j'aboie en repoussant ma chaise et en jetant les restes de mon café dans l'évier.

« Hé, non, ce n'est pas— »

« Nous ne nous attendions tout simplement pas à— »

« Je vis ici, connards, » je dis sèchement, en me sentant instantanément mal quand leurs visages s'affaissent. « Je suis désolée. Ce n'était pas juste. »

« Hé, meuf. Tout va bien. Nous sommes juste inquiets pour toi. » West et Brax me prennent tous les deux dans une étreinte trop serrée. « Et si ça peut te faire sentir mieux, tu as l'air bien plus sexy que Luca et Kane ce matin, même si tu as été attaquée par un vampire. »

« Putain, vous l'avez remarqué si vite, » je marmonne en m'écartant d'eux.

« Tu t'es regardée dans un miroir, n'est-ce pas ? », demande West en fixant la marque.

« Oui, » je siffle. « Je vais en cours. » Je prends mon sac qui était par terre, je le jette par-dessus mon épaule et me dirige vers la porte.

« Attends, je fais le chemin avec toi, » appelle Ella.

« OK. On se retrouve dehors. J'ai besoin d'air frais. »

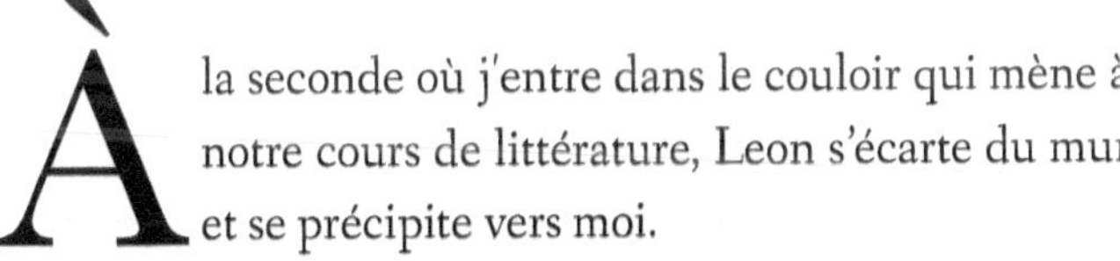

À la seconde où j'entre dans le couloir qui mène à notre cours de littérature, Leon s'écarte du mur et se précipite vers moi.

Je souris en le voyant mais sa joie faiblit rapidement quand ses yeux tombent sur mon cou.

« Qu'est-ce qu'il a fait, bordel ? », il grogne.

« Oublie ça, Lee. Ça n'a pas d'importance. »

Ses poings se recroquevillent de frustration alors que je referme l'espace entre nous.

« Oublie ça, tu plaisantes ! Il t'a encore blessée. »

« Je l'ai mérité, » je marmonne, en détournant mes yeux de son regard intense.

« Non, non, putain, carrément pas. »

« Comment va Luc ? », je demande, en essayant de changer de sujet bien que ce ne soit pas pour un sujet moins douloureux.

Leon pousse un long soupir. « Il est... c'est une putain de loque. Je suis reparti sans lui ce matin après que l'entraîneur l'a fait venir pour avoir une conversation. »

« Est-ce que Kane était là ? Est-ce que tous les deux... » Je m'interromps, en n'ayant pas besoin de le dire.

« Ils sont restés loin l'un de l'autre, mais nous ne faisions que nous entraîner. Ce sera peut-être une autre histoire tout à l'heure. »

« Jésus, » je marmonne, en levant mes mains vers ma tête.

« Ils ont besoin de régler ça. C'est la seule façon de passer à autre chose. »

« Tu veux qu'ils se battent ? »

« Non, évidemment que non. Mais c'est ce qui va se passer. »

« J'ai tout foutu en l'air, » je murmure, en faisant un pas vers lui et en laissant tomber ma tête contre son torse.

Leon enroule son bras autour de moi et me tient pendant que je respire en tremblant.

« Je n'aurais jamais dû venir ici. »

« Non, Let. Tu ne peux pas dire ça. C'est ici que tu as ta place. »

J'inspire longuement, en essayant de trouver la force d'exprimer les mots que j'ai besoin de dire.

J'écarte ma tête de son torse solide, je le regarde en soutenant son regard vert.

« Il sait, » je soupire. « Il sait ce que nous... ce que vous avez fait. »

Il tend la main et glisse une mèche de cheveux derrière mon oreille. « Il m'a à peine regardé ce matin. Tout ira bien, Let. »

« Mais— »

« Je connaissais les risques, Cupcake. Je l'ai fait quand même. » Il remue les sourcils, un sourire narquois s'étirant sur ses lèvres.

« Leon Dunn, tu es diabolique. »

« Cela en valait la peine, non ? »

« Oh mon Dieu, » je marmonne, en cachant à nouveau mon visage dans son torse.

Je sens précisément le moment où Kane nous rejoint dans le couloir, car non seulement l'air autour de moi se charge de tension, mais la main de Leon se crispe sur ma taille.

« Nous devrions entrer, » dis-je sans regarder par-dessus mon épaule.

« Garde la tête haute, Cupcake, » dit Leon, en prenant ma mâchoire en coupe pour m'obliger à le faire. « Ne le laisse pas voir qu'il t'affecte. »

« Mais— »

« Tu es forte, Scarlett Hunter. Montre-lui. »

Je lui fais un signe de la tête, en lui étant reconnaissante de son soutien.

« Allez, viens. »

Sans me retourner, je m'écarte de Leon et me dirige vers notre cours tandis qu'il me suit.

Nous prenons nos places habituelles, en laissant une place vide au bout de la rangée au cas où Luca apparaîtrait.

Je suis déjà installée quand Kane nous rejoint enfin, mais il ne me regarde pas durant le temps où il traverse la pièce et monte les escaliers jusqu'à son siège habituel à l'arrière, malgré le fait que mes yeux restent rivés sur lui tout du long.

Leon se penche et me chuchote à l'oreille. « Garde espoir. Tout s'arrangera. » Il serre ma cuisse en guise de soutien avant que le professeur Whitman ne nous rejoigne et ne commence immédiatement notre cours magistral.

Nous sommes dix minutes après le début du cours lorsque la porte s'ouvre et qu'un visage familier entre. Leon se raidit à côté de moi. Je sais qu'il essaie de minimiser les choses, mais je peux voir l'inquiétude pour son jumeau chaque fois que je le regarde.

Sans lever les yeux, Luca prend la place vide la plus proche et s'y laisse tomber.

Mon cœur se serre alors que je le regarde sortir son cahier et s'affaler sur sa chaise comme s'il avait le poids du monde sur les épaules.

Je veux lui parler. Je veux tout arranger, mais je ne suis pas sûre que ce que je dirais puisse améliorer les choses. Il court après quelque chose qui n'existe pas.

En expirant longuement, je jette un coup d'œil à Leon qui m'adresse un petit sourire encourageant avant de me concentrer à nouveau sur Whitman.

Ella nous retrouve après le cours et nous nous dirigeons tous les trois vers la cafétéria, encore une fois sans Luca qui est sorti de notre cours de littérature dès qu'il s'est terminé, contrairement à Kane qui est resté au fond de la salle, en attendant que nous partions—ou du moins, c'est ce que j'imaginais. Je n'allais pas attendre pour découvrir le contraire.

« Est-ce que ça va aller ? », demande Leon avant de partir pour son cours de l'après-midi.

« Bien sûr que oui. Je surveille ses arrières, » dit Ella comme si elle ne mesurait pas à peine un mètre cinquante et qu'elle était capable de se défendre contre des mecs comme Kane.

« C'est bien ce qui m'inquiétait, » marmonne Leon, ses yeux scintillant d'amusement.

« Oh chut. J'ai compris. »

« Je suis là, vous savez, et je n'ai pas vraiment besoin de gardes du corps. »

« Nous le savons, » disent-ils à l'unisson avant que Leon ne nous fasse un petit signe de la main et ne se dirige vers son cours.

« Alors psycho et puis... ? »

« Ensuite, je m'enferme dans ma chambre et je travaille un peu. »

« Mais— »

« Mais rien. Je suis tellement en retard. J'oublie tout ce qui s'est passé cette semaine et je fais juste mes devoirs et révise mes cours. »

« Ton plan n'inclut pas la soirée des anciens élèves, n'est-ce pas ? »

Je hausse les épaules. J'ai déjà prévu de passer le samedi soir avec Harley, donc je n'ai plus qu'à trouver un moyen d'échapper à la fête de vendredi soir.

« Non. »

« Letty, » gémit-elle.

« Je ne vais pas assister au feu de joie, El. Tu peux juste oublier ça. »

Elle me regarde, un sourire narquois aux lèvres.

« Ella, » je préviens, capable de voir sur son visage qu'elle mijote quelque chose.

« Quoi ? Tu viens à cette soirée. C'est la tradition et c'est ta première année ici, donc tu dois y aller. »

« Non, vraiment, vraiment pas. »

« Mais tout le monde sera là. »

« Encore une raison de plus pour me cacher. Tout le monde en sait déjà plus qu'assez sur ma vie, je n'ai pas besoin de leur en donner plus. »

« Ils auront tous oublié d'ici ce week-end. Un autre psychodrame ou scandale aura pris le dessus sur les potins autour de ta prise en sandwich par les Dunn. »

Je gémis. « Tu devais y aller, n'est-ce pas ? »

Elle hausse les épaules, un sourire se jouant sur ses lèvres. « Eh bien, certaines d'entre nous ne le regretterait pas... »

« Tu es un cauchemar. » Je passe mon bras autour de ses épaules alors que nous nous dirigeons vers le bâtiment Anderson. « Donc tu as des potins à me raconter sur Colt, ou as-tu été trop occupée à te concentrer sur ce que je faisais ? »

« Rien à signaler. Je l'ai à peine vu samedi soir. »

Ella me raconte tout ce que j'ai manqué d'autre pendant que je me noyais dans le cauchemar de ma vie et elle parvient à m'éloigner de mes pensées déprimantes jusqu'à notre dortoir après les cours.

« Tu vas vraiment t'enfermer là-dedans ? », me demande-t-elle quand je suis à ma porte avec une bouteille d'eau et un sac de chips à la main en guise de nourriture.

« Oui, et si quelqu'un me cherche. Je ne suis pas là. Compris ? »

« Tu veux que je mente à tous les beaux gosses qui te courent après ? », demande-t-elle comme si leur parler était une tâche difficile.

« Ouais. Fais tes yeux de biche et envoie-les paître. »

« Argh, ça craint mais j'imagine que quelqu'un doit le faire. »

« Tu es un cinglée. »

Elle hausse les épaules.

« Merci, Ella. Merci pour tout. »

« Pas de souci. Appelle-moi si tu as besoin de moi. »

Je lui souris avant de me glisser dans ma chambre et de fermer la serrure avec l'intention de ne pas sortir avant le cours de demain matin.

CHAPITRE NEUF

Kane

Heureusement, j'ai réussi à aller dans ma chambre hier soir avant que Devin n'apparaisse en voulant en savoir plus sur ce qui s'était passé. Non pas qu'il se plaignait alors qu'il s'excitait en se tordant contre le mur avec ma nana.

L'idée de lui la voyant comme ça, en plus de Luca et Leon qui en ont déjà fait l'expérience ce week-end me fait serrer les poings alors que je m'assois sur le banc dans les vestiaires après notre entraînement de l'après-midi.

La plupart des gars sont déjà partis et je sais que je dois les suivre, mais j'ai du mal à trouver la motivation pour rentrer à la maison alors que tout ce que j'ai envie de faire, c'est d'aller la retrouver pour une répétition de la nuit dernière.

Une porte qui s'ouvre de l'autre côté du vestiaire me fait détourner le regard du sol. Mes dents grincent à la seconde où mes yeux se fixent sur ceux, en colère, de Luca.

Non seulement il a été traîné dans le bureau de l'entraîneur après notre séance de ce matin, mais sa colère à peine contenue alors que nous jouions cet après-midi s'est soldée par une autre visite dans son bureau.

J'observe le bleu sur sa joue et ça ne lui échappe pas.

« Tu veux recommencer, Legend ? », demande-t-il en levant les mains sur le côté.

« Tu n'en as pas idée, putain. Mais, tu as déjà l'entraîneur aux fesses, » dis-je, en choisissant de le voir comme mon capitaine et non comme mon ennemi à ce moment-là.

Il regarde rapidement par-dessus son épaule et laisse échapper un soupir alors que la tension monte entre nous.

Les quelques gars qui sont encore ici semblent tous avoir arrêté ce qu'ils étaient en train de faire pour nous regarder.

« Tu n'es pas bien pour elle, tu le sais ça, n'est-ce pas ? » grogne-t-il en faisant un pas vers moi.

« Ce n'est pas à toi de décider. »

« Tu lui fais du mal. »

Je me lève lorsqu'il referme l'espace entre nous, pour le regarder dans les yeux.

« Et toi, non ? »

Ses lèvres s'entrouvrent pour répondre mais il doit se rendre compte que j'ai raison.

« Tu la déchires en ce moment. Tu peux me reprocher tout ce que tu veux, mais tu prétends être son meilleur ami et tu as été tout sauf ça depuis qu'elle est arrivée ici. Tu ne m'aimes pas, très bien. Ça ne va pas m'empêcher de dormir. Mais elle a besoin de toi, putain de connard. » Cela me fait mal de dire ces mots, mais c'est la vérité. « Tu ne sais même pas pourquoi elle est là. Tu es trop concentré sur ce qu'il se passe ici—» Je le tape sur la tête, incapable de contrôler ma main.

Sa mâchoire tressaute alors qu'il se rapproche à nouveau, jusqu'à ce que nous soyons nez à nez.

« Luc, » dit une voix familière derrière lui. « Ça ne vaut pas le coup. »

« Putain, il le mérite. »

« Et le reste de l'équipe ? Ils méritent que tu sois mis sur la touche parce que tu ne peux pas garder ta putain de tête froide ? »

Luca n'entend pas un mot de l'avertissement de son frère car il prend de l'élan avec son bras, le poing serré avec un air déterminé sur le visage.

La seule chose qu'il a oublié, c'est ma vitesse parce que je bouge bien avant que son coup de poing ne me touche et il finit par trébucher en avant et heurter le mur.

« Tu ne vas pas gagner ce combat, Dunn, » je marmonne, en jetant mon sac sur mon épaule et en faisant un pas vers la porte. « Letty est à moi. Il est temps que tu te mettes ça dans la tête et que tu passes à autre chose. »

Je le regarde un instant alors qu'il s'appuie contre le mur avec la tête baissée et un air abattu avant d'ouvrir la porte et de la franchir.

Je ne m'arrête que lorsque je suis dans ma voiture avec le moteur en marche. Puis je repose ma tête en arrière et ferme les yeux un instant, en essayant toujours de me convaincre de rentrer chez moi. Je me rassieds en avant, je tends mon bras pour mettre la voiture en marche lorsque ma portière passager s'ouvre et quelqu'un s'affale sur le siège.

« C'est quoi ce bordel ? », j'aboie en regardant mon visiteur non invité. « Dégage. »

« Nous devons parler, » dit-il en gardant les yeux rivés sur le bâtiment devant nous.

« Si tu es là pour me parler de son goût sucré, alors je t'épargne ce discours parce que je le sais déjà. J'en ai profité hier soir. »

Ses poings se serrent sur ses genoux mais il ne fait rien, contrairement à son frère.

« Je sais, tu as laissé une marque. »

« Oh bien, tu as vu. Tu dois— »

« Ce n'était pas à mon intention, n'est-ce pas ? Tu sais peut-être que je... » Il s'interrompt, en sachant probablement que je n'ai vraiment pas besoin d'entendre ces putains de mots. « Mais tu n'as pas l'air en colère contre moi. »

Je tends les mains et je serre le volant, mes articulations deviennent blanches avec ma force.

« Il est amoureux d'elle. » Les mots sortent de ma bouche avant même que je ne me rende compte que je les ai pensés.

« Il pense qu'il l'est, ouais, » marmonne Leon.

« Il pense ? »

« Ouais, c'est compliqué. »

Je finis par le regarder et hausse un sourcil. Il soupire, en ne voulant clairement pas révéler les secrets de son frère. Mais je ne lâche pas et après quelques secondes tendues, il commence à parler.

« Letty est arrivée juste au moment où Luca avait besoin de distraction. »

« Le début de la saison, » je devine, et il hoche la tête.

« Nous avons remporté le championnat l'année dernière, maintenant nous avons la pression. Et notre père... eh bien, il ne lui facilite pas la tâche. »

Je connais leur père, tout le monde le sait. Brett Dunn a joué dans la ligue nationale, il a une carrière remarquable et un héritage qu'il veut transmettre à ses garçons, peu importe le prix à payer, semble-t-il.

D'après ce que j'ai entendu, leur jeune frère, Shane, n'a pas signé de contrat avec une équipe universitaire et est devenu père à la place. J'imagine que ça ne s'est pas très bien passé avec Papa Dunn.

« Rien de tout cela ne me regarde, Dunn. »

« Peut-être que non, mais c'est ton capitaine et si tu veux réussir ton année, la meilleure façon de le faire est de ne pas l'énerver. »

« Ce n'est pas moi qui ai lancé le premier coup de poing. »

« Aujourd'hui, peut-être pas, mais les bleus sur son visage montrent le contraire. »

« Elle ne veut pas de lui, que veux-tu que je fasse exactement ? »

« Arrête de l'afficher en permanence devant lui. »

Je veux argumenter, mais c'est inutile.

« Il pense qu'elle peut tout arranger. Il a besoin de quelque chose sur quoi se concentrer. Mais ce n'est pas elle. »

« Bien, » dis-je, en frottant mes paumes le long de mes cuisses et en étirant mes jambes. « Qu'essaies-tu de me dire exactement, Dunn ? Je sais déjà qu'elle n'est pas à lui parce qu'elle est à moi. »

Sa mâchoire se décroche sous le choc et il semble oublier tout ce qu'il était sur le point de dire.

« Cette femme, » j'avoue. « Elle n'est pas enceinte. C'est juste une garce avec qui j'ai eu le déplaisir de passer du temps, et pas par choix. La seule femme dont je veux qu'elle porte à nouveau mon enfant, c'est Letty. »

Son corps entier s'immobilise à mes mots et je réalise immédiatement mon erreur.

Il ne savait pas.

« À-à nouveau. »

Je passe ma main sur ma mâchoire pendant que j'essaie de trouver mes mots. « Merde. »

« Letty était enceinte ? »

« O-ouais. Elle a fait une fausse couche à vingt semaines. Elle était seule, en deuil et suicidaire. C'est pour ça qu'elle a quitté Columbia. »

« E-elle... putain, » soupire-t-il, en s'enfonçant sur son siège alors que mes mots le frappent.

« Si j'avais su, mec. J'aurais— »

« C'est bon. Je sais. Putain, mec. » Leon se penche en avant, en laissant tomber sa tête dans ses mains alors qu'il absorbe ce que je viens de lui dire.

Je lui laisse un moment et fixe le bâtiment devant nous.

« Je ne voulais rien de tout ça. Je veux juste jouer au foot, tu sais ? Avoir une vie différente de mon passé, faire quelque chose de moi-même. » Les mots sortent de ma bouche.

« Est-ce que tu l'aimes ? », demande-t-il, à deux doigts de me faire me tordre le cou.

Je me tourne pour le regarder et il hoche la tête, en lisant clairement la réponse à travers ma réaction.

« Bats-toi pour elle, Kane. Si elle est vraiment ce que tu veux, prouve-le-lui. Mets-la au-dessus de tout parce que si c'est elle, alors c'est tout ce qui compte, n'est-ce pas ? »

Mes lèvres s'entrouvrent pour répondre, mais je n'ai pas de mots.

« Et tu es d'accord avec ça ? », je finis par demander.

« Bon sang, non. Je pense que tu es un connard. Mais Letty est l'une de mes amies les plus proches et je veux qu'elle soit heureuse. Et si c'est toi, qu'il en soit ainsi. »

« Bien. »

« Juste... fais en sorte de mettre de l'ordre dans ta putain de vie. Elle a déjà assez vécu de choses. »

La porte est ouverte et il s'est à moitié levé quand je parle.

« S'il te plaît, ne le dis à personne. »

« Kane, je ne suis pas foutrement stupide, » dit-il sèchement. Bien que je pense que nous réalisons tous les deux que ce serait possible, vu qu'il vient de me donner sa bénédiction pour lui courir après. Je sais qu'en fin de compte, cela ne veut pas dire grand-chose. Mais là tout de suite, entendre ces mots de sa part, ça signifie beaucoup.

Il se lève, pose ses mains sur le toit de ma voiture et se penche.

« Reste loin de Luca. Prouve à Letty qu'on peut

vraiment te faire confiance, et je pense que nous pourrions arriver à faire quelque chose. »

« Tu n'es pas mon genre, mec. Mais merci pour la proposition, » dis-je sur un ton impassible.

« Sur le terrain... putain de connard. »

Je rejette la tête en arrière et je ris alors qu'il claque sa main sur le toit et ferme la porte. Et putain, ça fait du bien.

« Attends, » dis-je après avoir baissé la vitre alors qu'il commence à marcher vers sa voiture. « Tu vas la voir, n'est-ce pas ? »

« Ouais. Mais je ne vais pas lui dire du bien de toi. Si tu la veux, tu dois faire le boulot toi-même. »

« Merci, » je marmonne. Je ne m'attendais à rien d'autre.

Luca sort du bâtiment alors que nous sommes encore en train de parler et il nous regarde tour à tour avec une expression dure.

« On peut encore aller jusqu'au bout cette année et tu le sais, » lui dis-je.

« On verra, » grogne-t-il avant de se diriger vers sa voiture sans prêter une seconde d'attention à son frère.

Leon ne semble pas déconcerté alors qu'il monte dans sa voiture et démarre le moteur.

J'attends qu'ils disparaissent tous les deux avant de démarrer la mienne et de commencer à faire ce que Leon m'a suggéré. Commencer à remettre de l'ordre dans ma putain de vie.

« B ’soir, » dit Reid lorsque j'entre dans sa cuisine pour le trouver devant le comptoir en train de préparer quelque chose.

C'est un spectacle bizarre, mais c'est typiquement du Reid Harris. Foutrement bizarre.

« Salut. Tu as obtenu des réponses pour moi ? »

« C'est drôle que tu demandes ça, » dit-il en se lavant les mains et en se tournant vers moi. « J'allais t'appeler ce soir. »

Je le regarde, en attendant qu'il parle et dise ce qu'il a à me dire.

« Viens, elle peut te le dire elle-même. »

« Elle est encore en vie ? »

« Bien sûr. En quoi ce serait fun pour moi si elle était morte ? »

« Psychopathe, » je marmonne en le suivant vers la porte du sous-sol, ce qui le fait rire.

La chaleur de la maison diminue au fur et à mesure que nous descendons les escaliers et l'odeur devient beaucoup moins agréable que celle de ce qu'il préparait là-haut.

Nous passons à nouveau devant toutes les portes, et je me demande encore une fois s'il y a d'autres personnes à l'intérieur.

« Combien d'invités as-tu actuellement ? », je demande, incapable de retenir ma question.

« Quelques-uns. Celle-ci est certainement ma préférée. »

« Ça veut dire que tous les autres sont des hommes alors, » dis-je sur un ton impassible alors qu'il ouvre la porte à travers laquelle il avait jetée Alana samedi soir quand j'ai eu le plaisir de venir ici.

« Ouais, des connards ennuyeux aussi. Ils crient comme des petites gonzesses. N'est-ce pas ? ». Il hurle, en me faisant sursauter alors qu'il claque du poing à plusieurs reprises sur la porte à côté de celle d'Alana.

Aucun son n'en sort, je suppose que c'est parce qu'elles sont insonorisées, donc je ne peux qu'imaginer la réaction de la personne qui est à l'intérieur.

« J'ai relooké mon nouvel animal de compagnie. Qu'en penses-tu ? »

Avec sa main au bas de son dos, il la fait sortir du petit espace.

Mon souffle se coupe quand je vois ses cheveux blonds et courts. Mais ce qui est encore plus choquant que la perte de ses longs cheveux, c'est à quel point ça lui va bien.

« Tu as fait ça toi-même ? »

« Ouais. Je pense que j'ai peut-être raté ma vocation, » dit-il, en l'encourageant à s'asseoir sur la chaise.

Je regarde sa chambre de torture, puis ses yeux de fou alors qu'il regarde son 'animal de compagnie'.

« Non, non. Je pense que tu es exactement là où tu devrais être. »

Il rit en passant un verre d'eau à Alana, et en me donnant l'occasion de l'étudier.

Mis à part la nouvelle coupe de cheveux, je ne vois aucune autre preuve qu'il lui ait fait subir quoi que ce soit. Il n'y a pas de coupures ni d'ecchymoses ni de doigts en moins. Mes sourcils se rapprochent quand je me souviens du sang sur lui lorsqu'il est sorti de son entrevue samedi soir. N'était-ce pas son sang ?

« Allez, Petit animal. Ne le fais pas attendre. Dis-lui exactement ce que tu m'as dit, » exige Reid.

Ses yeux fatigués trouvent les miens, et je vois les vrais changements en elle. L'éclat de ses yeux a disparu depuis longtemps. Elle a l'air fatiguée et maigre. C'est ce qu'elle mérite après ce qu'elle a fait à Letty mais je ne peux pas m'empêcher de me sentir un peu mal pour elle. Mis à part ses récentes actions pourries, elle n'avait jamais rien fait pour me faire penser qu'elle était une mauvaise personne. Et après avoir vu la façon dont elle a tenu tête à Reid samedi soir, je me demande maintenant quelle est sa véritable histoire.

Elle n'est certainement pas la petite femme faible et solitaire que Victor prétend qu'elle soit.

« I-il m'a demandé de faire ça, » murmure-t-elle bien que ses yeux ne quittent pas les miens.

« Il ? Qui ? » je demande, en m'assurant que ma voix est basse et mauvaise.

« V-Victor. »

« Il t'a fait me dire que tu étais enceinte ? »

Elle hoche la tête.

« Pourquoi ? »

« Il veut te garder. »

Ce qu'elle me dit n'est pas une surprise. Au fond, c'est ce à quoi je m'attendais mais c'est aussi exactement ce que je ne voulais pas entendre.

« Il voulait que tu tombes amoureux de moi, que tu reviennes dans cette vie et que tu oublies l'université. »

Je tombe sur la chaise qui est derrière moi et laisse ses

mots s'enregistrer dans ma tête alors que mes poings se serrent.

La colère tourbillonne en moi comme une tempête mais elle n'est pas dirigée contre Victor, enfin, pas complètement, elle est dirigée contre moi. Contre moi d'avoir cru que tout cela aurait pu être possible, qu'il aurait tenu parole en me laissant partir et en me permettant d'avoir un avenir en dehors des Hawks et de Harrow Creek.

J'ai été tellement stupide de le croire.

Je me relève, je soulève la chaise et la jette contre le mur avec un rugissement qui se répercute sur le béton nu autour de moi.

« Pourquoi, Alana ? Pourquoi as-tu fait ça ? » Je beugle, en me mettant droit devant elle.

« Parce que je n'avais pas le choix, » répond-elle du tac au tac et sans broncher.

« Ton mari n'avait pas son mot à dire sur le sujet ? Sur le fait d'être missionnée pour me baiser ? »

« Je te l'ai dit, nous ne— »

« Pourquoi, Alana ? Pourquoi ton mari ne veut-il pas te baiser ? » Je baisse les yeux sur son corps. Elle porte toujours le maillot des Panthers et la jupe courte en jean qu'elle portait samedi. La chair de poule qui recouvre son corps est le seul signe qu'elle n'est pas vraiment heureuse d'être ici en tant que prisonnière de Reid.

Mes yeux se posent sur les siens, curieux de savoir ce qu'il lui a fait pour la faire parler. Il est généralement assez rapide avec ses poings ou son couteau, mais elle semble être en parfait état.

« Parce qu'il ne le fera pas. Cela n'a pas d'importance. Moins tu en sais, mieux c'est. »

« Qu'est-ce que ça veut dire, bordel ? »

« Ça veut dire que je suis autant une putain de marionnette que toi, Kane. Putain, je ne veux pas de ça, » dit-elle en tendant les mains. « Je n'ai jamais voulu ça putain. »

« Tu t'es mariée. Tu n'avais pas à faire partie de ça. »

« Ah bon ? », dit-elle sur un ton moqueur.

« Qu'est-ce qui nous échappe ? », je lui demande avant de lever les yeux vers Reid, en soupçonnant qu'il en sache plus qu'il ne veuille le dire.

« Cela n'a pas d'importance. Ne pas savoir est plus sûr. »

Je recule d'un pas, les yeux rivés sur elle.

« Tes dossiers médicaux sont-ils vrais ? »

« Oui. Je ne peux pas... je ne peux pas avoir— » Sa voix se brise avant qu'elle ne baisse les yeux vers le sol. C'est la première et la seule fois qu'elle semble affectée par tout cela.

« J'ai besoin que tu le dises à Letty. Parce que tu vas lui présenter tes excuses et tu vas lui dire la vérité. »

« OK, » murmure-t-elle.

Mes yeux s'écarquillent sous le choc.

« Crois-le ou non, Kane. Je n'ai jamais vraiment voulu te blesser, ni elle. »

« Je le croirai quand je le verrai. »

Je lui tourne le dos et marche vers l'escalier.

« Nous devons parler, » je lance par-dessus mon épaule, mes yeux se fixant sur Reid.

Il hoche la tête. « J'arrive tout de suite. »

Je monte les escaliers quatre à quatre, mes muscles sont douloureux à cause la séance hardcore de l'entraîneur cet après-midi, mais je ne suis plus en train de regarder Alana.

Je fais les cent pas dans le couloir de Reid en attendant qu'il apparaisse.

« Je dois sortir de là, Reid. Je dois sortir de là maintenant, putain, » j'aboie à la seconde où il franchit la porte.

« Tu penses que je ne sais pas ça, putain. J'essaye mais il ne lâche pas, mec. Il va tout te retirer si nous ne sommes pas assez intelligents. »

« Je m'en fous. Laisse-le le faire. Ça n'en vaut pas la peine. »

« Tu ne penses pas ça. »

« Ah bon ? », je demande en m'arrêtant devant lui. « J'en ai fini, Reid. J'en ai fini avec les demandes, les accords, les putains de conneries. S'il me retire tout, alors tant pis. »

Avec un dernier regard dans ses yeux pour qu'il puisse voir à quel point je suis sérieux, je me retourne et je pars.

« Laisse-moi juste un peu plus de temps, » m'interpelle-t-il lorsque je suis devant la porte d'entrée.

Je ne réponds pas, je ne peux pas. L'idée de m'éloigner de tout ce que j'ai connu me terrifie, mais pas autant que de perdre Letty pour de bon.

En réalité, je ne l'ai peut-être que depuis quelques jours, mais elle a toujours été là, même quand elle ne l'était pas. Même quand elle était celle de Riley, il y avait toujours un nous. Cela a toujours été censé être nous. Et je refuse d'abandonner ça.

Le claquement de sa porte d'entrée retentit dans le silence de la nuit avant que je ne monte dans ma voiture et me dirige vers la maison. Ma maison, pour l'instant du moins.

CHAPITRE DIX

Letty

J'ignore les coups à ma porte, en supposant que c'est l'un des colocs qui tente à nouveau sa chance.

Ils ont essayé de me convaincre de sortir dîner, puis une heure plus tard de prendre un verre avec eux, mais à chaque fois j'ai refusé en leur disant que j'avais trop à faire.

Ce n'est pas un mensonge. Après le début du semestre que j'ai eu, je suis en retard avant même d'avoir commencé. J'ai des échéances qui approchent et je suis loin d'avoir fini mes devoirs à rendre.

Être assise là avec de la musique, entourée de manuels et de notes de cours, c'est exactement la distraction dont j'ai besoin.

Je peux chasser Kane et Luca de mon esprit pendant quelques heures et me perdre dans le travail, à ma façon.

C'est un soulagement bienvenu. Et je ne veux pas m'en extraire maintenant que je l'ai trouvé.

« Partez, » je crie quand la personne ne s'en va pas.

« Letty, laisse-moi entrer. S'il te plaît, » supplie une voix familière.

Ça aurait été n'importe qui d'autre, j'aurais tenu bon, mais il y a quelque chose dans le ton de la voix de Leon qui m'oblige à sortir de mon lit et à ouvrir la serrure pour le laisser entrer.

« Lee, qu'est-ce qui ne va p— » Mes mots sont coupés à la seconde où il entre et qu'il m'attire contre lui. « Qu'est-ce qui se passe ? », je demande, bien que mes mots soient étouffés contre son torse alors qu'il me tient fermement.

Il doit sans doute fermer ma porte d'un coup de pied parce que le claquement remplit mes oreilles alors qu'il reste immobile en me serrant.

« Lee, tu me fais peur. Qu'est-ce qui ne va pas ? »

« Je suis tellement désolé, Let. Je suis tellement désolé. »

« Pourquoi ? Qu'est-ce que tu as— » Il me laisse reculer et ce n'est que lorsque je le regarde dans les yeux que la réalité me frappe. « Il te l'a dit ? », je soupire.

« Il n'en avait pas l'intention, il a fait une gaffe en quelque sorte. »

« Pourquoi est-ce que tu étais en train de lui parler ? », je demande, en retournant vers mon lit et en dégageant un espace pour que nous puissions nous asseoir. « Je pensais que tu le détestais. »

« Ce n'est pas ma personne préférée, mais... »

« Mais ? », je demande quand il s'interrompt et vient s'asseoir à côté de moi.

« Il est important pour toi et— » Je ne peux m'empêcher d'éclater de rire, en coupant ce qu'il allait dire.

« Important. Ouais, tellement important qu'il baise à droite et à gauche. »

Leon me regarde et hausse un sourcil avant de baisser les yeux sur mon corps.

« Ouais, d'accord. Je n'ai pas oublié. »

« Bien sûr que non, » dit-il avec un sourire narquois et en me faisant un clin d'œil.

« Tu n'as pas—putain de merde, Lee. »

« Désolé, désolé. Je n'ai pas pu m'en empêcher. »

Le silence se fait entre nous et je recule jusqu'à ce que je sois appuyée contre le mur avec mes genoux repliés devant moi.

« J'aurais aimé que tu me le dises, Let. Tu aurais pu m'appeler, venir à ma porte, n'importe quoi. J'aurais été là quoi qu'il arrive, tu le sais ça, n'est-ce pas ? »

Il regarde par-dessus son épaule, ses yeux verts inquiets capturant les miens alors qu'ils se remplissent de larmes.

« Je sais, je le sais. Crois-moi, je n'ai pas appelé non pas parce que je pensais tu ne serais pas là pour moi. C'est juste que... j'ai pensé que je pourrais m'en sortir et avancer comme si rien ne s'était passé. »

« Let, tu as perdu un— »

« Je sais, » dis-je, en levant ma main, en n'ayant pas

besoin qu'il prononce les mots qui me déchireraient le cœur à nouveau.

« Il a dit que tu avais traversé tout ça toute seule. »

J'acquiesce. « Je ne l'ai pas dit à Maman jusqu'à ce que je revienne pour la remise des diplômes de Zayn. J'étais en mode 'ça passe ou ça casse' à ce moment-là. Si je n'avais pas avoué, je ne sais vraiment pas ce qui se serait passé ensuite. »

Il laisse tomber sa tête dans ses mains et cela me fait physiquement mal de voir à quel point cela le déchire. C'est exactement pour ça que je ne voulais pas lui dire—leur dire—maintenant.

« Je vais bien, Lee. Je suis plus forte maintenant. Je me sens mieux et je suis capable de gérer. »

« Tu ne pouvais même pas supporter de m'entendre prononcer les mots. »

« Ce n'est pas parce que je vais mieux que ça veut dire que ça ne fait pas mal. »

Il hoche la tête en signe de compréhension et recule pour s'asseoir à côté de moi, en enroulant son bras autour de mes épaules et en me tirant contre son corps.

« Je suppose que je te suis redevable maintenant, » murmure-t-il.

« Quoi ? »

« Un secret pour un secret, n'est-ce pas ? »

« Non, Lee. Ce n'est pas parce que tu le sais que j'attends quelque chose de ta part. Je te l'aurais dit quand j'étais prête de toute façon. »

« Vraiment ? »

« J'ai envie de le penser, même si je n'ai aucune idée de quand cela aurait été. Je n'attends rien de toi, et je sais que quand le moment sera venu, si tu le veux, tu pourras venir me voir. Je ne t'en voudrai jamais de ne pas vouloir me parler de quelque chose. »

« Putain de merde, Let. Il ne te mérite pas. »

« C'est une chose sur laquelle nous sommes d'accord. »

Leon pose ses lèvres dans mes cheveux et me serre fort.

« Je n'aurais jamais pensé dire ça, mais... il a besoin de toi, Let. Et je pense que tu pourrais avoir besoin de lui aussi. »

« Cela n'a pas d'importance. Comment pourrais-je lui faire confiance ? »

« De la même manière qu'il peut te faire confiance. »

« Tu ne me laisseras jamais oublier ça, n'est-ce pas ? »

« Ce n'est pas à propos de ça. Vous avez tous les deux merdé. Mais en même temps, aucun de vous ne sait la vérité sur ce qui s'est réellement passé. Parle-lui. »

« Il ne veut pas parler. Il veut juste me punir. »

« Fais-le, Let. Il souffre comme toi. Seulement, il gère ça différemment. »

« OK, » je soupire.

« Sur quoi travailles-tu ? », demande-t-il après de longues minutes de silence confortable.

« Une dissert de psycho. »

Il prend mon cahier et regarde mes notes.

« J'ai suivi ce cours l'année dernière. Tu veux de l'aide ? »

Un sourire se dessine sur mes lèvres. « Ce serait cool. »

En entrant en cours de socio le lendemain matin, je ne pouvais pas refouler la nervosité qui faisait trembler tout mon corps en sachant que Kane allait être en cours et que je n'avais personne d'autre autour de moi.

Je n'avais pas besoin d'eux. Je pouvais gérer Kane seule, au fond, ils ne sont juste que comme une sorte de doudou qui me donne un faux sentiment de sécurité.

En gardant la tête haute, j'ai cherché une place pendant que ses yeux étaient rivés sur moi, et j'ai fait de mon mieux pour me concentrer sur mes pas au moment de sortir avant qu'il n'ait la chance de s'approcher de moi.

Les mots de Leon de la nuit dernière sur le fait qu'il avait besoin de moi ont résonné dans mes oreilles mais je me suis dit que j'avais essayé de me comporter en adulte, je me suis rendue chez lui pour discuter et il a pris ce qu'il voulait de moi et m'a envoyé balader.

S'il a besoin de moi, s'il veut essayer d'aller de l'avant, alors c'est de sa responsabilité maintenant.

Ne pas regarder en arrière quand je sortais de la salle était difficile, vraiment difficile, mais je me suis forcée à rester forte.

Notre après-midi s'est déroulée de la même façon, seulement j'avais la protection de West et Brax en plus, pour m'assurer de ne pas faire quelque chose de stupide comme, par exemple, me mettre au fond de la pièce et m'asseoir à côté de lui juste pour pouvoir le sentir à côté de moi, pour que son odeur remplisse mon nez.

Tout était différent ce matin parce que je suis entrée

dans le bâtiment Anderson avec Ella à mes côtés, toutes les deux prêtes pour notre cours de psycho. Je savais que je n'avais pas de cours avec lui et que dès que nous aurions terminé, je rentrerais chez moi pour continuer à travailler pour pouvoir passer un week-end tranquille avec Harley.

« Même un cupcake ne te tenterait pas ? », demande Ella alors que nous sortons du cours après tout le monde, parce qu'elle voulait parler au professeur Collins de sa dissert.

Le couloir est calme alors que nous nous dirigeons vers la sortie et ma garde est totalement baissée. Probablement exactement comme il l'avait prévu.

« Non. Je rentre pour travailler tout l'après-midi. »

« Très bien, j'espère qu'il y a un garçon sexy là-dedans qui m'invitera à le rejoindre. »

« Je croise les doigts pour toi à fond, El, » je plaisante alors qu'une porte juste devant nous s'ouvre et que quelqu'un émerge juste devant moi.

« Est-ce que—putain, » j'aboie de peur quand sa main passe autour de ma gorge et je me tourne vers la porte d'où il vient de sortir.

« Qu'est-ce que tu fous, espèce de psychopathe ? » Ella crie sur Kane alors que son seul contact me rend totalement impuissante.

Mon cœur tonne dans ma poitrine si fort que je le sens dans chacun de mes membres.

« Va profiter de ton cupcake. Letty a d'autres engagements, » il grogne, en nous faisant savoir qu'il a entendu tout ce que nous venons de dire.

« Je ne te laisserai pas avec elle, pas après tout— »

« C-c'est bon, El, » dis-je quand je retrouve enfin ma voix mais je ne la regarde pas, je suis trop perdue dans le regard enflammé de Kane.

« Non, non, vraiment pas. Ce connard n'a pas à se servir— »

« Fais ce qu'on te dit, putain, Ella, » dit sèchement Kane d'une voix froide et rude. Cela devrait me faire peur, je suis sûre que cela ferait peur à la plupart des gens mais ce n'est pas l'effet que Kane Legend produit sur moi ou sur mon corps parce que je fonds en entendant son ton pervers et autoritaire.

C'est ma faiblesse ultime, et je commence à me demander si ça a toujours été le cas.

Je ne l'entends pas partir, je suis trop concentrée sur la chaleur de ses doigts contre ma peau sensible et l'intention perverse dans ses yeux brûlants.

Le claquement de la porte me fait hurler de peur alors que Kane s'approche de moi.

« Tu as peur, Princesse ? »

« De toi ? », je demande avec un sourire narquois. En me penchant, je m'arrête juste avant que nos nez ne se touchent. « Jamais. »

« C'est une putain de mauvaise réponse, bébé. »

Ses doigts se resserrent avant que ses lèvres ne viennent se poser sur les miennes.

Mes doigts griffent la main qui me tient toujours par la gorge alors que je garde mes lèvres scellées, en refusant de lui céder. Il faut qu'on parle. Nous devons agir comme des adultes, pas comme des adolescents obsédés par le cul.

« Ouvre ta putain de bouche, Princesse, » exige-t-il,

ses lèvres effleurent les miennes et me font saliver à l'idée de le goûter.

Les lèvres bien fermées, je secoue la tête.

Son grognement guttural provoque en moi une montée de chaleur qui inonde mon cœur. « Où est ma sale petite pute, hein ? »

Sa main effleure ma taille avant de prendre ma poitrine à pleine main et de pincer durement mon téton.

Exactement comme il l'avait prévu, je sursaute et il plonge sa langue dans ma bouche.

Je résiste encore mais c'est inutile car nous savons tous les deux que je ne vais pas pouvoir tenir le coup.

« Essaie de lutter tant que tu veux, Princesse. Tu sais à quel point cela me fait bander. » Il pousse sa bite contre mon ventre et mon corps s'affaisse contre le mur.

« Ouais, bébé. Tu m'as manqué aussi. »

Ses lèvres m'embrassent et ses dents mordillent ma mâchoire, sa main libère ma gorge, en s'enroulant sur le côté et en me tenant fermement avec ses doigts dans mes cheveux.

« Tu as le goût du péché, Princesse. »

« C'est drôle, parce que je pensais que c'était exactement le goût que tu avais. »

« On est dangereusement compatibles, Princesse. Je pensais que tu le savais déjà. »

Alors qu'il était là il y a une seconde, l'instant d'après il n'y est plus.

En écartant ma tête du mur, je le trouve à genoux devant moi.

« Kane, qu'est-ce que tu fais, putain ? »

Il remonte ma jupe autour de ma taille avant que ma

culotte ne se désintègre pratiquement dans ses mains et il jette une de mes jambes sur son épaule, en me laissant en équilibre sur l'autre alors qu'il plonge vers ma chatte.

Il grogne à la seconde où il aspire mon clitoris dans sa bouche et je crie, en oubliant où nous sommes et en me perdant dans la sensation de sa bouche sur moi.

« Kane, » je crie alors que sa langue fait le tour de ma chair sensible, mes mains se faufilant dans ses cheveux pour le tenir fermement en place.

« Tu es tellement mouillée pour moi, Princesse, » dit-il contre moi, en s'assurant que je ressens chaque vibration de sa voix profonde et pleine de désir.

Il lève la main et glisse deux doigts profondément en moi, en les enroulant jusqu'à ce qu'il trouve l'endroit qui me fait voir des étoiles.

« Oh mon Dieu, oh mon Dieu, » je chante alors que mon orgasme arrive plus vite que je ne le pensais.

« Imagine si quelqu'un entrait maintenant. Il verrait combien tu m'appartiens, Princesse. C'est ce que tu veux ? »

« Kane, » je crie, ma jambe commençant à trembler et menaçant de céder.

« Tu adores ça, n'est-ce pas ? Tu es à moi, Letty. Putain je vous possède toi et ta chatte. »

Il me lèche à mort jusqu'à ce que je me brise sur son visage, mes cris résonnant dans l'amphi vide dans lequel il m'a entraînée.

L'idée qu'un cours pourrait commencer à tout moment provoque des répliques de mon orgasme qui secouent mon corps alors qu'il ralentit son rythme et lèche doucement mon clitoris.

Il finit par s'écarter de moi mais pas avant que le début d'un autre orgasme ne se fasse sentir sous ses douces caresses.

Il se lève et prend ma mâchoire dans sa main de la façon que j'aime, avant de plaquer ses lèvres sur les miennes et de me laisser me goûter sur lui.

« Tu sens à quel point tu es sucrée ? », demande-t-il dans notre baiser.

« Kane, » je gémis, en désirant plus de lui.

« Qu'est-ce qu'il y a, Princesse ? Ta chatte gourmande a aussi envie de ma bite ? »

« Oh mon Dieu, » je soupire alors qu'il embrasse à nouveau mon cou, en faisant courir sa langue sur la marque de morsure qu'il m'a laissée dimanche.

« J'aime ça. J'aime que tout le monde sache que tu es à moi, » murmure-t-il d'une manière possessive contre ma blessure. « Un jour bientôt, je te laisserai un souvenir permanent de moi, Princesse. »

L'idée qu'il me laisse une marque ne devrait pas m'exciter davantage, mais c'est carrément le cas.

Le bruit de sa ceinture qui s'ouvre me met l'eau à la bouche et j'écarte ma tête du mur pour le regarder faire descendre son pantalon jusqu'à libérer sa bite dure.

Je ne réalise pas que je suis en train de bouger jusqu'à ce que Kane me regarde et que ma langue soit à mi-chemin de ma lèvre inférieure.

« La prochaine fois, » il grogne. « J'ai trop envie de ta chatte là tout de suite. »

Sans un autre mot, il me soulève du sol, en me forçant à placer mes jambes autour de sa taille et il me laisse tomber sur lui, en me remplissant d'un mouvement rapide.

« Kane, » je crie, alors qu'il se retire immédiatement avant de revenir brutalement à l'intérieur de moi, en ne me donnant pas une chance de réaliser ce qui se passe et encore moins de m'adapter à son intrusion. « Oh mon Dieu, putain, » je crie, mes ongles s'enfonçant dans ses épaules alors qu'il me baise jusqu'à me faire perdre la tête.

« Dis-moi que tu es à moi, » grogne-t-il.

« Kane. »

« Dis-le-moi, Princesse, » exige-t-il. « Dis-moi que tout ça est à moi, que tu es à moi et à moi seul. »

« Oui, oui. Je suis à toi, » je crie alors que ses va-et-vient deviennent encore plus erratiques.

Ses lèvres se fixent sur mon cou, de l'autre côté de ma marque existante, et il aspire la peau dans sa bouche.

Ma chatte dégouline sur lui et un grognement sourd gronde au fond de sa gorge.

« Sale petite pute. *Ma* sale petite pute, » murmure-t-il contre ma peau rougie.

« Oui, oui. »

En m'écartant un peu du mur, il attrape mes fesses dans une main et prend ma gorge dans l'autre.

« Viens, Princesse. Viens sur ma bite. »

Il me martèle, le bruit de nos peaux qui entrent en contact au rythme de ses va-et-vient recouvre nos respirations haletantes.

« Putain, putain, putain. Kane, » je crie en me noyant dans le plaisir.

Sa main autour de ma gorge se resserre avant qu'il

n'explose, sa bite tremblant violemment en moi et me remplissant de sa semence.

Il s'avance à nouveau, pose son front contre le mien alors que nous nous battons pour reprendre notre souffle.

« À moi, » il halète.

Nous restons comme ça pendant ce qui semble être une éternité, mais en réalité, ce n'est probablement que quelques minutes avant que son portable ne se mette à sonner et à gâcher le court moment de silence dans lequel nous étions après tout ce chaos.

« Je dois le prendre, » dit-il avec regret, en abaissant mes pieds et en se retirant de moi.

Il se met rapidement à l'abri et sort son portable de sa poche. Mais il ne tourne pas assez vite parce que je vois le nom de la personne qui appelle et c'est comme si un seau d'eau glacé avait été jeté sur moi.

« Tu ne vas jamais sortir de là, n'est-ce pas ? »

Il s'immobilise avant que son doigt ne décroche. « Je ne peux pas parler de ça maintenant, Let. »

Avant que je ne sache ce qui se passe, il a franchi la porte par laquelle il m'a traînée il n'y a pas si longtemps et je me retrouve seule dans un amphi vide avec seulement mes regrets pour compagnie, une fois de plus.

CHAPITRE ONZE

Letty

« On vient en mission spéciale, » dit Ella en entrant dans ma chambre avec Violet sur ses talons.

« Non, non, non, non. J'ai déjà dit que je n'irai pas ce soir. »

« Ouais, et nous n'allons pas t'écouter et nous allons te traîner hors de cette pièce. »

« Non, je suis— » Mon argument est interrompu lorsqu'elles m'attrapent chacune un bras et me tirent de mon lit.

« Ramène tes fesses sexy sous la douche. Nous choisirons une tenue pour toi. » Violet me donne une tape sur les fesses et me pousse vers ma salle de bain.

« Non, je— », j'essaie à nouveau mais quand je jette un coup d'œil par-dessus mon épaule et vois leurs visages déterminés, mon argument s'évanouit.

« Tu n'as quitté cette pièce que pour les cours cette semaine. Tu dois sortir d'ici avant de devenir folle. »

Elle n'a pas tort.

« S'il te plaît, » supplie-t-elle, en prenant un air attendrissant auquel elle sait que je ne pourrai pas résister.

« Très bien. Mais s'il est là, je m'en vais. »

« Marché conclus, » dit Ella avec un sourire mais je ne la crois pas une seconde vu la lueur sournoise dans ses yeux. « Maintenant, vite, nous ne voulons pas être en retard. »

En levant les yeux au ciel alors qu'elle rebondit avec excitation sur la plante des pieds, je ferme la porte de ma salle de bain et commence à me déshabiller.

Au moment où j'émerge quelques minutes plus tard enveloppée dans une serviette avec les cheveux mouillés et un visage sans maquillage, je les trouve toutes les deux sur mon lit en train de m'attendre avec chacune un verre et une carafe de margarita sur mon bureau.

« Vous avez commencé sans moi ? », je demande, en me dirigeant directement vers le verre vide et en me versant une grande rasade du cocktail que j'imagine être fort, vu que chaque fois qu'Ella ou Vi préparent un cocktail, c'est toujours fort. « Oh mon Dieu, » je tousse alors que la tequila me brûle la gorge. « Est-ce que c'est pur ? »

« Pas vraiment. C'est bon, non ? Ça devrait te détendre un peu. »

« Je ne veux pas me saouler. » *De mauvaises choses arrivent quand je suis saoule.*

« Je ne te suggèrerai pas de le faire. Prends juste quelques verres, lâche-toi un peu et amuse-toi. »

Elles s'assoient sur mon lit en bavardant de tout et de rien alors que je mets la tenue qu'elles m'ont gentiment choisie—une jupe plissée en tartan noir et blanc, et un pull noir qui montre un bout de mon ventre. Habituellement, je n'aurais pas mis les deux ensemble pour ne pas en montrer trop, mais je n'ai pas le courage d'argumenter.

Je me sèche les cheveux et les lisse puis laisse Ella me maquiller avant de partir.

Après deux margaritas très fortes, mon corps est chaud, ma tête tourne un peu et je ne peux pas m'empêcher de penser qu'elles avaient peut-être raison. J'ai besoin de ça. J'avais besoin de sortir de ma chambre et de prendre l'air.

« Nous pensions que vous n'alliez jamais sortir de là, » dit West alors que Brax et Micah et lui nous regardent tous approcher avec des yeux affamés. Je sais qu'Ella et Vi sont catégoriques sur le fait que rien ne se passera jamais au sein leur petite famille de colocs, mais en regardant les gars les dévorer des yeux, je ne peux m'empêcher de me demander s'ils ont des opinions différentes sur le sujet, en particulier Micah vu la façon dont il bave en regardant Ella dans sa petite robe noire qui ne laisse que peu de place à l'imagination.

« Ça valait le coup, tu ne penses pas ? », demande Vi en se retournant. Sa jupe évasée s'envole en donnant à tout le monde dans la pièce une vue plongeante sur son string.

« Argh, cache ça, » plaisante West.

Elle lui fait un doigt. « Allez. Vous ne vous taperez personne ce soir si vous continuez à traîner ici avec nous. »

« C'est bien vrai, putain, » marmonne-t-il alors que les trois se lèvent et nous suivent hors du dortoir.

« Comment ça va ? » Micah me demande doucement pendant que les autres se chamaillent derrière nous.

« Oh, tu sais. »

Il me fait un sourire qui me dit que, dans une certaine mesure, il comprend.

« Ellis m'a dit qu'ils venaient ce soir. »

« Cela ne me surprend pas. C'est la plus grande fête de l'année, bien sûr, qu'ils veulent venir. »

« Je ne suis pas sûr pour Kane, cela dit. »

« Merci de veiller sur moi, Micah, c'est sympa. »

« Pas de problème. »

« Je comprendrais si tu ne voulais pas me le dire mais... » Je regarde par-dessus mon épaule pour voir que les autres sont toujours loin derrière nous. « D'où vient ton lien avec eux ? Tu ne viens pas de Creek, alors... ? »

« Je viens de Seattle. Mon père et ses... connaissances ont des liens avec Victor et les Hawks. » Mes sourcils se froncent en entendant ses mots.

« Dans le bon ou le mauvais sens ? » je demande, mes poils se hérissant en pensant à mon ami. Ce n'est un secret pour personne que Victor a des ennemis partout, et bien plus que des alliés.

« Je ne connais pas les détails, on m'a juste donné un travail. »

« Qui consistait en quoi ? »

« Je ne suis pas sûr que nous devrions vraiment en parler. Moins tu en sauras, mieux ce sera. »

« Mais tu travailles avec Ellis, n'est-ce pas ? Pas contre lui ? »

« Ouais. Mais les choses ne sont pas toujours ce qu'elles semblent être. »

Mes sourcils se plissent alors que je le regarde.

« Allez. Mets tous tes problèmes de côté et amuse-toi. Nous veillons sur toi. »

Il m'ouvre la portière de la voiture de Brax et je monte à l'intérieur. Les autres nous suivent, Ella se lançant pratiquement sur nos genoux pour le court trajet vers les bois où a lieu le feu de joie pour la fête des anciens élèves.

Alors que nous nous dirigeons dans l'obscurité vers la fête, l'excitation et l'envie de lâcher prise remplissent mes veines.

L'odeur terreuse de la forêt et celle de la fumée du feu de joie remplissent mon nez et le feu projette une lueur orange à travers les arbres. À cela s'ajoute les basses de la musique, qui nous aide aussi à nous frayer notre chemin vers la fête.

« Je suis tellement excitée, » siffle Violet derrière moi. « Vous vous souvenez de l'année dernière ? »

« Yep, » répond West presque fièrement. « Ma première expérience en plein air. Je me souviens de chaque – aïe, » il se plaint.

« Tu es un chien, » marmonne Violet, en faisant recommencer les chamailleries.

« Est-ce qu'ils sont toujours aussi nuls après quelques verres ? », je marmonne, mais vu que ce n'est pas ma première fête avec eux, je connais déjà la réponse.

« Yep, » soupire Ella. « On dirait presque des frères et sœurs, vu la façon dont ils se comportent parfois. »

En ignorant les voix derrière nous, nous nous frayons un chemin à travers les arbres. Les brindilles craquent sous les pieds et l'odeur du pin devient plus forte à mesure que nous nous enfonçons dans le sous-bois où les arbres se clairsèment jusqu'à ce qu'une immense clairière se révèle.

« Oh ouah, » je dis dans un souffle.

« C'est quelque chose, n'est-ce pas ? », demande Ella quand elle s'arrête à côté de moi.

Le feu de joie est énorme, genre gigantesque. Ses flammes envoûtantes scintillent jusque dans le ciel nocturne.

« Allez, j'entends les boissons m'appeler et ensuite j'ai envie de danser toute la nuit, » annonce Ella, en me prenant la main et en m'attirant vers l'endroit où une foule immense est rassemblée. Je découvre bientôt pourquoi lorsque nous traversons et trouvons une rangée de camionnettes faisant office de bar.

Un verre à la main, nous nous dirigeons vers ce qui semble être la piste de danse et laissons le rythme de la musique nous envahir.

Je ne sais pas si les autres nous ont suivies, mais en ce moment, alors que je me perds dans la musique, je m'en fous.

« Je déteste avoir à dire que je te l'avais dit, mais... je te l'avais carrément dit, » me crie Ella quand une chanson se termine et que tout se calme un peu.

« Ouais, d'accord. »

« Des boissons, mesdames, » dit Violet en nous les tendant alors qu'elle nous rejoint.

En peu de temps, l'alcool bouillonne dans mes veines et je me retrouve prise en sandwich entre Ella et Violet alors que nous nous bougeons ensemble au son de la musique. C'est si bon de tout oublier, même si c'est pour un court moment, et de lâcher prise avec mes colocs qui deviennent rapidement mes nouveaux repères.

« J'ai envie de faire pipi, » crie Violet avant que la chaleur de son corps ne disparaisse de derrière moi.

Son départ me sort de là où je m'étais perdue et pour la première fois depuis longtemps, j'ouvre les yeux et regarde autour de moi les étudiants qui s'amusent tous et je souris. C'est comme ça que c'est censé être. J'ai l'impression que ma première année à Columbia, c'était il y a un million d'années maintenant, et je me souviens à peine à quel point tout était facile à l'époque.

Avant cette fête.

Avant *lui*.

Ma peau me picote quand je pense à lui et à tout ce que nous avons traversé. Même avec toute la douleur, je me retrouve toujours à le chercher dans la marée humaine dans l'espoir de le trouver.

Peu importe ce que mon cerveau me dit, mon corps voit toujours les choses d'une autre manière quand il s'agit de Kane Legend.

Je retrouve les gars avec le reste de l'équipe, Luca et Leon inclus. Mon cœur se serre lorsque la lumière du feu de joie illumine le visage de Luca et que je vois les cernes sombres sous ses yeux. Je sais que je ne suis pas la seule responsable, je sais à quel point il subit de la pression, mais je n'assume pas le fait de ne pas avoir arrangé les choses. Je veux l'aider, je veux aller là-bas et lui donner une étreinte dont il a l'air d'avoir désespérément besoin, mais je sais que je ne peux pas. Même si je faisais ça, il ne l'accepterait pas.

Comme s'il savait que je le regardais, il se tourne vers moi, et ses yeux se posent immédiatement sur les miens.

Mon souffle se coupe alors que la connexion que nous avons toujours partagée passe entre nous.

Juste au moment où je commence à penser qu'il va venir, il me tourne soudainement le dos. La douleur me déchire la poitrine devant son rejet.

« Il va se calmer, » crie Ella dans mon oreille, en ayant clairement tout vu.

« Ouais, » je marmonne tristement.

« Tu as besoin de plus d'alcool ? »

« Non, » je réponds rapidement. La dernière chose dont j'ai envie en ce moment est de perdre le contrôle.

Ella me prend par les hanches et me fait tournoyer, je ne sais pas si elle a une stratégie—une stratégie qui impliquerait un certain joueur de football—mais elle bouge de manière sensuelle derrière moi, ce qui nous vaut des regards enflammés des mecs qui sont aux alentours.

« Ella, à quoi joues-tu ? », je crie par-dessus mon épaule.

« Je m'amuse, tout simplement, » dit-elle innocemment, bien que le clin d'œil qu'elle ajoute me dise le contraire.

Alors que je la laisse faire ce dont elle a envie, je regarde devant moi, mes yeux scrutant toujours la foule à sa recherche.

Plus nous dansons, plus ma peau me picote. Je me dis que c'est l'alcool mais au fond je sais que non. Je sais que c'est lui.

Ma bouche salive en repensant à notre expérience sous les arbres et mes cuisses se serrent l'une contre l'autre.

Maudit soit-il.

Je trouve Micah dans la foule en train de parler à Ellis, à quelques mètres derrière eux se trouve Devin qui parle à des gars que je ne connais pas et puis je vois Ezra avec une pauvre fille épinglée contre un arbre.

Leur présence ne fait que confirmer ce que je sais déjà.

Il est là et il me regarde.

En luttant contre mon envie de continuer à le chercher, je pose ma tête sur l'épaule d'Ella et ferme les yeux alors qu'elle bouge en rythme.

Je ne réalise pas qu'une ombre est tombée sur nous jusqu'à ce que les mains d'Ella sur mes hanches se resserrent et que son mouvement vacille.

Mon cœur commence à s'emballer alors que je lève la tête. J'essaie de me préparer à regarder dans ses yeux bleus, mais quand j'ouvre enfin mes paupières et regarde qui se tient à côté de nous, ce n'est pas lui.

« Lee ? »

« Hé, Cupcake. Tu veux danser ? »

« O-ouais. »

Je lève mes bras pour les envelopper autour de ses épaules tandis qu'il se rapproche de moi.

« Tu n'as pas besoin d'avoir l'air si déçue, tu sais, » murmure-t-il à mon oreille.

« Quoi ? Non, je ne suis pas— »

« C'est bon, Let. »

En expirant, je pose la question qui m'intéresse vraiment. « Il est là, n'est-ce pas ? »

« Ouais, mais je l'ai fortement déconseillé de tenter quelque chose. »

« Tu l'as déconseillé ? », je demande en riant. « Sans vouloir t'offenser, je ne suis pas sûre qu'il est du genre à prendre ça très au sérieux. Il n'aime pas qu'on lui dise quoi faire. »

« Peut-être, mais il ne s'est pas encore approché de toi, alors je vais prendre ça comme une victoire pour le moment. »

« Ça ne durera pas. »

« Nous verrons. » Le sourire narquois de Leon me dit qu'il y a bien plus qu'il ne me le laisse entendre.

Leon se met à bouger avec moi, et je suis à nouveau prise en sandwich entre deux corps, c'est une situation dans laquelle je me retrouve un peu trop souvent ces derniers temps. Mes joues rougissent juste en me remémorant ce moment passé avec Luca et Leon, puis avec Kane et Devin seulement le lendemain.

En laissant tomber ma tête contre son torse, j'expire un long souffle alors que mes regrets menacent de m'engloutir.

« Hé, » dit Leon, en mettant son doigt sous mon menton et en m'obligeant à lever les yeux vers lui. « Tout ira bien. »

« Tu crois ? », je demande, mon humeur festive ayant soudainement disparu.

« Danse avec moi, Cupcake, » il me demande.

« Est-ce une bonne idée alors qu'il regarde ? » Je lève les yeux vers Leon avec hésitation.

« Je n'ai pas peur de lui, Let. »

« J-je sais mais— »

« C'est bon, » il soupire, en me tirant plus près de lui et en bougeant avec moi au rythme de la musique. « Lâche prise, Cupcake. Amuse-toi. »

Je regarde ses yeux doux et je décide de faire ce qu'il me suggère en profitant de passer du temps avec mon ami.

« Buvons ! », crie Ella quelques minutes plus tard avant de nous rejoindre avec Micah, West et Brax, ainsi que Violet, qui est accrochée à un gars que je n'ai jamais vu auparavant.

Nous dansons tous ensemble pendant longtemps, les autres ayant l'air de ne se soucier de rien pendant que je me bats pour mettre tous mes problèmes de côté. Le fait que ma peau picote à cause de son regard ne m'aide pas mais à chaque fois que j'essaie de regarder discrètement autour de moi, je ne le trouve pas.

Mais je sais qu'il est là, tapi dans l'ombre, en attendant juste de passer à l'action.

Je suis nerveuse tandis que je danse et que mon sang continue de chauffer en pensant à ce qui se passera quand il se montrera enfin.

M'entraînera-t-il dans l'obscurité et va-t-il se déchaîner pendant que nous serons cachés dans l'ombre ? Me jettera-t-il par-dessus son épaule et m'emmènera-t-il jusqu'à sa voiture pour ce deuxième round sur le capot qu'il me doit ?

Je sais que je ne devrais pas penser à toutes ces

possibilités, je devrais réfléchir à comment me refuser à lui.

Mais je sais déjà que c'est inutile. C'est toujours le cas quand il s'agit de Kane.

« Tu ne peux pas l'oublier, n'est-ce pas ? », Leon me chuchote à l'oreille alors qu'il me surprend à regarder autour de moi.

« Il me regarde, je peux le sentir. »

Il secoue la tête, un sourire narquois aux lèvres.

« Tu en pinces vraiment pour lui, n'est-ce pas ? »

« N-non, je— » En détachant mes yeux de son regard entendu, j'inspire profondément. « Je ne peux pas empêcher ça, Lee. Peu importe ce que je fais. Peu importe ce qu'il fait. Il y a ce truc entre nous, je ne peux même pas l'expliquer. »

« Tu n'en as pas besoin, » dit-il, en prenant ma joue en coupe et en me fixant profondément dans les yeux comme s'il comprenait vraiment. Je n'ai jamais vu Leon avec une petite amie, sans parler d'une avec laquelle il aurait eu une vraie connexion, mais cela ne veut pas dire qu'il n'en a jamais fait l'expérience.

« Tu es un bon ami, Lee. » Il me sourit alors qu'une ombre tombe sur nous et qu'un frisson me parcourt l'échine.

Les yeux de Leon se détachent des miens et il fait un léger mouvement de tête.

« Je suppose que je n'ai plus besoin de chercher où il est, hein ? »

Kane vient se placer à côté de nous deux. Il est tout de noir vêtu et a l'air plus dangereux que jamais alors que ses yeux bleus brillent dans la faible lumière qui nous éclaire.

Notre connexion tient pendant un moment alors que mon corps commence à brûler de plus en plus.

« Je peux vous interrompre ? », demande-t-il en faisant un pas en avant en même temps que Leon ne recule.

Je tends la main et attrape celle de Lee et le tire vers moi.

« Non, » dis-je avec assurance, en soutenant le regard de Kane.

« N-non ? », demande-t-il en riant comme si je plaisantais.

Il est sur le point de découvrir que je ne plaisante pas.

« Exactement. Non. Je passe la soirée avec mes amis, » dis-je, en avançant le menton alors que les regards de mes amis derrière moi commencent à me brûler la tête quand ils remarquent ce qui est en train de se passer.

L'expression amusée de Kane disparaît bientôt pour être rapidement remplacée par de la frustration.

« Princesse, » grogne-t-il, la menace dans sa voix basse faisant frissonner mon corps.

« Non, Kane. J'en ai fini de suivre tes ordres, va trouver quelqu'un d'autre avec qui danser. » Les mots ont un goût amer lorsqu'ils sortent de ma bouche, l'idée qu'il touche quelqu'un d'autre me remplit de jalousie mais je refuse de faire ce qu'il dit une fois de plus. Tout ce qu'il fait, c'est de m'attirer des ennuis.

« Tu es sérieuse ? Tu veux que j'aille trouver une autre fille ? »

« Peu importe, » dis-je avec un haussement d'épaules, ce qui, j'espère, montre que cette idée ne m'affecte absolument pas.

En me détournant de lui, je me concentre sur Leon alors que je recommence à bouger sur la musique.

Le son de son grognement sourd me traverse de part en part, mais je ne me retourne pas pour le regarder.

« Que fais-tu, Let ? » Leon murmure.

« Je ne le laisse pas dicter ma vie, » je rétorque, en sachant très bien qu'il me regarde.

« Il ne va pas laisser tomber. »

« Il va devoir laisser tomber. »

« Je veux juste discuter. » La voix basse et en colère de Kane me fait m'immobiliser.

« Ouais, eh bien, pas moi, » je lui balance par-dessus mon épaule avant de me mêler à la foule et de m'éloigner de lui.

« Je suis impressionné, » murmure Leon.

« Quoi ? Tu pensais que je ne pouvais pas me défendre ? »

« Dans des circonstances normales, je sais que tu peux. Mais avec Kane, c'est difficile de savoir. J'espère que tu sais ce que tu fais, Cupcake. »

« Je n'en ai pas la moindre idée, Lee, » j'admets alors que je fais courir mes mains sur son torse et place mes bras sur ses épaules pour que nous puissions nous remettre à danser.

Je suis sûre que n'importe qui en dehors de notre cercle penserait que notre danse est intime, et, d'une certaine manière, je suppose que c'est le cas, mais nous savons déjà tous les deux que cela ne mènera nulle part. Samedi soir était une erreur et nous le savons tous les deux. J'aime Lee, et je sais qu'il m'aime aussi, mais ce n'est pas la même chose que ce que je ressens pour Kane et je sais que ce n'est pas la même chose pour lui non plus. Peut-être que dans une autre vie, nous aurions été parfaits l'un pour l'autre. Luca et moi aussi. Mais ce n'est pas comme ça et je sais qu'il y a deux femmes incroyables quelque part qui les attendent. Et, bon sang, j'ai hâte d'en être témoin. Ce seront deux putains de chanceuses si elles réussissent à conquérir le cœur des Dunn, je le sais déjà.

Les chansons s'enchaînent alors que je pense au genre de femme qui serait parfaite pour mes amis et je me perds dans ces pensées au lieu de penser aux yeux de l'homme dont je peux encore sentir le regard brûler ma peau.

« Merde, » jure Leon, tout son corps se crispant de tension.

« Q-qu'est-ce qui ne va pas ? », je demande, en me retournant pour voir ce qui retient son attention, mais je n'ai pas l'occasion de bouger parce que ses mains se resserrent sur mes hanches.

« Non, » prévient-il.

« Lee, peu importe— putain de merde, » j'aboie quand il me relâche, et que je vois l'origine de sa tension soudaine.

À seulement quelques mètres, Kane est avec cette putain de Clara pressée contre son corps et il se frotte contre elle comme s'ils étaient seuls au monde.

Une jalousie comme je n'en ai jamais ressentie auparavant m'envahit.

« Je dois y aller, » dis-je et avec un dernier regard sur les mains de Kane sur cette salope, je m'arrache de la prise de Leon et traverse la foule pour m'enfuir.

« *J'espère que tu sais ce que tu fais, Cupcake.* » Les mots de Leon se répètent dans ma tête alors que je commence à courir à travers les arbres pour m'éloigner tandis qu'un sanglot me déchire la gorge.

Non, Lee. Je n'ai clairement aucune idée de ce que je fais.

« Letty, attends. » Mes pas vacillent au son de sa voix et je m'arrête, ma poitrine se soulevant et mes yeux me brûlant à cause de mon envie de pleurer. « Est-ce que ça va ? »

En jetant un coup d'œil par-dessus mon épaule, mon souffle se coupe en voyant l'expression du visage de Luca qui me regarde à distance.

On dirait qu'il veut dire quelque chose mais il n'en a pas l'occasion car des branches craquent derrière moi et j'aperçois Leon qui nous talonnent de près.

Contrairement à son frère, il ne reste pas à distance, il se précipite droit vers moi.

« Peux-tu me ramener à la maison, s'il te plaît ? », je demande avant qu'il n'ait le temps de dire quoi que ce soit.

« Allons-y, » aboie Luca, en passant devant nous sans dire un mot de plus.

« Il me déteste vraiment, n'est-ce pas ? »

« Nan, Cupcake. C'est avec lui-même qu'il a un problème en ce moment. Allez. »

Sa main se glisse dans la mienne et nous nous dirigeons vers l'endroit où Luca a disparu, et après quelques minutes, nous débouchons dans le parking de fortune pour trouver Luca assis dans sa voiture avec le moteur déjà en marche.

Je monte à l'arrière et à ma grande surprise, Leon me suit.

Les yeux de Luca suivent chacun de nos mouvements dans le rétroviseur et sa mâchoire tressaute lorsque je pose ma tête sur l'épaule de Leon.

Incapable de regarder dans ses yeux peinés, je ferme les miens. Je découvre rapidement que ce n'est pas mieux d'être dans l'obscurité car tout ce que je peux voir, c'est lui avec elle.

Mon estomac se retourne à l'idée qu'il la traîne dans les arbres et la touche, en lui parlant comme il me parle.

Je n'ai aucune idée de comment, je suppose que c'est l'alcool qui coule dans mes veines, mais l'instant d'après, Leon m'aide doucement à me lever et quand j'ouvre les yeux, je constate que nous sommes sur le parking derrière mon dortoir.

« Oh, nous sommes arrivés, » je marmonne comme une idiote alors que les images de Kane avec cette coureuse d'athlètes me frappent à nouveau. Ma colère grandit, mon corps se réchauffe alors que je me demande jusqu'où tout cela a pu aller.

« Tu veux que je te raccompagne ? », demande Leon mais sa voix s'estompe quand je croise à nouveau les yeux de Luca dans le rétroviseur.

« Euh... n-non, ça va. Vas-y, tu as une grosse journée demain. »

« C'est bon, Let. »

« Non, » dis-je un peu plus fermement. « Je vais bien. On se parlera demain matin. »

Je suis à mi-chemin de la voiture quand Luca se met à parler.

« Tu viens au match ? »

Je m'immobilise et regarde par-dessus mon épaule, en trouvant ses yeux une fois de plus.

« Bien sûr. Je ne le manquerais pour rien au monde. » Avec un sourire, je m'avance et ferme la porte derrière moi.

Je n'attends pas qu'ils partent, je sais déjà qu'ils refuseront de partir tant qu'ils ne m'auront pas vu entrer dans l'immeuble.

Je leur fais un rapide signe de la main avant de me glisser à l'intérieur et de me diriger vers ma chambre pour ressasser encore et encore les événements de la nuit et me rappeler pourquoi je n'aurais jamais dû y aller.

CHAPITRE DOUZE

Kane

Dès que Letty a disparu à la lisière des arbres la nuit dernière avec Luca et Leon à ses trousses, je me suis écarté de Clara, j'ai retiré mes mains de mon corps et je suis parti sans un mot.

Elle ne m'intéressait pas et elle était encore plus stupide—ou plus désespérée—que je ne le croyais si elle pensait réellement que j'étais intéressé.

Au moment où je suis arrivé dans le parking, je n'ai eu le temps de voir que les feux arrière de Luca.

Ce n'était pas les conséquences que j'avais anticipées de mon petit numéro avec Clara.

Je pensais qu'elle allait être en colère, furieuse et se précipiter pour réclamer ce qui lui appartenait : moi. Mais elle ne l'a pas fait. S'il n'y avait pas eu cette foule qui se séparait pour la laisser passer, alors je n'aurais même pas réalisé qu'elle avait remarqué ce que je faisais. Elle semblait plus qu'heureuse de m'ignorer quand j'essayais de faire les choses correctement en essayant de lui parler, alors j'ai supposé que faire quelque chose d'un peu plus provocateur pourrait attirer son attention. Dieu sait que cela a fonctionné dans le passé, mais la nuit dernière, elle n'agissait pas selon ses règles habituelles.

Je n'avais rien bu vu que nous avons un match aujourd'hui, alors j'ai sauté directement dans ma voiture et les ai suivis.

Je lui faisais confiance. Je savais qu'elle regrettait ce qui s'était passé le week-end dernier. Elle ne serait jamais venue à la maison dimanche sinon, mais mon envie de savoir qu'elle n'allait pas directement chez eux une fois de plus, parce qu'elle pensait que je voulais quelqu'un d'autre, était trop forte pour être ignorée.

Même quand il est devenu évident qu'ils se dirigeaient vers le dortoir et non vers leur maison, j'ai continué de les suivre.

Je n'avais aucune idée de s'ils m'avaient vu ou non, et franchement, je m'en fichais. J'avais juste envie de savoir qu'elle rentrait seule à la maison et qu'elle était en sécurité.

Je me suis garé à l'autre bout du parking et la fureur a explosé en moi quand je l'ai vu sortir de la voiture de Luca et marcher seule dans le noir vers son immeuble.

À la seconde où ils ont disparu, je suis sorti de ma voiture et j'ai couru vers le bâtiment, en ayant besoin de savoir qu'elle était enfermée à l'intérieur et en sécurité. La peur que Victor s'en prenne à elle avant que tout ne soit réglé est bien réelle.

Quelques étages au-dessus de moi, la porte s'est

fermée en claquant et j'ai expiré le souffle que je ne savais pas que je retenais.

Chaque centimètre de mon corps m'a crié de monter et de dire tout ce que j'avais envie de lui dire, de lui dire exactement ce que je ressentais et ce que je voulais, mais quand j'ai finalement bougé, c'était dans la direction opposée.

Je ne veux pas entrer là-dedans avec seulement des mots, je veux y entrer avec des réponses. Je veux y aller avec des preuves pour qu'elle n'ait pas d'autre choix que de me faire confiance quand je lui dirai ce dont j'ai envie.

Ce sont ces pensées qui m'ont forcé à retourner à ma voiture et à rentrer chez moi.

Je dois juste être patient et ensuite je pourrai récupérer ce que je veux.

Ma nana.

Le reste, je m'en fous. Elle est la seule chose qui compte en ce moment.

L'équipe de foot et les entraîneurs sont tous en effervescence lorsque nous retournons aux vestiaires après une solide victoire pour notre match retour.

C'était incroyable, rejouer devant une foule de cette taille et battre nos adversaires était dingue, mais contrairement à tout le monde autour de moi, je n'ai pas l'impression que nous venons de changer le cours notre saison car, à la fin du week-end, il y a de fortes chances que ma saison se termine.

Alors que j'étais assis dans ma voiture à l'extérieur du stade avant de venir ici pour me préparer pour le match, j'ai passé l'appel qui allait changer ma vie.

J'aurais dû le faire plus tôt cette semaine. Mais j'avais envie de ça. Envie d'avoir encore un avant-goût du rêve que j'avais entre les mains ne serait-ce que depuis quelques semaines.

C'est la preuve dont j'avais besoin pour savoir qu'une vie meilleure pouvait exister. De savoir que ce n'est pas parce que j'étais né à Creek que j'avais une condamnation à perpétuité signée par le diable en personne.

J'ai fait son sale boulot. J'ai fait mon temps. Et maintenant, j'en ai fini.

J'en ai tellement fini d'être son petit chien aux ordres et si ça veut dire que je perds tout ça, qu'il en soit ainsi.

Kyle va bien maintenant. Il a pris un nouveau départ et il a un avenir devant lui.

Les gars autour de moi discutent avec enthousiasme de la fête de ce soir, mais je ne les écoute pas.

Je n'y vais pas. Je vais m'éclipser, probablement sans être remarqué et pour le plus grand plaisir de Luca et ils vont très probablement avoir une bonne saison. Ils oublieront tous mon court passage en tant que joueur des Panthers, alors qu'il restera en moi pour toujours.

« Mec, tu viens à la fête ? », demande Zayn avec une solide tape sur mon épaule.

Je n'ai aucune idée de pourquoi il n'a pas de problème avec moi en ce moment mais il a clairement décidé que sa menace était suffisante et il garde son nez hors des affaires de sa sœur pour une fois.

« Non, je rentre à la maison pour le week-end. »

« Quoi ? Non. Allez. Tu ne peux pas retourner à Rosewood après un match comme ça. »

« Ben si, regarde, » je marmonne.

Je jette mon sac sur mon épaule, je fais un signe de tête à l'entraîneur qui parle à Luca et à l'entraîneur des quarterback pour leur dire au revoir et je me dirige vers la seule personne qui, je le sais, sera heureuse de me voir.

« Frérot, tu as déchiré, putain, » dit Kyle, en se précipitant vers moi.

« Merci, mec. »

« C'était foutrement dingue de te regarder jouer. Je ne peux pas croire que tu aies raté les deux premiers matchs. Putain, j'ai envie de ça, » dit-il, en regardant autour de lui avec une admiration totale pour tout ce qu'il voit.

« Tu peux l'avoir, » dis-je en jetant mes bras autour de ses épaules. « Maintenant, tu m'as promis un steak. J'espère pour toi que ça tient toujours, » lui dis-je, en l'éloignant de la foule.

« Legend, attends, » interpelle quelqu'un.

Simultanément, nous regardons tous les deux par-dessus nos épaules, mais je constate que ce n'est pas pour moi.

Ashton, l'ami et capitaine de Kyle, court vers nous. « Sérieusement, tu repars ? »

« Ouais. »

« Tu peux aller faire la fête si tu veux, » je dis à mon frère.

« Nan, pas ce week-end. Viens, » me dit-il. « Amusez-vous. Et ne vous défoncez pas trop, » il conseille à Ash avant de se retourner vers moi et de marcher vers l'endroit où se trouve ma voiture.

« Tu peux tout à fait rester. Je peux retourner à Rosewood seul, tu sais. »

« Je sais mais j'ai envie de passer du temps avec toi. Tu m'as manqué, frérot. »

« Oh, tu m'as manqué aussi, gamin, » je dis en lui décoiffant les cheveux.

Nous nous sommes arrêtés dans un steak house à la périphérie du comté de Maddison avant de nous diriger vers notre maison à Rosewood. Le bâtiment en soi n'est pas terrible mais c'est la première vraie maison que nous ayons eu et malgré son apparence moins qu'attrayante, je l'aime bien.

C'est un pavillon peint en blanc et bleu, et la description de Kyle, quand je l'y ai emmené pour la première fois, qui disait que c'était une maison de grand-mère est plutôt juste, mais c'est la nôtre et c'est tout ce qui compte. Il a pu recommencer sa vie ici, il a pu tomber amoureux de Harley et, je pense, être plus heureux que jamais ici, et cela signifie tout pour moi.

« Alors, qu'as-tu fait de ta copine ce week-end ? », je demande alors que nous roulons dans Rosewood. À la seconde où nous passons devant le panneau de bienvenue, je me détends instantanément. Cet endroit est comme mon refuge. Personne ne me connaît, il n'y a pas de Hawks, pas de Panthers ou qui que ce soit qui puisse me juger au-delà de mon apparence un peu rustre et du fait que nous vivons dans une maison de grand-mère. C'est exactement ce dont j'ai besoin pendant quelques jours en attendant de découvrir quel sera le résultat de mon appel téléphonique de ce matin.

Je m'arrête dans l'allée, grâce à Kyle qui a laissé sa

voiture sur la route, et je pousse un long soupir en regardant notre maison.

« Heureux d'être de retour ? », demande-t-il en riant.

« Tu n'en as pas idée. J'ai juste besoin de… paix. »

Il étouffe un rire en entendant mon commentaire.

« Quoi ? »

« R-rien. Allez. J'ai une surprise pour toi. »

Je plisse les yeux dans sa direction mais je sors de la voiture en même temps que lui, trop curieux de savoir de quoi il parle pour rester assis ici plus longtemps.

Je le suis dans les escaliers jusqu'à notre porche et mes yeux se posent sur la balancelle dans le coin. Les souvenirs des moments où j'étais assis là avec un joint me frappent. J'imagine que je pourrais recommencer maintenant, vu que je suis sur le point d'être évincé de l'équipe. Personne ne se souciera plus de ce que je fais circuler dans mon organisme.

« Cette surprise ferait mieux d'inclure des putains de litres de bière, » je marmonne alors qu'il ouvre la porte et que je marche à l'intérieur.

Mes pas vacillent à la seconde où j'entre dans le salon et mes yeux se posent sur Letty assise sur mon canapé à côté de Harley.

« D'accord, eh bien… » dit Harley, en sautant du canapé comme s'il venait soudainement de la brûler. « C'était sympa, sœurette, mais j'ai rendez-vous avec mon homme, et toi pareil. »

Avant que je ne sache ce qui se passe, les deux sont partis, en me laissant seul avec Letty.

« Euh, » dis-je, en levant ma main vers mes cheveux et

les éloignant de mon visage alors que mon cerveau essaie de réaliser ce qui vient de se passer.

CHAPITRE TREIZE

Letty

Harley : **Retrouve-moi chez Kyle.**

Je regarde le message de ma sœur alors que je suis assise sur le parking à l'extérieur du stade dont je viens de m'échapper. Le coup de sifflet final venait à peine de retentir que j'étais dans l'allée et me dirigeais vers la sortie.

J'étais contente que les gars aient gagné, bien sûr que oui. Surtout après la défaite du week-end dernier, mais j'étais plus que prête à m'éloigner de Maddison pour aller me détendre avec ma sœur.

Moi : Pourquoi ? Je pensais qu'on allait chez Maman.

Harley : Tu ne me fais pas confiance ?

Je lève les yeux au ciel devant le message de ma petite sœur agaçante et mets ma voiture en marche.

Je trouve une place au bas de la rue de la maison, évidemment Harley est en train de m'attendre et elle rebondit sur le porche avec excitation à la seconde où mon pied touche le trottoir.

« Tu es là, » crie-t-elle.

« C'est là que tu m'as dit de venir, » dis-je, en mettant ma main à l'intérieur pour attraper mon sac à main.

« Les Panthers ont déchiré, » dit-elle alors que je monte les quelques marches pour la retrouver.

« Carrément. Luc doit être content. »

« Alors, comment ça se passe ? », demande-t-elle en entrant dans la maison.

« Euh... pourquoi sommes-nous ici ? »

« J'attends une livraison et ensuite nous pourrons partir. »

« Oh, OK, » dis-je, en ne remettant pas sa parole en doute et en plaçant mon sac sur la table.

Ce n'est pas la première fois que je viens ici, mais c'est la première fois que je suis aussi détendue. Avant, j'étais toujours consciente que Kane pouvait apparaître à tout instant, mais pour le moment, je sais qu'il est occupé à Maddison et qu'il partira plus tard pour célébrer son succès. *Avec Clara,* dit une petite voix énervante dans ma tête.

Je chasse cette pensée de ma tête. Je n'ai pas besoin ni n'ai envie d'avoir des images d'eux en train de danser ensemble la nuit dernière dans ma tête alors que je suis censée me détendre.

« Tu veux boire quelque chose ? »

« Oui. »

« Mets-toi à l'aise. Je suis sûr que ce ne sera pas trop long. »

Elle me sourit gentiment et j'obéis, plus qu'heureuse de me blottir dans le coin du canapé et d'oublier la vraie vie pendant un moment.

« Donc c'est quoi le plan ? »

« Je n'en ai pas vraiment. À part de la malbouffe, des films et de la vodka. »

« Ça me paraît génial. Et Maman ? »

« Aucune idée. Je l'ai à peine vue cette semaine. »

Elle nous apporte deux canettes de soda et s'assoit avec moi. Elle met de la musique sur la télé et nous nous tournons pour nous regarder. Nous nous racontons nos semaines et elle continue à creuser pour en savoir plus sur Kane.

Près de deux heures plus tard, un moteur gronde enfin devant la maison. Je commençais à penser que c'était un gros stratagème juste pour m'amener ici.

« Enfin, » soupire-t-elle en se penchant en avant et en plaçant sa canette sur la table basse.

« Tu ne vas pas le récupérer ? »

« Bien sûr que si. Mais le livreur est généralement très lent. »

« D'accord, » dis-je, en plissant les yeux vers elle, en sentant définitivement que quelque chose ne tourne pas rond.

Une portière de voiture claque suivie d'une autre et mon cœur bondit jusque dans ma gorge.

« Har, qu'est-ce qui se passe ? »

Elle me regarde et parvient à garder une expression neutre pendant deux secondes.

« J'ai organisé une surprise. »

Mes lèvres s'entrouvrent pour répondre mais la porte d'entrée s'ouvre et une voix très familière remplit l'espace autour de moi, en me faisant frissonner.

« Cette surprise ferait mieux d'inclure des putains de litres de bière », dit-il avant d'apparaître dans l'embrasure de la porte, l'air plus vrai que nature.

Je sursaute à la seconde où nos yeux se croisent. Mon cerveau me crie de me lever et de courir alors que Harley saute du canapé, plus qu'excitée par sa petite surprise.

« Harley, » je lance mais elle est déjà à côté de Kyle et ils se dirigent vers la porte.

Avant que je n'aie le temps de bouger, ils sont partis et la porte se referme derrière Kane, en nous laissant seuls.

Il lève sa main et écarte nerveusement les cheveux de son front et je me sens un peu mieux à l'idée qu'il vient d'être pris au dépourvu comme moi.

« Princesse, j-je ne savais pas. Je— » Il regarde par-dessus son épaule alors qu'une voiture démarre puis se met à rouler.

« Je vois, » je dis mais ma voix n'a pas sa légèreté habituelle.

« Merde, » il marmonne, l'air totalement bouleversé par cette situation.

« Je dois partir. »

« Q-quoi ? », il bégaie, en me fixant avec de profondes rides qui se forment sur son front alors que je me lève du canapé. « Non, s'il te plaît. »

« Non, Kane. On ne va pas faire ça. » Je marche vers lui, ou plutôt vers la porte d'entrée. « Nous en avons terminé. Excuse-moi. »

Je fais un pas pour le contourner mais, sans surprise, je n'en ai pas la chance car ses doigts brûlants entourent mon poignet, en empêchant ma fuite.

« Nous n'en avons pas fini, Princesse. Même pas un peu. »

« Kane, je ne peux pas faire ça. Je te l'ai dit, je refuse de faire partie de cette vie. Les jeux, les mensonges, les conneries. »

« Pouvons-nous juste parler, s'il te plaît ? Il y a tellement de choses que j'ai besoin de te dire. »

Tout l'air s'échappe de mes poumons devant la sincérité de sa voix.

Ma tête me dit de dire non et de continuer à marcher pour sortir de là et sortir de sa vie. Mais je sais déjà que cela ne servirait à rien. Il y a quelqu'un quelque part qui veut clairement que nous soyons ensemble parce que l'univers semble continuer de nous réunir, peu importe à quel point c'est explosif lorsque nous nous rencontrons.

« Kane, » je soupire, en me sentant déjà céder à cause de son contact brûlant et de la vulnérabilité de sa voix.

« S'il te plaît, » supplie-t-il, et je m'effondre.

Je me retourne vers lui, et je le regarde dans les yeux. Le bleu auquel je suis si habituée scintille avec quelque chose que je n'ai jamais vu auparavant. De l'émotion. De l'espoir. Quoi qu'il en soit, la colère habituelle est partie depuis longtemps.

« Tu as dix minutes et ensuite je pars. »

« OK, » murmure-t-il, en tirant sur mon bras pour que je n'aie d'autre choix que d'être contre lui.

Je me bats mais il est trop fort. Son autre main se lève

pour prendre le côté de mon cou et je fonds dans sa prise familière.

« Tu m'as manqué, » soupire-t-il, en laissant tomber sa tête contre la mienne.

« Cela ne s'appelle pas parler, Kane, » je le préviens. « Ton temps est compté. »

Il souffle et me relâche à contrecœur.

Je ne reprends pas ma place sur le canapé, à la place, je prends une chaise, en m'assurant qu'il ne puisse pas s'asseoir à côté de moi et obscurcir mon jugement avec son contact brûlant.

« Dix minutes, » je lui rappelle alors qu'il s'assoit en face de moi sur le canapé. Il se met sur le bord, en posant ses coudes sur ses genoux et il me regarde à travers ses cils. Tous ses regrets sont clairs sur son visage et je ne peux m'empêcher de m'adoucir malgré le fait qu'il n'a pas encore dit un mot, enfin pas un mot qui permette d'améliorer tout ça.

« Elle n'est pas enceinte, Let. Putain, je te le promets. »

« Alors pourquoi a-t-elle dit qu'elle l'était ? » Je m'assieds sur la chaise et croise les jambes pour tenter d'avoir l'air nonchalant, je ne pense pas y arriver du tout quand ses lèvres s'étirent en un sourire narquois.

Il soupire alors que sa main se dirige à nouveau vers ses cheveux.

« L'une des choses que je faisais pour Victor depuis l'arrestation de Kyle était de... divertir des gens. »

« Des gens ? », je dis sur un ton impassible.

« Des femmes. Kyle a été incarcéré pour des histoires

de drogue et j'ai refusé d'être mêlé à ça, alors il a utilisé mes autres... compétences. »

J'étouffe un rire incrédule. « Bien. »

« Au début c'était des femmes différentes, mais après quelques mois, il m'a attribué Alana de façon régulière. »

Mon corps sursaute sensiblement alors que son nom sort de sa bouche.

Ses poings se serrent comme s'il se retenait physiquement de s'approcher de moi.

« J'avais entendu parler d'elle. Elle est mariée à l'un de ses hommes les plus proches. »

« Il voulait que tu couches avec l'une des femmes de ses membres ? »

« Ouais. »

« Pourquoi ? »

« Honnêtement, je n'ai pas demandé. Je faisais juste ce qu'on me demandait. Il a fait en sorte de faire croire aux autorités que j'avais un boulot honnête et tant que je n'étais pas dans la rue, alors je le faisais. Je pensais que ça ne le dérangeait pas ou que leur relation était terminée et qu'ils n'avaient tout simplement pas rendu cela officiel ou peu importe. Ce n'était vraiment pas mon problème. »

« Non, tu n'avais qu'à la faire jouir, » dis-je sur un ton impassible et il pâlit.

« Bref, c'est devenu quelque chose de régulier. Je l'emmenais dîner pour la divertir quand Victor convoquait de grandes réunions ou que lui et ses hommes s'absentaient. Quoi qu'il en soit, quand Kyle a été libéré, je lui ai dit que, conformément à notre accord, j'en avais fini et je me suis éloigné, en espérant qu'il tiendrait parole. »

« Je sais déjà qu'il ne l'a pas fait, ce n'est pas nouveau, » dis-je sèchement.

« Je l'ai vue deux fois depuis que j'ai commencé à MKU. »

Mes dents grincent quand il l'admet et mes ongles s'enfoncent dans mes paumes.

« La première fois, il ne s'est rien passé. En fait, tu m'as envoyé un message, et je suis parti. C'était... » Il baisse les yeux un instant. « C'était la nuit à la bibliothèque. »

Je halète. « T-tu étais avec elle avant que—putain, Kane. »

« Je ne l'ai pas touchée. Je me suis assis en face d'elle à une table et j'ai passé la plupart du temps à penser à toi. »

Mes joues se réchauffent en entendant ses mots et je me bats pour ne pas réagir à cette déclaration.

« Et la deuxième fois ? »

Il tire sur ses cheveux jusqu'à ce que je sois sûre d'être sur le point de le voir se les arracher.

« C'était mercredi dernier. »

Je le regarde. « La nuit où tu as disparu. »

« Putain, Let. » Il se lève du canapé et commence à faire les cent pas. « Je ne pouvais plus te voir après ça. Je me détestais, mais je ne voyais pas d'autre moyen. J'avais besoin de temps pour trouver une issue, je ne pouvais pas simplement dire non. Personne ne dit non à Victor. »

Comme si je ne le savais pas, putain.

« Qu'as-tu fait, Kane ? », je demande, ma voix semblant ne pas être la mienne.

« Nous sommes allés dîner, et puis... et puis je l'ai emmenée dans un hôtel de l'autre côté de la ville. »

« Oh mon Dieu, » sort de ma bouche comme un gémissement. « Tu as couché avec elle ? »

La douleur et le regret suintent de lui alors que je m'entoure de mes bras dans l'espoir de pouvoir empêcher mon cœur affaibli de se briser ici, maintenant. M'a-t-il menti dimanche ?

« Non, je n'ai pas couché avec elle, » dit-il avec assurance, en répétant ce qu'il m'a déjà dit. « Mais j'ai... je lui ai donné ce dont elle avait envie. »

Le bruit qui sort de ma gorge n'est comparable à aucun son que j'ai émis auparavant, car mon cœur, que j'essayais désespérément d'empêcher de se briser, vole en éclats.

« Princesse, » dit-il dans un souffle, la douleur tordant ses traits alors que je le regarde comme si c'était un inconnu.

« Je dois partir. »

Lorsque je me lève, mes jambes me donne l'impression de ne pas vouloir me porter, encore moins de m'amener jusqu'à la porte ou à ma voiture.

« Non, s'il te plaît. J'ai d'autres choses à dire. S'il te plaît, écoute-moi. »

Je lui tourne le dos et marche en contournant la chaise sur des jambes faibles alors qu'il continue de me supplier.

« Pourquoi, Kane ? Donne-moi une bonne raison pour laquelle je devrais t'écouter. Tout ce que tu as fait durant toute ma vie, c'est de m'entuber. Encore et encore. Et c'est juste une autre de ces— »

« Parce que je suis amoureux de toi. »

Heureusement putain, j'étais près d'un mur parce que

je jure devant Dieu que si je ne l'avais pas atteint à ce moment-là, je serais par terre.

« Non, » je murmure, en refusant d'entendre ses mots, et encore plus de les accepter. « Tu me détestes et c'est comme ça que les choses devraient être. Nous sommes un désastre, Kane. Tout ce que nous faisons, c'est de nous blesser. Ce n'est pas d-de l'amour, c'est un putain de cauchemar. »

Ma poitrine me fait encore plus mal à chaque mot qui sort de ma bouche.

« Tu mens, » soupire-t-il, la chaleur de son corps commençant à réchauffer mon dos.

Ses doigts caressent doucement mon bras jusqu'à ce qu'il les entrelace dans les miens.

« Tu mens, Let. Il y a plus entre nous et tu le sais. Je sais que tu le ressens aussi. »

Son souffle chaud chatouille mon cou pendant qu'il parle et il envoie un frisson dans tout mon corps.

« Victor a monté un coup pour me faire tomber amoureux d'elle, pour me garder. Il savait que j'allais marcher et il a essayé de l'utiliser contre moi. C'est pour ça qu'elle a dit qu'elle était enceinte. Elle ne l'est pas. J'ai vu des copies de ses dossiers médicaux qui prouvent qu'elle est stérile. »

J'avale la boule d'émotion qui me bouche la gorge.

« I-il ne va pas te laisser partir, Kane. »

« Il va le faire mais ça va me coûter mon avenir. » Ses lèvres effleurent le lobe de mon oreille pendant qu'il me parle. « Avant le match, je l'ai appelé. Je lui ai dit que c'était fini. Je lui ai dit qu'il pouvait reprendre toutes les faveurs qu'il m'avait accordées, le football, l'université, le toit au-dessus de ma tête. Tout. »

Je prends une grande inspiration en entendant sa confession.

« Il ne le fera pas. »

« Il le fera. Je possède quelque chose d'important pour l'un de ses hommes. Soit il me laisse partir ou soit je ramène Alana en morceaux. »

Tout mon corps se tend. Je ne veux pas croire qu'il en serait capable, mais le venin dans sa voix me fait le croire.

« En quoi est-elle importante ? Son mari ne couche même pas avec elle ? » Je sais que c'est le cadet de mes soucis en ce moment mais je dois essayer de me concentrer sur autre chose que la sensation de son corps pressé contre le mien.

« Tu ne dois pas t'inquiéter de ça. Tout ce que tu as besoin de savoir, c'est qu'elle est assez importante pour ma libération. »

Je baisse la tête pendant une seconde, en laissant ses mots s'enregistrer dans mon esprit.

Il me laisse garder le silence en restant derrière moi avec ma main fermement dans la sienne.

« Mais... mais que vas-tu faire ? », je demande, avec la tête qui tourne après tout ce qu'il vient de me dire.

« Je ne sais pas, » répond-il honnêtement, ses doigts serrant les miens plus fort. « Je m'en fiche tant que je t'ai toi. »

Ma respiration se coupe lorsque j'entends ses paroles.

« Kane, » je soupire. « Tu ne peux pas tout abandonner. »

« Ce n'est pas ce que je fais. Je choisis. »

« Non, » dis-je en secouant vivement la tête d'un côté à l'autre. « Tu ne peux pas. »

« Je l'ai fait, Let. C'est fait. »

Tout mon souffle s'échappe de mes poumons quand il me fait tourner et me pousse contre le mur. Il se tient tout près, la longueur de son corps légèrement pressée contre le mien alors que ses yeux bleus intenses plongent dans les miens.

« J'ai passé l'appel, Princesse. Victor sait que j'en ai fini. C'est fini. »

La boule dans ma gorge grandit jusqu'à ce que ma respiration devienne presque impossible et mes yeux se remplissent de larmes.

« Mais c'était ton rêve de jouer au football universitaire, » je réussis à dire.

« Ça l'était. J'ai un nouveau rêve. » Sa main se déplace jusqu'à cet endroit de mon cou que j'aime tant, ses doigts glissent dans mes cheveux et son pouce effleure ma joue. « Je te veux, Letty. Tu m'as donné un ultimatum et j'ai choisi. » Il se penche, son nez frôle le mien. « Je t'ai choisie. »

Ma poitrine se soulève, ma tête tourne et mon corps brûle sous son toucher innocent alors que nous nous regardons en silence.

Le seul son en dehors de notre respiration haletante est celui d'une horloge quelque part dans la pièce qui émet un tic-tac à chaque seconde qui passe.

« Dis quelque chose, Princesse. »

« Je... hum... je ne— »

Il cherche mes yeux pendant que je bégaie pour trouver quelque chose à dire.

« Dis-moi que tu veux ça, Let. Dis-moi que tu me choisis aussi. »

Ma poitrine me fait mal devant la vulnérabilité de sa voix.

« Kane, » je soupire. « Il n'y a jamais eu de choix à f— »

Il bouge avant que je n'aie prononcé le dernier mot. Ses lèvres réclament les miennes dans un baiser torride alors qu'il se presse contre moi, en me coinçant entre son corps dur et le mur solide dans mon dos.

Mes lèvres s'entrouvrent à la seconde où sa langue sort et je la lèche goulûment dans ma bouche.

Sa main qui ne tient pas mon cou trouve son chemin jusqu'à ma taille et se glisse sous mon maillot des Panthers, ses doigts durs grattant ma peau de la manière la plus délicieuse au monde.

« Kane, » je soupire lorsqu'il relâche ma lèvre inférieure et embrasse ma mâchoire.

Il me soulève, en enroulant mes jambes autour de sa taille et en pressant sa bite dure contre mon entrejambe.

« P-pas ici, » je me force à dire quand il aspire mon cou, en ravivant les ecchymoses qu'il avait laissées et qui s'étaient presque estompées.

« Non, Princesse. Pas ici. Cette fois, je vais prendre mon putain de temps avec toi. »

Mes doigts se faufilent dans ses cheveux et je ramène son visage vers le mien, en posant mes lèvres sur les siennes et en prenant le plaisir dont j'ai envie.

« Dans la chambre, » je marmonne dans notre baiser et il m'écarte immédiatement du mur et commence à marcher dans la petite entrée.

Il ouvre une porte d'un coup de pied, et je n'ai pas la chance de regarder autour de moi avant d'être jetée sur le lit avant qu'il ne se jette sur moi.

« Kyle n'aurait pas pu me trouver une meilleure surprise, Princesse. » Ses doigts s'enroulent autour de l'ourlet de mon maillot et il me le retire avant de le jeter quelque part derrière lui.

« Ces petits cons nous ont bien eus, » je gémis alors qu'il embrasse ma clavicule avec ses dents qui effleurent ma peau sensible, en faisant se durcir mes tétons et souhaiter que ce soit sa bouche à la place.

Le dos cambré, je m'offre à lui sans retenue.

« Sale petite pute, » murmure-t-il et comme toujours, ses mots et son ton grave font se tordre mes entrailles.

Il s'assied entre mes jambes et enlève son maillot et le jette, pour qu'il rejoigne le mien.

« Putain, tu es sexy, » je laisse échapper en faisant courir mes yeux le long de son torse et de ses abdominaux.

« Je suis content que tu le penses, mais je ne suis rien comparé à toi. »

Ses doigts déboutonnent rapidement mon jean et en quelques secondes je suis allongée devant lui en soutien-gorge et en culotte.

« Tu es tellement belle, putain. »

Penché sur moi, ses mains effleurent mes flancs jusqu'à ce que ses mains géantes prennent mes seins. La sensation me fait sursauter et il profite de ma réaction en plongeant sa langue dans ma bouche.

Ses baisers et ses caresses sont enivrants, et je me perds rapidement en lui, en oubliant tout ce qui existe en dehors de ces quatre murs et je me noie dans le plaisir.

Il a raison, je ressens cette chose entre nous. Je l'ai toujours sentie, mais même maintenant, même après qu'il a admis ce qu'il ressentait. Cela me terrifie toujours plus que presque tout ce que j'ai pu vivre dans ma vie.

CHAPITRE QUATORZE

Kane

Tout s'effondre quand je l'embrasse. Ma réalité, mes peurs, tout sauf le plus important. Elle.

Je lèche sa poitrine, son goût sucré et addictif inondant mes sens.

Elle gémit sous moi et se cambre encore, en voulant s'offrir, désespérée que j'en fasse plus.

Mais je maintiens ce que j'ai dit, je veux profiter au maximum de chaque seconde. À tout moment, elle pourrait changer d'avis et s'en aller directement par la porte d'entrée. Je ne pourrais pas lui en vouloir si elle le faisait, tout ce que je viens de lui avouer ne rend pas vraiment la perspective d'une vie avec moi attirante.

Je n'ai rien. Et si je ne trouve pas un travail convenable rapidement, même ce toit au-dessus de nos têtes pourrait être remis en question.

Son gémissement alors que je fais descendre mes

lèvres jusqu'à la naissance de ses seins me ramène à la réalité et je lève les yeux vers elle.

Mon souffle se coupe quand je vois l'or qui scintille dans ses yeux alors qu'elle me fixe.

Quelque chose crépite et mon cœur bat la chamade alors que notre connexion se maintient.

« À moi, » je soupire, mes lèvres caressant sa peau alors que je prononce les mots.

Elle hoche la tête. « À toi. »

Ses putains de mots me tuent.

Je n'avais pas l'intention de dire ce que j'ai dit dans le salon, pas que ce ne soit pas vrai. C'est vrai. Je pense que je l'ai réalisé le soir où je suis sorti avec Alana avant que tout ne dégénère, même si vraiment, j'aurais dû en prendre conscience bien avant ça, mais je suis un putain d'idiot qui ne voit pas plus loin que le bout de son nez. Les dix dernières années en sont une preuve suffisante.

Mais la regarder commencer à s'éloigner de moi. Cela m'a fait affronter mes sentiments plus rapidement que jamais et je savais que je devais faire quelque chose pour l'empêcher de me laisser tomber.

J'ai besoin d'elle. J'ai tellement besoin d'elle que je ne suis pas sûr de pouvoir jamais l'exprimer.

En faisant glisser mon doigt sous le bonnet de son soutien-gorge, je retire la fine dentelle, en exposant son téton dur.

Je salive à l'idée d'envelopper mes lèvres autour de son téton et de le sucer profondément, mais avant de faire cela, je lève mes yeux vers les siens et souffle sur sa peau sensible.

La sensation fait frémir son corps entier.

« Kane, » dit-elle à moitié en gémissant et à moitié sur le ton de la menace alors que ses hanches se frottent contre moi pour tenter de trouver ce dont elle a envie.

« La voilà, » je grogne en l'embrassant et en la léchant. « Ma. Sale. Petite. Pute. »

« Ouiiii, » elle siffle alors que je prends son téton dans ma bouche et que j'enfonce mes dents dedans. Ses doigts se faufilent dans mes cheveux pendant que je lèche la morsure avec ma langue avant de changer de côté, en exposant son autre téton et en lui infligeant le même traitement.

« Putain. Tu es tellement belle, Princesse, » dis-je en m'asseyant et en la fixant.

Ses cheveux noirs sont en désordre sur mes draps gris clair, sa poitrine se soulève, en ne faisant que souligner toutes les marques de morsure que je lui ai faites avant que mes yeux ne tombent sur ses seins gonflés, ses tétons foncés suppliant d'en avoir plus.

Je fais glisser ma main dans son dos, je décroche son soutien-gorge et le lui retire rapidement.

« Ne te cache pas de moi, Princesse. Pas maintenant, jamais. »

Elle secoue la tête alors que je descends plus bas, en faisant courir mes lèvres sur ses côtes et le long de son ventre.

« Tes courbes sont tellement sexy, » je murmure contre sa peau.

Il faudrait que je sois aveugle pour ne pas remarquer les différences en elle depuis que nous nous sommes revus pour la première fois. Ses seins sont plus pleins, ses hanches plus larges, ses cuisses plus épaisses. Elle a l'air en meilleure santé, plus heureuse et je sais qu'elle se sent plus confiante. C'est évident dans chacun de ses mouvements.

« Ce sont les pizzas, » murmure-t-elle, un sourire s'étirant sur ses lèvres.

« Ça te va bien. »

Je glisse mes mains sous son corps, et je serre ses fesses jusqu'à ce qu'elle crie.

« Ça me convient encore mieux. »

« Kane, » prévient-elle alors que je commence à faire glisser sa culotte le long de ses jambes.

« Quoi, Princesse. Est-ce que je ne vais pas assez vite pour toi ? »

Sa tête remue d'un côté à l'autre.

« Dis-moi ce dont tu as envie. »

« De toi, Kane. »

« Je suis juste là, bébé. Tu vas devoir être un peu plus précise. »

Elle se redresse sur ses coudes et me fixe, en me tenant prisonnier de ses yeux sombres.

« Fais-moi jouir. Avec ta langue. »

Le désir m'inonde en entendant ses mots, en rendant ma bite déjà dure presque douloureuse.

Je presse mes mains contre l'intérieur de ses cuisses, je les écarte largement et une seconde plus tard, j'arrache mes yeux des siens et mon regard parcourt son corps, jusqu'à se concentrer sur sa chatte.

J'aspire ma lèvre inférieure pendant que je regarde sa chatte gonflée.

« Tu sais que tu as la plus belle putain de chatte du monde. »

« Montre-le-moi plutôt que de parler. »

« Putain, Princesse, » je grogne.

Cette putain de femme me tue.

Je descends du lit, je me mets à genoux et la traîne jusqu'au bord jusqu'à ce que ses fesses pendent, en me donnant un accès parfait.

En faisant la même chose que sur son téton, je souffle sur sa chatte.

Elle gémit, en soulevant ses hanches du lit dans son envie désespérée d'en avoir plus.

« Tu t'impatientes, Princesse ? »

J'embrasse sa cuisse, en respirant son parfum alors que je me rapproche de l'endroit où elle a envie de moi.

« Kane, s'il te plaît, » supplie-t-elle, sa voix semblant torturée alors qu'elle me tire les cheveux pour essayer de me mettre là où elle veut que je sois.

« Pense juste à quel point ce sera meilleur après avoir attendu, » je murmure avant de rire en entendant son grognement de frustration.

« Kane, je—argh, putain, » gémit-elle, en retombant sur le lit alors que je lui donne enfin ce dont elle a envie et fais courir ma langue le long de sa chatte.

Son goût sucré inonde ma bouche alors que je la lèche, en taquinant son clitoris avec des coups de langue qui la torturent avant de descendre plus bas et de l'enfoncer en elle.

« Oui, putain. Putain. Kane. » Les mots sortent de sa bouche pendant que je m'active, en lui donnant tout ce dont elle a envie alors que ses hanches se frottent contre mon visage.

« Tu es déjà proche, Princesse ? », je grogne contre

son clitoris, en sachant que les vibrations de ma voix grave la rendront folle.

« Oui, oui. Putain, » crie-t-elle alors que j'enfonce deux doigts en elle, en les pliant de façon à trouver son point G. « Ouiiiii. »

En quelques secondes seulement, elle crie mon nom, en enroulant ses doigts si fermement dans mes cheveux, que je suis sûr qu'elle est sur le point de les arracher alors qu'elle se noie dans les vagues de plaisir qui la submergent.

Sa chatte dégouline à cause de son orgasme et je la lape avidement, en faisant mienne chaque goutte alors que mon corps me crie de la prendre, de la baiser jusqu'à ce qu'aucun autre homme au monde n'existe pour elle.

Ce n'est que lorsqu'elle cesse de palpiter autour de mes doigts que je m'éloigne enfin d'elle et la jette sur le lit.

Je me dépêche de déboutonner mon jean et je le fais glisser le long de mes jambes en entraînant aussi mon boxer.

Les yeux de Letty suivent chacun de mes mouvements, en regardant chaque centimètre de mon corps au fur et à mesure que je l'expose.

Quand je lève les yeux, elle mordille sa lèvre inférieure alors qu'elle regarde ma bite.

« Je t'ai manqué ? », je demande avec un sourire narquois.

« Tu n'en as pas idée. Depuis combien de temps as-tu ce piercing ? »

« Quelques années. Tu aimes ? », je demande, en prenant ma bite en main et en la branlant lentement alors que je grimpe à nouveau sur le lit pour m'installer entre ses jambes.

« Mmh mmh. »

Elle tend la main et passe son doigt sur le métal froid qui traverse le bout.

Je siffle quand elle me touche, déjà honteusement proche de l'orgasme en l'ayant juste léchée.

« Ça donne une sensation... » Elle s'interrompt alors qu'elle réfléchit, ses yeux s'assombrissant alors qu'elle se souvient de tous nos précédents moments passés ensemble. « Incroyable. »

« Je suis content que tu penses ça. » Je tombe sur elle, je place une main contre le matelas à côté de sa tête et je regarde dans ses yeux pendant que je fais courir mon gland sur sa chair. Elle halète en voyant l'expression de mon visage et mes lèvres se contractent, heureux qu'elle soit capable de voir le sérieux derrière les mots que je suis sur le point de dire.

« C'est ta dernière chance de changer d'avis, Princesse. Après ça, il n'y a plus de fuite possible, plus de conneries. Tu es à moi et je veux que le monde entier le sache. »

Elle hoche la tête très doucement.

« Dis-moi, Letty. Dis-moi que tu veux ça. »

Elle hésite pendant une seconde et je panique, mon cœur bat jusque dans ma gorge, mon sang fait bourdonner mes oreilles alors que je pense pendant ce bref instant qu'elle va changer d'avis. Qu'elle a compris à quel point je suis vraiment une grosse merde et qu'elle va me tourner le dos.

« Je veux ça, Kane. Je suis à toi. »

« Putaaain, » je grogne, en sentant ces mots s'imprégner jusque dans mon âme alors que je me précipite en avant, en la remplissant de chaque centimètre que j'ai.

Sa chaleur m'engloutit et je tombe sur mes coudes, en posant ma tête contre la sienne et en la fixant.

Aucun mot n'est échangé et nous restons immobiles, connectés de la manière la plus intime possible, mais c'est comme si un million de promesses étaient faites à ce moment-là.

Les larmes remplissent ses yeux alors que je les tiens captifs.

En tendant la main, j'en attrape une qui coule avec mon pouce.

« À moi, » je finis par murmurer lorsque mon envie de bouger devient trop difficile à supporter.

« À toi, » elle acquiesce, en faisant gonfler ma poitrine et en me touchant le cœur d'une manière totalement inédite.

En fléchissant mes hanches, je m'enfonce plus profondément en elle avant de me retirer lentement et presque complètement. Ses parois de velours ondulent autour de moi, en me faisant grincer des dents dans mon envie de me contrôler assez longtemps pour au moins la faire jouir à nouveau.

« Tu me fais me sentir... putain, Princesse. Tu me fais sentir comme au putain de paradis. »

Elle hoche la tête, en comprenant exactement ce que je veux dire alors que je reviens à l'intérieur de son corps.

Mes lèvres s'entrouvrent pour en dire plus, bien que

je n'aie aucune idée de ce qui est sur le point de sortir de ma bouche quand elle presse ses doigts contre elles.

« Pas un mot de plus, » dit-elle doucement. « Montre-moi. »

Je pose mes lèvres sur les siennes, j'enfonce ma langue profondément dans sa bouche, en cherchant la sienne alors que je l'embrasse aussi lentement et aussi profondément que je la baise. Pour lui montrer à chaque coup de langue et à chaque poussée de ma bite à quel point elle compte pour moi.

Malgré le fait que je sache que nous voulons tous les deux accélérer le rythme—si le passé signifie quelque chose, alors nous savons tous les deux que nous sommes fans des baises rapides, torrides et perverses—je n'accélère pas. Je veux qu'elle sache que c'est différent, que je suis différent, que c'est vraiment le début de quelque chose.

De quelque chose d'époustouflant.

CHAPITRE QUINZE

Letty

U ne poussée de plus, et je succombe à mon orgasme dans sa prise en gémissant de plaisir dans son baiser.

Alors que mon corps convulse et que le plaisir m'envahit, l'émotion m'envahit aussi.

« Princesse, » grogne Kane dans notre baiser avant que son corps ne s'immobilise et que sa bite convulse au fond de moi. Je ne pense pas au fait qu'il n'ait à nouveau pas mis de capote, je suis trop dépassée par tout ce qui s'est passé cet après-midi, par tout ce qu'il m'a avoué.

« *Je t'ai choisie.* »

Un sanglot jaillit de ma gorge et les larmes qui me brûlaient les yeux débordent et coulent sur mes tempes.

« Letty, » dit-il doucement quand il revient à lui et me trouve en train de pleurer sous lui. « Qu'est-ce qui ne va pas ? » Ses sourcils se froncent d'inquiétude et bien que cela me fasse me sentir plus légère, cela ne fait que faire couler mes larmes plus rapidement.

Je jette mes bras autour de ses épaules, et je le tire vers moi pour que son poids m'écrase contre le matelas.

Il me tient comme ça pendant une éternité alors que j'essaie de comprendre tout ce qui s'est passé depuis qu'il a franchi cette porte et m'a dit tout ce que je ne savais pas avoir besoin d'entendre.

Mais aussi incroyable qu'ait été d'entendre ces mots sortir de sa bouche, tout cela a un coût. Un énorme putain de coût. Son avenir.

Je ne peux pas le laisser tout foutre en l'air pour moi. Je refuse de le laisser faire.

« Tu me fais peur, » dit-il, en se soulevant et en nous faisant rouler pour que nous soyons tous les deux sur le côté. « Qu'est-ce qui ne va pas ? »

Cela me prend quelques secondes, mais finalement, je trouve le courage d'ouvrir les yeux et de regarder ses yeux inquiets.

« Je— » J'expire. « Je ne peux pas te laisser faire ça, Kane. Je ne peux pas. »

Il lève la main pour prendre ma joue en coupe, et essuie mes larmes.

« Je ne te demande pas quoi que ce soit, Let. Cela pourrait te surprendre, mais je ne fais rien que je ne veuille faire. »

J'éclate de rire parce que j'ai peut-être vécu cela une fois ou deux.

« Je sais, mais— »

« Il n'y a pas de 'mais', Letty. J'ai pris ma décision et je l'ai mise en œuvre. Je pensais chaque mot que j'ai dit. »

Mais. Le mot est juste sur le bout de ma langue mais je lutte pour le repousser, en sentant qu'il n'a pas fini.

« Je ne m'attends pas à ce que tu me dises quelque chose en retour. Je sais que je t'ai blessée maintes et maintes fois et de cela, je ne peux que m'excuser. J'étais un putain d'idiot, Let. Je ne pouvais pas voir ce qui était au bout de mon nez. Mais tu es la seule pour moi, Princesse. Tu es la seule chose que je veux. »

« Ce n'est pas si simple, Kane, » j'argumente.

« Ça pourrait l'être. »

« Mais ce n'est pas possible. Tu ne peux pas tout bonnement t'éloigner de la seule vie que tu aies jamais connue et te retrouver dans le néant simplement parce que tu as eu cette soudaine révélation. »

« Elle n'est pas si soudaine, » marmonne-t-il, un sourire narquois apparaissant sur ses lèvres.

« Et Victor ? Je sais ce que tu as dit, » j'ajoute quand il s'apprête à argumenter. « Tu ne peux pas vraiment croire qu'il va te laisser partir. Et mon père ? Si Victor sait que tu t'en vas à cause de moi, alors que va-t-il lui faire ? », je demande égoïstement. « Et le football ? L'équipe a besoin de toi— »

« Je suis sûr que Luca sera plus que ravi de ne plus avoir affaire à moi, Princesse. »

« C'est peut-être vrai, mais il a besoin de toi et il le sait. Tu es le meilleur. Avec toi et Leon à côté de lui, vous êtes invincibles. »

« Tu penses que je suis le meilleur ? », demande-t-il, un sourire incroyable s'étalant sur son visage.

« Ne prends pas le melon, je n'y connais rien en foot. »

« Tu as traîné avec les Dunn pendant des années, comment est-ce possible ? », demande-t-il comme presque tout le monde.

« C'est comme ça, crois-moi. Mais ce n'est pas la question. L'équipe a besoin de toi. Tu ne peux pas simplement t'en aller. »

« Je n'aurai pas le choix, Princesse. Victor va me retirer ma bourse et demandera à la direction de me retirer de l'équipe d'ici lundi matin. »

Je me penche en avant et je pose ma tête contre son torse, en ne voulant pas croire qu'il ait fait ça.

Il a eu le genre d'opportunité qu'aucun enfant de Creek n'est en mesure d'avoir et il y renonce juste à cause de... à cause de moi.

« Il doit y avoir un autre moyen. »

Il glisse ses doigts sous mon menton, et il soulève mon visage de son torse.

« J'aime que tu veuilles te battre pour moi, Letty. J'aime vraiment, vraiment ça. » Il fait rouler ses hanches en me laissant sentir une fois de plus sa bite dure qui me montre à quel point il aime ça. « Mais il n'y a pas d'autre moyen. Je ne peux pas aller à l'université ou vivre sans trouver de travail et je ne peux pas le faire avec le foot. Mais ça va aller. Je n'ai pas besoin de ce genre de choses. » Il entrelace nos doigts et porte mes articulations à ses lèvres. « Je vais trouver un travail, construire une vie décente loin de Creek et des Hawks. Faire quelque chose dont tu pourras être fière. »

Tout l'air s'échappe de mes poumons en entendant ses paroles.

« Oh, Kane, » je soupire, en passant ma main autour de sa nuque. « Il ne s'agit pas du tout de ça. »

Nous nous taisons à nouveau, le poids de notre réalité devenant pesant.

« Pouvons-nous mettre tout cela de côté jusqu'à demain ? », demande-t-il en frottant son nez contre le mien, ses lèvres effleurant le coin de ma bouche. Sa main glisse le long de mon dos et prend mes fesses en coupe, en pressant nos corps plus étroitement l'un contre l'autre.

« Je... euh... je suppose que oui. »

Ses lèvres réclament les miennes dans un autre baiser qui fait faiblir mes genoux et j'oublie à nouveau tout le reste et m'offre à lui.

Je ne me souviens pas m'être endormie mais quand j'ouvre les yeux et regarde la chambre de Kane, je me rends compte que j'ai dû m'endormir.

La chambre ne ressemble en rien à la personnalité de Kane. Les murs sont crème et les meubles sont tous clairs et dépareillés. Je suppose que rien de tout cela ne relève de son choix, que les meubles sont ceux dont il a hérité quand il a emménagé ici.

En trouvant l'autre côté du lit vide, je balance mes jambes par-dessus le bord du lit et enfile son maillot abandonné.

La maison est silencieuse mais confiante dans le fait qu'il ne m'aurait pas laissée seule ici, j'ouvre la porte et avance dans le petit couloir.

« Salut, » dis-je, en le trouvant assis sur le canapé, en

train de regarder son portable, plongé dans ses pensées. Les rides qui marquent son front font se nouer mon estomac alors que je me rappelle qu'il a tout abandonné.

Je voulais peut-être qu'il choisisse entre les Hawks et moi, mais je ne m'attendais pas à ce que cela se termine par l'abandon de son rêve.

Il doit bien y avoir quelque chose que nous pouvons faire.

« Hé, Princesse. » Un sourire envahit son visage lorsqu'il se retourne pour me voir debout dans l'embrasure de la porte avec seulement son maillot. « Hmm, tu as l'air appétissante. On aurait envie de te manger. »

« Je suis presque sûre que tu l'as déjà fait, » dis-je, en essayant d'ignorer la bouffée de chaleur qui assaille mon corps et en échouant lamentablement.

« Bien sûr que je l'ai fait. Mais j'ai l'intention de recommencer bientôt. » Il me fait un clin d'œil et mes joues brûlent quand je me souviens de son visage entre mes cuisses.

« Est-ce que je peux utiliser ta salle de bain ? »

Ses yeux reluquent tranquillement mon corps à peine vêtu avant de faire un signe de tête par-delà mon épaule.

« C'est la porte derrière toi. Je dois te prévenir, elle est bleue. »

« Bleue ? », je demande en riant.

« Tu verras. » Je recule, en gardant mes yeux rivés sur ses yeux brûlants. « Sers-toi de ce que tu veux. »

« Merci. »

« Tu as faim ? », me demande-t-il avant que je ne pousse la porte.

« Euh... ouais. »

« Qu'est-ce que tu veux ? Je vais commander quelque chose. »

« Chinois ? »

« Très bien. »

« Tu peux choisir pour moi. » Je disparais dans la salle de bain et ferme la porte derrière moi avant qu'il ne puisse argumenter. « Ouah, » je soupire. C'est vraiment... bleu.

J'utilise les toilettes, je me brosse les dents avec son dentifrice et mon doigt et je m'asperge le visage d'eau, en faisant de mon mieux pour enlever mon maquillage qui a coulé, mais j'abandonne rapidement quand il ne s'enlève pas. Je dois récupérer mes affaires dans ma voiture, en supposant qu'il a l'intention de me faire rester ici, bien sûr.

Lorsque je retourne dans le salon, le canapé est vide mais j'entends du bruit dans la cuisine.

« Tu veux une bière ? » Kane demande avec la tête dans le réfrigérateur, en me donnant une vue magnifique sur ses fesses seulement couvertes par son boxer.

« Hmm... est-ce que tu as autre chose là-dedans ? » Il se penche un peu plus.

« Soda, eau, jus d'orange ? » Ce n'est que lorsqu'il regarde par-dessus son épaule qu'il réalise ce que je suis en train de faire. « Oh, tu vas avoir de sérieux ennuis, Scarlett Hunter. » Il ferme la porte du réfrigérateur et se précipite vers moi. Je décolle immédiatement, en courant autour de la table pour qu'il ne puisse pas m'attraper.

« Cela finira mieux pour toi si tu viens vers moi, » prévient-il après que nous ayons fait quelques tours, nos deux poitrines se soulevant et de larges sourires illuminant nos visages.

« Qui a dit que je voulais que cela finisse mieux pour moi ? Peut-être que je veux que tu me donnes une fessée parce que je suis une vilaine fille. »

« Oh, Princesse. On peut certainement arranger ça, » grogne-t-il.

Il fait un pas vers moi, en me traquant comme si j'étais sa proie et je m'élance en avant, mais pas avant d'avoir tiré sur l'ourlet de son maillot en lui montrant mes fesses.

« Tu vas avoir de vrais ennuis. » Je n'ai pas l'occasion de faire un pas de plus avant qu'il ne soit sur moi, en me montrant qu'il ne faisait que jouer avec moi avant de me laisser courir en avant. Enfoiré.

Mon front entre en collision avec le mur alors que son corps me coince contre lui. Je le sens dur contre mes fesses alors que sa main glisse sous le maillot puis sur mon ventre.

« Tu n'as aucune idée de combien je vais apprécier ta punition pour ce petit numéro. »

« Je pense que si, » je murmure, en poussant mes fesses contre les siennes et en me frottant contre sa queue.

Un halètement sort de ma bouche alors que sa main s'enroule autour de ma gorge, en la serrant légèrement. Son toucher possessif envoie de la chaleur inonder mon entrejambe.

« Et dire que j'avais l'intention de te traiter correctement ce week-end. »

« Qu'est-ce qu'il y aurait d'amusant là-dedans ? J'aime quand tu es pervers. »

Il me fait pivoter sur moi-même, en me plaquant au

mur avec une main toujours sur ma gorge et l'autre sur ma hanche.

« Je sais, bébé. Et j'adore ça. »

Ses lèvres sont presque sur les miennes quand on frappe à la porte.

« Sauvée par le gong, » dit-il dans un souffle contre moi et je m'affaisse contre le mur, la déception m'envahissant à l'idée qu'il ne me prenne pas ici.

Il me fixe et comme s'il pouvait lire dans mes pensées. Il beugle : « Laissez-le là. Merci, mec. »

Le gars dit quelque chose en retour mais je suis trop perdue dans les yeux emplis de désir de Kane pour enregistrer ses mots.

Rapidement, il fait descendre son boxer sur ses hanches, en libérant sa bite dure avant de me soulever du sol.

« Ouvrons-nous l'appétit. »

« Kane » je crie alors qu'il me remplit, ma tête retombant contre le mur alors que le plaisir déferle dans mon corps comme s'il ne m'avait pas déjà fait jouir à plusieurs reprises il y a seulement quelques heures.

Au moment où nous récupérons la nourriture chinoise sur le pas de la porte, elle est froide.

«Va te laver et je vais faire réchauffer ça, » dit-il en tenant le sac qu'il vient de ramasser.

Juste avant que je ne me dirige vers la salle de bain, mon portable sonne dans mon sac à main.

En marchant vers la table à manger, je le sors et le déverrouille et je vois le nom de Leon qui s'affiche.

Kane pose le sac de nourriture sur la table à côté de

moi, et enroule ses bras autour de ma taille en posant son menton sur mon épaule.

« J'aurais dû deviner, » marmonne-t-il en voyant qui m'a envoyé un message.

« Je pensais que vous étiez les meilleurs amis du monde maintenant, » je commente en pensant à Lee qui me parlait de la petite conversation qu'ils avaient eue dans la voiture de Kane.

« Je n'irais pas aussi loin, » grogne-t-il. « Mais au moins, il ne veut pas te voler à moi. »

« Ce sont tous les deux des gars bien, Kane. »

« Hmm... nous verrons. Le jury est toujours en train de délibérer sur le cas de Luca. »

« Oh chut, tu es juste jaloux. »

« Que tu aies couru directement vers eux au moment où j'ai merdé, ouais, je suis carrément jaloux. »

Je me crispe dans sa prise.

« Que veut-il ? », demande-t-il, en faisant s'éloigner mes pensées de mon erreur passée.

J'ouvre le message et le lis.

« Il veut savoir si je viens à la fête ce soir. » Je ne sais pas pourquoi je le dis à voix haute, il regarde par-dessus mon épaule et peut parfaitement bien lire.

« Dis-lui que tu seras à une fête à deux. » Ses lèvres effleurent mon cou, en faisant frissonner ma peau.

« Je croyais que tu réchauffais la nourriture ? »

« C'est ce que je faisais, mais ensuite je me suis souvenu que tu avais meilleur goût. »

« La nourriture, Kane, » je demande en m'écartant de lui. Il se plaint mais prend le sac et l'apporte au comptoir pendant que je dis à Leon que je suis à Rosewood.

J'envoie aussi un message à ma mère parce que si quelqu'un peut m'aider en ce moment, c'est bien elle.

Je remets mon portable dans mon sac à main, et je me dirige vers la salle de bain.

« J'espère que tu as faim, » dit-il quand je reviens et que je regarde la quantité de nourriture qu'il a disposée sur la table.

« Je pensais que c'était une fête à deux, pas avec toute la rue. »

« J'ai une longue nuit qui m'attend, » dit-il sur un ton impassible, en tirant une chaise pour moi comme le gentleman qu'il n'est certainement pas.

« Merci. » Je m'assieds et prends le verre de vin. « Ouah, c'est fantastique vu que tu ne savais même pas que j'allais être ici. »

« Qu'est-ce qui te fait dire ça ? », demande-t-il avec un sourire narquois.

« Ton visage quand tu es entré était très révélateur. »

« Je pensais que j'allais passer le week-end avec Kyle. »

« Ils se sont totalement joués de nous. »

« Je ne m'en plains pas. Je voulais te dire tout ça hier soir, » dit-il, en tendant la main par-dessus la table pour prendre la mienne.

« En parlant d'hier soir. » Je lève un sourcil de curiosité. « Quand je suis— »

« Je suis parti environ deux secondes après toi. » Je le regarde. « Seul. En fait, je t'ai suivie jusqu'à ton dortoir. »

« Pour m'assurer que je ne rentrais pas à la maison avec eux ? »

« En partie, oui. »

« C'était une erreur que je ne referai pas. Je le jure. Mais tu ne peux pas imaginer ce que ça m'a fait de l'entendre dire— » Je déglutis, en essayant d'avaler la boule qui vient de se former dans ma gorge à la l'idée d'une autre qui porterait son bébé.

« Je sais, Princesse, » dit-il en soutenant mon regard pour que je puisse voir la vérité dans le sien. « Je comprends. J'aimerais savoir quelque chose, cela dit. »

« Ce que tu veux, » je murmure en attrapant ma fourchette, en me sentant soudainement affamée maintenant que la nourriture est devant moi.

« Leon et toi. »

Je souris et je secoue la tête. Cela faisait longtemps que j'attendais qu'il me pose cette question.

« Nous étions en terminale, nous étions chez les Dunn pour célébrer une grosse victoire. Luca avait disparu avec l'une des pom-pom girls et Leon m'avait traînée pour danser avec lui parce qu'il avait cette salope de pom-pom girl vraiment insistante qui le draguait à mort. » Je ris toute seule en me rappelant le moment où il m'a demandé de l'aider. Leon n'a jamais été un mec facile comme son frère, il est beaucoup plus sélectif concernant les personnes avec qui il passe du temps. J'avais le béguin pour le mauvais, c'est sûr. Bien des fois au fil des ans, je me suis demandé comment les choses auraient pu tourner si ça avait été Leon qui avait fait battre mon petit cœur d'adolescente aussi fort que pour Luca.

« J'avais un énorme crush pour Luca, mais il ne le savait. Il m'a étiquetée comme étant simplement une amie pratiquement le premier jour où il m'a vue. Donc le voir constamment avec plein d'autres filles me faisait mal. Lee et moi étions tous les deux saouls cette nuit-là, je me suis blottie contre lui et nous avons dansé pour nous débarrasser de l'autre fille et une chose en amenant une autre... »

« Tu n'as jamais voulu aller plus loin ? », demande-t-il, sincèrement plus curieux que jaloux.

« Il n'y avait rien entre nous et nous le savions tous les deux. Nous étions tous les deux seuls et... ouais. Lee et moi, nous nous sommes toujours mieux compris que Luca et moi. Encore plus depuis que je suis revenue après— »

« Je ne voulais pas le lui dire, » dit-il, les regrets remplissant son visage quand il s'arrête de manger.

« C'est bon. Je sais que tu ne ferais pas quelque chose comme ça par malveillance. »

« Ah bon ? », demande-t-il, en ayant l'air sincèrement choqué.

« Je sais que tu n'es pas un monstre, Kane. Je sais qu'apprendre tout ça t'a blessé et je sais que tu n'irais pas volontairement raconter par quoi je suis passée à tous ceux qui s'en soucient. La seule raison pour laquelle je ne leur ai jamais dit était parce que c'était douloureux de m'en souvenir, et puis aussi le fait que tu devais le savoir avant tout le monde. Je t'avais déjà caché suffisamment de trucs et tu les détestais déjà. Je n'avais pas besoin d'aggraver les choses. »

Il hoche la tête, en enfournant une grosse bouchée d'émincé de poulet.

« Léon est venu directement te voir après que je le lui ai dit ? »

J'acquiesce, en prenant un rouleau de printemps sans prendre la peine de le manger. « Nous avons fait un pacte de 'partage de secrets' quand j'ai commencé à MKU, et il est venu pour me dire les siens après avoir découvert les miens. »

« Oh ? »

« Je ne lui ai pas laissé le temps de me les dire. Quoi qu'il cache, il n'est pas prêt à en parler. »

« Tu es une bonne amie, Let. »

Je hausse les épaules. « Je ne sais pas. Nous avons perdu contact quand je suis partie, et c'était ma faute. »

« Non, vous êtes tout autant responsables et parfois la vie n'aide pas. »

« J'imagine, » dis-je, en portant enfin mon rouleau de printemps à ma bouche pour croquer dedans.

Nous restons assis à manger dans un silence confortable pendant un long moment, perdus dans nos pensées avant que Kane ne lâche une autre confession.

« Je sais que tu n'es pas responsable de la mort de Riley. J'ai juste... » Il expire péniblement, en plaçant ses couverts sur son assiette et en passant sa main sur son visage. « J'étais toujours en train d'essayer de gérer la mort de mes parents, je m'occupais de Kyle, de l'école, du football. Je savais que j'avais merdé à la seconde où Riley m'a parlé de t'inviter à ce bal et que je l'ai encouragé. Je ne voulais pas avoir l'air d'une gonzesse ou devoir lui avouer que je t'aimais bien pour l'écarter, mais j'aurais dû. »

« Kane, » dis-je en lui tendant la main. « Je suis désolée pour tes parents. »

Il repousse ses cheveux de son front, son émotion alors qu'il évoque leur souvenir est clairement visible.

Je fais glisser ma chaise, je l'encourage à faire de même et je m'assois sur ses genoux.

« Tu n'as jamais eu l'occasion de faire leur deuil, n'est-ce pas ? »

Oui, leur grand-mère les a accueillis, et c'était une femme merveilleuse, mais je sais, parce que j'étais là, que Kane a immédiatement endossé le rôle de tuteur de Kyle, même s'il n'était lui-même qu'un enfant. Il s'est impliqué très tôt avec Victor parce qu'il sentait qu'il devait subvenir aux besoins de sa famille et il a jonglé avec ça, l'école et le football, pendant des années. Tout ce qu'il a fait, ça a toujours été pour les autres. Même jusqu'à donner à Riley sa bénédiction pour sortir avec moi. Kane s'est toujours mis en dernier et je pense qu'il est temps que cela se termine.

En enroulant mes bras autour de lui, je pose ma tête sur son torse. « Je vais parler à ma mère. On va arranger ça, Kane. »

« Non, Let. Elle en a déjà fait plus qu'elle n'aurait dû pour m'aider avec tous les trucs pour Kyle. »

« S'il te plaît, Kane. Laisse-moi t'aider. Tu n'as pas besoin de te débrouiller seul maintenant. Maman a sans doute des contacts, peut-être qu'on pourra trouver un moyen de s'en sortir. »

Il pose ses lèvres sur mes cheveux et m'embrasse. « Je ne te mérite pas. »

« Après tout ce que tu as traversé, je pense que tu mérites le monde. »

« Putain de merde, Princesse. » Il me serre si fort que j'ai l'impression que quelque chose en moi va se briser, mais je ne voudrais pas qu'il en soit autrement.

CHAPITRE SEIZE

Kane

Je me penche et je cherche Letty de l'autre côté du lit, mais il est vide et les draps sont froids.

J'ouvre les yeux et je regarde la pièce, en ayant besoin de trouver une sorte de preuve qu'elle n'a pas réalisé qu'elle avait fait une horrible erreur hier et qu'elle a fini par se lever au milieu de la nuit pour partir.

Je soupire de soulagement quand je trouve ses vêtements et ses chaussures encore en tas sur le sol.

Je me remets dans mon lit, je remonte les draps sur moi et je repense à hier.

Elle était la dernière chose à laquelle je m'attendais quand Kyle a annoncé qu'il avait une surprise mais, putain, c'était exactement ce dont j'avais besoin.

Mettre les choses au clair, lui dire ce que j'avais fait et ce que je ressentais vraiment, c'était comme si ce poids énorme avait été retiré de mes épaules. Ouais, j'ai encore beaucoup de souci à me faire car je viens à moi seul de faire imploser ma vie avec cette décision. Mais je ne doute pas du fait que cela en vaudra la peine.

En me roulant sur le côté, j'enfonce mon nez dans son oreiller et respire son parfum.

Je mentirais si je disais que je ne m'inquiète pas de la suite. Je sais que j'ai rassuré Letty concernant ses inquiétudes au sujet de Victor, mais le fait est que sa menace est toujours bien réelle.

Sa menace ne concernait peut-être que le fait de me couper l'herbe sous le pied avec MKU mais c'est Victor putain de Harris. Un chef de gang impitoyable, assoiffé de sang et psychopathe. Il n'y a aucune chance qu'il me laisse partir sans se battre, que je fasse du chantage au sujet de la sécurité d'Alana ou non.

Je vais devoir faire mieux que ça si je veux le convaincre que je peux lui tourner le dos tout en gardant sous clé tout ce que je sais sur lui et ses hommes.

Personne ne s'éloigne de Victor Harris en restant en vie pour raconter son récit. Bon sang, j'ai veillé à ce que cela n'arrive pas de nombreuses fois, plus de fois que je ne peux compter. Mais je suis déterminé à y arriver.

Je serai celui qui est sorti de Creek, qui s'est éloigné des Hawks et qui a fait quelque chose de sa vie.

Je serai celui-là.

Je jette les couvertures, j'enfile un boxer propre et je sors. La maison est silencieuse mais quand je regarde par la fenêtre de la cuisine, je repère les cheveux de Letty et je me rends compte qu'elle est sur la balancelle sous le porche.

Je passe par la salle de bain, je nous prépare du café et je sors. Le son de sa voix douce alors que j'ouvre la porte fait vaciller mes pas.

« Maman, je sais. Oui. Oui. Tu n'avais pas besoin de le dire, » marmonne-t-elle avec un rire qui fait vibrer quelque chose dans mon ventre.

« Eh bien, parfois, tu ne peux pas t'en empêcher. Je suis sûre que tu en es parfaitement consciente. »

« Est-ce que tu penses— » Elle se tait pour écouter la réponse. « OK, ouais. OK. Ça me paraît bien. » Pause. « Je ne suis pas sûre. Ce soir ou peut-être à la première heure demain. Je ne sais pas s'il a prévu quelque chose ou pas. »

Je fais quelques pas en avant, mon envie de la voir étant trop forte, je m'arrête au coin de la maison et je la regarde.

Elle est recroquevillée sur la balancelle dans l'un de mes sweats à capuche, tout son corps, jambes comprises, est caché sous le tissu. Elle a un doux sourire sur le visage alors qu'elle écoute Jada, son visage n'est pas maquillé et ses cheveux sont ramassés en un chignon désordonné. Je ne suis pas sûr qu'elle ait jamais été aussi belle.

L'air frais du matin mord ma peau alors que je me tiens là, mais il n'y a pas moyen que je bouge, pas quand la vue est si époustouflante.

Comment j'ai fait ça ? Je ne mérite pas qu'elle se retourne sur moi, encore moins qu'elle soit là et se batte pour moi.

Il y a une partie de moi qui a envie d'aller lui arracher le portable de l'oreille et d'exiger qu'elle me laisse tout gérer seul, mais je sais déjà comment ça se passerait. Elle ne se laisserait pas faire. Elle veut m'aider, et je veux la rendre heureuse alors...

En sentant ma présence, elle me regarde. Un petit halètement s'échappe de ses lèvres avant qu'un beau sourire ne s'y dessine et ne me serre le cœur.

« J-je dois y aller, il est réveillé. » La chimie crépite entre nous pendant que nos regards se soutiennent. « OK, à bientôt. Merci, Maman. »

Elle raccroche et pose son portable, aucun de nous ne dit rien pendant longtemps alors que nous nous imprégnons l'un de l'autre.

« Tu es toujours là, » dis-je, comme un idiot quand je ressens enfin le besoin de briser le silence.

« Où serais-je allée ? »

« Tu aurais pu rentrer à Maddison en réalisant que tu avais merdé en acceptant de rester ici. »

« Euh, c'est drôle parce que je ne me souviens pas vraiment avoir accepté quoi que ce soit, » dit-elle sur un ton impassible.

« Tu as raison. Tu n'avais pas le choix. Je t'aurais enfermée ici et t'aurais finalement remise dans le droit chemin. »

« Tu veux dire que tu m'aurais enlevée ? », demande-t-elle, avec une excitation évidente brillant dans ses yeux.

« Si c'est ce qu'il faut. » Des images du sous-sol de Reid et d'Alana dans sa chambre de torture me viennent à l'esprit mais je les refoule.

« Enfermée dans la maison avec seulement toi pour compagnie, je peux penser à des choses terribles à faire. »

« Tu es perverse et j'adore ça, » dis-je en mettant les mugs sur la petite table devant elle avant de l'attraper, en enroulant ma main autour de sa nuque et en inclinant sa tête pour qu'elle n'ait pas d'autre choix que d'accepter mon baiser. « Bonjour, Princesse. »

« Salut, » murmure-t-elle presque timidement alors que je caresse ses lèvres avec les miennes, une fois, deux fois, puis les prends dans un baiser torride qui me fait vibrer jusqu'aux orteils.

« Tu as bien dormi ? », je demande, en me laissant tomber sur la balancelle à côté d'elle et en retirant ses jambes de sous mon sweat à capuche pour les mettre sur les miennes tout en faisant courir ma main le long de sa cuisse chaude.

« Oui. C'était ma mère, » dit-elle, au cas où je ne l'aurais pas compris.

« Qu'a-t-elle dit ? », je demande avec hésitation. Je suis bien conscient du nombre de faveurs que Jada Hunter a déjà obtenues pour moi alors que j'essayais désespérément de tout régler pour Kyle, la dernière chose dont j'ai envie est de lui causer plus de tracas. Surtout après toute la douleur que je sais avoir causée à Letty. Je me demande si elle aurait fait tout ce qu'elle a fait si elle avait su la vérité sur Letty et moi à l'époque.

« Elle va passer quelques coups de fil. »

Ce que je ressens à l'idée qu'elle demande de l'aide pour moi doit se voir sur mon visage parce qu'elle prend ma main et la serre.

« Elle veut aider, Kane. »

« Elle devrait me détester. »

Elle rit. « Je devrais aussi te détester, mais tu ne sembles pas avoir de problème avec ma présence ici. »

« Princesse, » je soupire. « C'est différent. Je ne suis pas amoureux de ta mère. »

Son souffle se coupe devant ma confession. Ses lèvres s'entrouvrent mais aucun mot ne sort. C'est comme si elle se battait pour trouver la bonne chose à dire.

« C'est bon, Let. Je ne m'attends pas à entendre quelque chose en retour. Je... J'ai juste réalisé ça et je savais qu'après tout ce qui s'était passé, j'avais besoin de te le dire. Je sais que c'est rapide, je sais que c'est dingue... » J'entrelace mes doigts dans les siens et la tire sur mes genoux. « Mais j'avais besoin que tu le saches. »

« Kane, je— »

Je presse mes doigts sur ses lèvres, en la coupant.

« J'apprécie vraiment que tu fasses tout ça, mais s'il te plaît, s'il ne se passe rien, s'il te plaît, ne te sens pas mal. Tout cela, à part toi, est ce que je mérite. Je ne suis pas une bonne personne, Let. Les choses que j'ai faites au fil des ans... » Je soupire en pensant à certaines choses que Victor m'a demandé de faire.

« Tout le monde mérite une seconde chance, Kane. »

« Tu es incroyable, tu le sais, Princesse ? »

En enfilant mes doigts dans ses cheveux, j'attire ses lèvres vers les miennes et essaie de lui montrer à quel point elle est incroyable.

« Tu m'as manqué quand je me suis réveillé, » j'admets quand je retire mes lèvres en faveur de son cou.

« Ah oui ? », elle dit dans un souffle, en se déplaçant pour me chevaucher.

« Ouais, je rêvais de toutes les choses que j'avais envie de te faire, » je grogne, en écartant mon sweat à capuche de son cou pour lécher sa clavicule alors que ma main glisse sous le tissu pour trouver sa poitrine nue.

« Kane, » elle gémit alors que je pince son téton déjà dressé.

Ma bite se met à bander alors qu'elle frotte sa chatte contre elle.

« J'ai envie de toi, Princesse, » dis-je, en passant ma main le long de son ventre et en glissant mes doigts à l'intérieur de sa culotte, pour la trouver trempée pour moi. « Putaain, » je siffle, en frottant son clitoris humide avant de plonger plus bas et à l'intérieur d'elle. « Tu es tellement prête pour moi, bébé. »

« Alors qu'est-ce que tu attends ? », demande-t-elle, sa voix n'étant plus qu'un murmure haletant alors qu'elle me regarde avec des yeux sombres et brillants.

En jetant un coup d'œil par-dessus son épaule, je constate que malgré le fait que nous soyons sous le porche, personne ne peut vraiment nous voir, enfin pas à moins de ne vraiment regarder. Non pas que l'attention de qui que ce soit m'empêcherait de me taper ma copine, je ne veux juste pas qu'elle soit mal à l'aise.

Mais alors que j'enfonce mes doigts en elle et qu'elle rejette la tête en arrière de plaisir quand je trouve son point G, je pense qu'elle s'en fout complètement.

Je me déplace gauchement, je descends mon boxer juste assez pour sortir ma queue.

« Lève-toi, » dis-je, en écartant sa culotte et en glissant légèrement vers le bas pour qu'elle puisse s'assoir sur moi. « Putaaaiin, » je gémis quand elle le fait.

« Kane, » soupire-t-elle alors qu'elle bouge les hanches

lorsqu'elle est complètement assise sur ma bite, en provoquant un petit halètement qui lui échappe.

Je tiens ses hanches pour l'aider à bouger, je recule un peu et je la regarde alors qu'elle se perd dans ce truc entre nous.

C'est foutrement électrique et quelque chose me dit que ça sera toujours pareil.

Je n'avais jamais connu ce désir brûlant avec une autre—et il y en a eu quelques-unes. Mais même maintenant, au fond d'elle, ce n'est pas assez. Ce ne sera jamais assez. Une vie ne suffira pas.

Elle garde un rythme assez lent, et malgré le fait que je crève d'envie de la marteler, je la laisse faire, je la laisse prendre son plaisir, Dieu sait que presque toutes les autres fois, elle n'a pas eu son mot à dire.

Elle fait glisser ses doigts dans mes cheveux, elle incline ma tête et effleure mes lèvres avec les siennes.

« Nous aurions dû faire ça il y a des années, » confesse-t-elle.

J'ai eu des pensées similaires au cours des dernières semaines alors que cette chose entre nous grandissait, mais je suis toujours arrivé à la même conclusion.

« Le moment n'était pas venu. Si nous n'avions jamais connu ces mauvais moments, comment pourrions-nous apprécier à quel point c'est bon maintenant ? »

Son corps entier s'arrête de bouger alors qu'elle enregistre mes mots. Elle penche sa tête sur le côté et un petit sourire se dessine sur ses lèvres.

« Tu tiens peut-être un truc là. »

« Tu es définitivement sur un truc, » dis-je avec un sourire narquois, en m'enfonçant en elle.

« Putain, c'est bon, » gémit-elle, ses doigts s'enfonçant dans mes épaules.

« Ouais ? Laisse-moi encore améliorer les choses. »

J'oublie qu'elle a le contrôle, je serre ses hanches si fort que je suis sûr que ça va laisser des marques avant de m'enfoncer dans sa chatte serrée et de prendre totalement le contrôle jusqu'à ce qu'elle crie mon nom assez fort pour que nos voisins l'entendent.

Ses ongles transpercent ma peau alors qu'elle prend son pied, sa chatte me serrant si fort que je n'ai d'autre choix que de jouir avec elle et de la remplir de ma semence.

Elle s'effondre sur moi, et elle lutte pour reprendre sa respiration alors que je me ramollis en elle.

« Let, tu es OK avec le fait que nous n'utilisions pas de préservatifs ? », je demande, en me rappelant comment elle paniquait à propos de ça dans le passé.

Ma question la fait se tendre et après quelques secondes, elle me regarde avec ses yeux sombres emplis de désir et fait à nouveau s'ébranler mon monde.

« Honnêtement— » Elle déglutit nerveusement, et j'imagine ce qu'elle pense. « Ça me terrifie. Je ne veux plus jamais revivre ça. Mais... ça. Toi et moi. Je ne veux rien entre nous. »

« Let, » je soupire et la serre plus fort contre moi. « Moi non plus, mais si tu en as besoin pour te rassurer... je le ferai. Je ferai n'importe quoi pour toi. »

« Nous n'avons pas eu de chance la dernière fois. J'étais sous pilule, peut-être que ça n'a pas marché ou peut-être que j'ai oublié de la prendre, je ne sais pas, je ne m'en souviens pas mais je suis sous injection contraceptive maintenant donc pas d'oubli. Si cela se reproduisait de façon inattendue, nous serions vraiment malchanceux. »

« OK, si tu es sûre. Je veux que tu sois heureuse, Princesse. »

« J'apprécie vraiment que tu mettes ça sur le tapis, mais l'idée de ne pas te sentir contre moi. » Sa voix se brise, en montrant à quel point cela a de l'importance pour elle.

« OK. Tu veux venir prendre une douche avec moi ? Et puis après, nous sortirons. »

« Où allons-nous ? »

« Surprise. » En la soulevant de mes genoux, je la mets sur ses pieds et lui donne une tape sur les fesses.

« Tu sais, » dit-elle sur un ton charmeur. « Mon cul n'a toujours pas l'empreinte de main. »

Un grognement monte dans ma gorge à cause de l'image qui me vient à l'esprit.

« Alors maintenant je te dois une fessée en plus d'une partie de jambes en l'air sur un capot de voiture ? », je demande, en devinant où elle veut en venir.

« Yep, » dit-elle, en bondissant vers la porte d'entrée.

Elle disparaît à l'intérieur pendant une seconde mais ressort avec ses clés de voiture avant que je ne la rejoigne.

« Pourrais-tu prendre mes affaires dans ma voiture ? »

Je me regarde. « Comme ça ? »

Elle hausse les épaules. « Autant donner un spectacle aux mamies qui sont dans la rue, » dit-elle innocemment.

« Tu as remarqué aussi, hein ? »

Elle jette un coup d'œil aux autres pavillons de toutes

les couleurs. « Je n'étais pas censée remarquer ? », demande-t-elle en luttant contre un sourire.

« Je pense que ça me va bien. »

« Oh ouais, quand on se balade dans cette rue, on pourrait vraiment se dire qu'un bad boy aux allures de gangster vit ici. Merde, » dit-elle quand mon sourire s'efface. « Je sais que tu en as fini avec ça, c'est juste… c'était une blague. »

« Viens ici, » dis-je en l'attirant dans mes bras. « Je serai ton bad boy gangster quand tu veux. J'espère que je pourrai mettre mon passé derrière nous et qu'il ne me hantera pas pour le reste de ma vie. »

« Tu peux être qui tu veux être, Kane. »

« Nous verrons. » Je ne sais pas encore si je vais quitter les Hawks mort ou vif. Je sais que Letty est au courant de ça. Elle n'est pas idiote, elle sait comment les choses fonctionnent, elle choisit simplement de ne pas exprimer ses inquiétudes en ce moment, un peu comme je le fais. « Va allumer la douche et déshabille-toi. »

« Plutôt autoritaire, hein ? » me demande-t-elle alors que je me retourne et descends les marches en ne portant que mon boxer.

« Toujours avec toi. »

Je sais qu'elle ne bouge pas d'un pouce, je sens ses yeux brûler ma peau tout le long du chemin jusqu'à sa voiture.

« Dans le coffre, » crie-t-elle quand j'arrive devant.

Je jette un coup d'œil par-dessus mon épaule, et je la vois poser ses coudes sur la balustrade du porche, en me regardant attentivement avec sa lèvre inférieure dans la bouche.

« Tu penses que les mamies aiment ce qu'elles voient ? », je crie.

« Oh ouais, tu embellis totalement leur journée, Legend. »

Je ris tout seul en ouvrant son coffre et en sortant ses sacs.

« Tu venais seulement pour le week-end, n'est-ce pas ? », je demande en les mettant tous les deux sur mon lit.

« Ouais, je n'étais pas sûre de ce que Harley avait prévu donc... »

« Très bien. Viens, alors. » J'attrape sa main, et je la tire contre moi, en plongeant pour capturer ses lèvres avant de lui retirer mon sweat à capuche qu'elle porte et de lui arracher sa culotte.

« Je n'ai pas apporté suffisamment de culottes de rechange... »

« Tu n'en as pas besoin, » je murmure à son oreille, en la faisant frissonner de désir. « Maintenant, que dirais-tu de te salir un peu avant d'aller te laver. »

« Kane, tu es insatiable. »

« Seulement quand il s'agit de toi, Princesse. Seulement avec toi. »

CHAPITRE DIX-SEPT

Letty

L'heure du déjeuner est passée depuis longtemps quand nous quittons enfin la maison. Après notre longue douche, Kane a trouvé du bacon dans le réfrigérateur et nous a préparé un petit-déjeuner très tardif. Même si je disais que c'était OK pour moi d'attendre un peu plus longtemps, mon estomac grondait trop fort et il m'a fixé avec ce regard qui voulait dire soit qu'il allait me tuer soit me dévorer encore et j'ai arrêté d'argumenter. Au lieu de ça, j'ai eu le privilège de le regarder s'affairer en cuisine comme un pro.

« Alors, vas-tu me dire où nous allons maintenant ? »

« Nope. » Je recule un peu sur le siège passager de Kane et regarde par la fenêtre alors qu'il descend la route côtière comme si nous retournions vers Maddison. Tous mes sacs sont toujours dans sa maison, donc je suppose qu'il ne m'y ramène pas.

Après une bonne vingtaine de minutes, des lumières attirent mon attention devant moi.

« Est-ce une fête foraine ? », je demande, remarquant le sommet d'une grande roue.

« Oui, Princesse. Qu'en dis-tu ? »

« Je dis, oui, bon sang ! », je couine, en me sentant déjà à nouveau comme une gamine.

La seule chose que nous avions l'habitude de faire chaque année en famille était d'aller à la fête foraine quand elle était en ville. J'ai d'incroyables souvenirs où nous mangions de la barbe à papa avec Zayn et Harley jusqu'à se rendre tous malades, où nous nous faisions peur sur les montagnes russes qui, avec le recul, n'étaient pas si effrayantes que ça.

« Super parce qu'il y a quelques personnes qui nous attendent. »

Je lui jette un coup d'œil et le large sourire sur son visage fait remuer quelque chose en moi. Savoir que je fais partie de la raison pour laquelle il sourit et qu'il est vraiment heureux et détendu signifient beaucoup pour moi.

« Je suis excitée, » dis-je, en rebondissant sur mon siège, plus que prête à sortir et à libérer ma petite fille intérieure.

« Tu ne sais même pas qui est là. »

« Tu penses que je suis idiote, Kane ? »

« Absolument pas. Peux-tu juste faire semblant d'être excitée quand tu les verras alors ? »

« Je suis excitée. »

Il me jette un coup d'œil, en souriant toujours avant de poser sa main sur ma cuisse et de la serrer doucement.

« Je ne te mérite pas. »

« Tu as raison, je suis trop bien pour toi, » dis-je sur un ton impassible.

« C'est exactement ce que je dis. »

« Oh chut, tu t'es regardé dans un miroir ces derniers temps. Et malgré les révélations récentes, tu es un putain de Panther de MKU. Un Panther. Cela te place tout en haut de la liste des beaux gosses de la fac. »

« J'étais un Panther, » marmonne-t-il tristement.

« Non, je refuse d'accepter que ça se passe comme ça. Nous trouverons un moyen, Kane. Tu mérites ta place dans cette équipe. »

« Je t'aime. »

Ses mots me touchent en plein cœur, tout comme les fois précédentes, mais malgré la sensation dans mon cœur, je ne peux pas prononcer les mots. Pas encore. Il s'est passé trop de choses entre nous, trop de choses doivent être réparées pour que je m'ouvre directement comme lui.

« Viens. » Il coupe le moteur et je me rends compte que nous nous sommes arrêtés sur le parking.

Dès que je sors de la voiture, je vois Harley et Kyle qui nous attendent à l'entrée.

Il prend ma main dans la sienne, et nous marchons côte à côte. Harley nous sourit comme si c'était le plus beau jour de sa vie, Kyle a l'air heureux mais un peu plus inquiet et cela me fait physiquement mal de garder mon visage impassible.

« Je ne peux pas le croire, Harley Hunter. Tu m'as menti. Tu t'es jouée de moi, » dis-je en lui donnant un coup dans la poitrine une fois que nous nous retrouvons face à face.

« Je suis... euh... » Elle regarde nos mains jointes avec ses sourcils rapprochés. « Tu n'as pas passé une bonne nuit, alors ? »

« Tu vas avoir de sérieux ennuis, » je la préviens avant que mon sourire n'apparaisse et que je l'attire contre moi avec mon bras libre. « Merci, » je murmure à son oreille.

« De rien. Je n'ai aucun doute sur le fait que tu aurais fait la même chose pour moi si tu avais été là quand Ky et moi étions en train de tout foutre en l'air. »

« Je veille sur toi, toujours. » Je lui fais un clin d'œil en la relâchant.

« Est-ce qu'on est prêt pour faire ce truc alors ? », demande Kyle. « J'ai envie de faire comme si j'étais un enfant qui n'a aucun souci au monde. »

« Carrément, oui, » acquiesce Kane, et ensemble, nous payons l'entrée et avançons pour rejoindre la foule heureuse derrière la clôture de fortune.

Nous passons de manège en manège, de jeu en jeu. Les gars deviennent de plus en plus compétitifs à chaque chose qu'ils essaient, même si, à notre grand amusement, ils sont plutôt nuls. Kane écrase Kyle aux jeux de tir, ce qui ne fait que confirmer toutes les choses qu'il a faites ces dernières années et dont je ne devrais probablement pas vouloir les détails. Mais c'est le cas. Je veux tout savoir. Chaque partie sombre et sale de l'énigme que représente Kane Legend.

« Tu es heureuse ? », me demande-t-il alors que nous marchons vers la grande roue au fond du parc. J'ai un chien en peluche sous le bras et un sac de barbe à papa à la main.

« Est-ce que tu plaisantes ? », je demande en montrant les deux. « Je suis au paradis en ce moment. »

« Je ne vais pas le prendre mal, » marmonne-t-il avec un sourire narquois. « Je pensais que j'étais le seul à pouvoir t'y emmener. »

« Tu m'as amenée ici. »

Il éclate de rire et je ne peux m'empêcher de rire avec lui.

Je prends un nuage rose de barbe à papa dans le sac, et je le porte à ses lèvres.

Il les ouvre mais il se penche tellement que lorsqu'il enroule ses lèvres autour du morceau sucré, il prend mes doigts avec. Sa langue caresse mes doigts, en envoyant de la chaleur directement dans mon entrejambe.

Ses yeux s'assombrissent alors qu'ils fixent les miens, pleins d'idées perverses et de promesses obscènes.

« Kane, » je préviens. « Il y a des enfants autour de nous. »

« Ne me dis pas que tu n'es pas amatrice des recoins sombres d'une fête foraine, Scarlett Hunter. »

Mes joues rougissent alors que je me souviens d'une fois avec Riley. C'était juste avant que nous emménagions et je m'accrochais toujours à l'idée que nous serions capables de faire fonctionner cette relation à distance.

« C'est bien ce que je pensais. Raconte-moi tout, » exige-t-il, en mettant ses mains sur mes hanches et en me faisant reculer jusqu'à ce que je heurte le côté d'un support de lancer de baseball.

« Tu veux vraiment savoir ? », je demande, mes sourcils se soulevant.

« Fais-moi plaisir. »

« Riley— » Les paupières de Kane se baissent à la mention de son nom. Il est clair qu'après toutes ces années, il ne gère toujours pas. Cela ne fait que confirmer mes pensées d'hier soir sur le fait qu'il n'a pas eu la chance de pleurer les siens. « Nous ne sommes pas allés au bout ou quoi mais... ouais. »

« Il me manque, » avoue Kane doucement.

Je lève ma main pour prendre sa mâchoire rugueuse en coupe. « Je sais. C'était une bonne personne. Le monde est nul sans lui. »

« Est-ce vraiment mal que je ne me sente pas coupable alors que tu étais sa première ? », demande-t-il, ses lèvres effleurant les miennes en même temps.

« Il serait heureux que nous nous soyons enfin trouvés, » je confesse.

« Oui, j'aime à le penser. Mais s'il nous regarde d'en haut en ce moment, il vaudrait probablement mieux qu'il détourne le regard. »

Je ris de son idiotie, mais il profite de mes lèvres entrouvertes et les capture dans un baiser qui fait faiblir mes genoux.

Quand nous sortons enfin de derrière le stand de lancer de baseball, mon corps brûle de ses baisers et je crève d'envie de l'entraîner ailleurs pour finir le travail qu'il a commencé, mais malheureusement, il semble avoir d'autres idées.

« Allez, j'ai envie te chuchoter des mots doux à l'oreille au sommet de la grande roue. »

Il serre ma main davantage, et il me tire vers l'entrée.

« Des mots doux ? Quand as-tu déjà chuchotés des mots doux ? » Je rigole.

« OK, bien, » dit-il, en s'arrêtant derrière moi dans la file. Il enroule ses bras autour de ma taille, et ses lèvres effleurent le lobe de mon oreille. « Je veux te chuchoter à l'oreille toutes les choses perverses que j'ai envie de te faire jusqu'à ce que tu te tortilles sur ton siège et que tu sois à peine capable garder ton calme tellement tu crèves d'envie de ma bite au fond de toi. »

« Kane, » je soupire, en ressentant déjà les effets de ses mots pervers.

« Oh regarde, nous sommes les prochains, » dit-il comme si les dernières secondes n'avaient pas réellement existé.

Il m'entraîne vers l'avant sur mes jambes tremblantes et nous nous installons dans la cabine avant d'être lentement soulevés dans les airs. La vue sur l'océan apparaît devant nous, les vagues qui ondulent capturent le soleil de l'après-midi. Les bruits de la fête en dessous de nous commencent à s'éloigner jusqu'à ce que nous ne soyons plus que nous deux.

Je souffle longuement alors que la plénitude s'installe en moi. Kane me tire contre lui et passe son bras autour de mes épaules, en me tenant fermement.

« Pourrions-nous rester ici pour toujours ? », je murmure dans le silence.

Kane se raidit un instant, nous sommes tous les deux plus que conscients que tout va encore changer demain.

« Peut-être qu'il ne fera rien, » je dis, en espérant qu'en prononçant les mots à haute voix, cela se réalisera.

« Princesse, j'aime ton optimisme mais il ne va pas laisser les choses se passer facilement. »

« Q-que penses-tu qu'il fasse ? »

« Honnêtement, je ne sais pas. J'ai Reid de mon côté, il a des cartes à jouer pour faire en sorte que tout se passe le mieux possible, mais Victor peut être imprévisible. »

« Tu vas... tu vas être en s-sécurité cela dit, n'est-ce pas ? »

« Bien sûr, Let. » Il me serre plus fort et dépose un baiser sur le dessus de ma tête.

Il ment et nous le savons tous les deux, mais je ne dis rien, je ne peux pas. La réalité est tout simplement trop déprimante pour être envisagée.

Alors que nous commençons à descendre au moment de notre dernier tour, je repère Harley et Kyle. Ils s'étaient éloignés pour faire les montagnes russes tout à l'heure. Je leur fais signe pour attirer leur attention et quand nous les trouvons une fois que nous sommes sortis de la roue, nous nous mettons d'accord pour partir et aller dîner.

« Tu retournes à Maddison ce soir ? », Kyle demande innocemment en faisant glisser son soda sur la table.

« Euh... » Kane hésite.

Je me penche et je murmure à son oreille : « Raconte-lui tout. Il peut encaisser. »

« Merde, » marmonne Kane, en frottant sa main sur son visage.

« Qu'est-ce qui ne va pas ? »

Kane regarde brièvement autour de lui comme s'il vérifiait que personne ne pouvait entendre cette conversation avant de se pencher par-dessus la table.

« J-je ne peux pas y retourner. C'est fini. »

« Comment ça, c'est fini ? Tu es entré à MKU pour faire carrière. Cela ne peut pas partir en fumée. »

« C'est le cas lorsque celui qui vous a aidé pour le faire est Victor Harris, » admet Kane.

Kyle pâlit de manière visible tandis que le visage de Harley se durcit.

« Putain de merde, mec. Je savais que tu faisais des trucs louches. Mais Harris, vraiment ? »

« Comment penses-tu que j'ai fait tout ça, Ky ? Un endroit convenable où vivre et un moyen pour que tu puisses recommencer ta vie à zéro. Je peux t'assurer que l'argent n'a pas poussé sur un putain d'arbre. »

« Je sais, je sais. J'ai... j'avais réussi à me convaincre que tu avais trouvé un autre moyen. »

« Je suis un enfant de Creek, Ky. Il n'y a pas d'autres moyens. »

La mâchoire de Kyle tressaute de colère. « Il y a un autre moyen, comme ce que nous vivons en ce moment. »

« Avec l'argent sale de Victor, » ajoute Harley.

Le silence se fait autour de la table pendant quelques minutes pénibles alors que Kyle finit par accepter ce qu'il ne voulait pas voir, et que Kane se noie dans la honte d'avoir admis la vérité.

« Je suis parti et il a repris tout ce qu'il avait fait pour moi. Demain matin, je n'aurai pas de place à MKU. C'est fini. Terminé. »

« Tu ne peux pas juste croiser les doigts et accepter ça, Kane. Tu mérites ça, cette chance d'avoir une vie meilleure. »

« Crois-moi, frérot. Après les conneries que j'ai faites ces deux dernières années, je ne le mérite vraiment pas. »

« Kane, » je soupire, en tendant la main et en serrant sa cuisse.

« Maman peut régler ça, non ? », Harley demande avec espoir.

« Je lui ai demandé de regarder ça. Nous ne savons pas à quel point la bourse et tout le reste sont suspects ou pas. Il pourrait s'agir aussi bien d'une simple réintégration que d'essayer de trouver un nouveau financement, ce qui prendrait du temps. »

« Mais la saison, » halète Kyle.

« Les Dunn me détestent déjà. Ce sont des arguments en plus pour eux. »

« Ils ont besoin de toi, Kane. J'ai regardé quand tu ne jouais pas. Ils n'y arriveront pas sans toi cette année. »

« Que puis-je faire ? »

« Te battre. Trouver le financement. N'importe quoi. Tu ne peux pas laisser cette opportunité te filer entre les doigts. »

Mon estomac se noue alors que nous sommes assis ici à débattre de la question de l'université lorsque le sujet que nous évitons d'aborder nous nargue.

On ne s'éloigne pas si simplement de Victor Harris et des Hawks.

Kane a de la chance de respirer encore, c'est plus important que de s'inquiéter de la saison des Panthers.

Notre nourriture est placée sur la table, et notre conversation s'interrompt alors que nous commençons tous à manger. Je picore, mon appétit ayant soudainement disparu alors que je suis obligée de faire face à la réalité de la situation.

« Alors, quand est-ce que tu rentres ? », Harley me demande.

« Euh... » Je jette un coup d'œil à Kane.

« Au tout dernier moment. »

« J'ai une dissert à écrire. Je devrais probablement y retourner ce soir. »

« Pas moyen. Tu peux l'écrire à la maison. »

À la maison.

Ce n'est pas chez moi, n'est-ce pas ?

« Nous devons faire un plan, » ajoute Kyle.

« Ah ouais ? », demande Kane en jetant une frite dans sa bouche.

« Combien payons-nous pour notre logement ? Pourrions-nous te trouver quelque chose de plus petit à Maddison pour que tu puisses être près de Letty et plus tard je pourrais trouver un appartement ou quelque chose ici ? Je peux trouver un travail— »

« Moi aussi, » dit Harley, en me faisant sourire.

« Non, » déclare Kane. « Aucun de vous ne fait ça. Ce n'est pas à vous de régler ce problème. »

« Mais si, Kane. Nous sommes une famille. C'est ce que nous devons faire. »

« Allons parler à Maman. Elle a des amis bien placés. En plus, la tante de Poppy est une sorte de conseillère à MKU, si on a de la chance, elle travaille peut-être au bureau des finances, mais même sans ça, elle connaîtra des gens. »

Un peu d'espoir flotte en moi à l'idée que même si

nous ne trouvons pas de solution, alors au moins nous aurons essayé.

« Je ne pense vraiment pas— »

« Allez, allons-y, » dis-je en sortant de l'argent de mon sac à main, assez pour payer notre addition, et je le mets sur la table.

Nous nous dirigeons tous les quatre vers nos voitures.

« Il a beaucoup d'espoir, » dit tristement Kane une fois que nous sommes seuls.

« Il veut t'aider, Harley aussi. Je refuse d'accepter qu'il n'y ait aucun moyen de résoudre ce problème. »

Il me regarde, l'espoir dans ses yeux me fait mal au cœur.

Il en a vraiment envie, mais je sais qu'il se bat avec sa conscience en se demandant s'il mérite réellement une seconde chance.

« Nous devons faire tout ce que nous pouvons. S'il ne se passe rien, alors au moins nous saurons que nous avons essayé. Mais je crois fermement que nous trouverons un moyen. L'équipe a besoin de toi. J'ai besoin de toi. » J'avale la boule dans ma gorge alors qu'il prend ma main et la serre fermement.

« OK, faisons comme ça. »

Le trajet jusqu'à la maison de Maman est court et lorsque nous nous arrêtons devant la maison, nous trouvons sa voiture garée dans l'allée.

« Eh bien, c'est un bon début, » je marmonne, contente qu'elle soit là.

Le grondement de la voiture de Kyle se rapproche et elle arrive à côté de nous. Nous sortons tous les quatre et nous nous dirigeons vers la maison.

« Maman, » j'appelle quand nous trouvons la cuisine vide. Après quelques secondes, des pas se font entendre alors qu'elle sort de son bureau.

Le sourire qui s'épanouit sur son visage lorsqu'elle nous voit me réjouit le cœur.

Je n'avais aucune idée de la façon dont elle allait percevoir le fait que je l'appelle ce matin pour demander une faveur pour Kane. N'importe quelle autre personne m'aurait dit que j'étais stupide d'être proche de lui en sachant ce qu'elle sait de lui. Mais ce n'est pas le genre de personne qu'est notre mère. Cela me fait me demander à quel point les choses ont mal tourné avec notre père à Creek pour qu'elle s'éloigne de lui de cette façon.

« C'est une belle surprise, » dit-elle en venant me serrer dans ses bras. « Tu m'as manqué, bébé, » murmure-t-elle à mon oreille, en me serrant un peu plus fort que d'habitude.

« Tu m'as manqué aussi, Maman. »

« Nous sommes venus parler de Kane, » lâche Harley.

« C'est ce que je me disais. » Elle jette un regard à Harley et Kyle. « Allez nous préparer du café tous les deux, et vous deux, » dit-elle en nous regardant tour à tour. « Suivez-moi. J'ai fait quelques recherches. »

Nous la suivons jusqu'à son bureau avant qu'elle ne ferme la porte derrière nous.

Nous nous asseyons tous les deux en même temps que Maman et elle tourne ses yeux plissés vers nous avant de se concentrer sur moi.

« Que sais-tu ? »

« Tout, » répond Kane à ma place.

« Mêm— »

« Je sais pour Papa, Maman. Si c'est ce que tu veux dire. »

Elle laisse tomber son visage dans ses mains pendant un instant avant de me regarder. « J'ai tellement essayé de vous éloigner de cette vie, Letty. »

« Je sais, Maman, et je suis désolée. Je ne voulais pas— »

« Tout est ma faute, » interrompt Kane.

« Non. Victor n'est pas venu après moi à cause de toi. »

« Victor a fait quoi ? », Maman réagit.

« Ce n'est pas important pour le moment. Je vais bien, Papa va bien. Ce sur quoi nous devons nous concentrer, c'est ramener Kane à la fac. »

« Bien. OK. » Elle souffle longuement. « Pour le moment, rien n'a changé, il est toujours inscrit et tout va bien. »

« Je n'ai appelé Victor qu'hier matin. Il ne s'en est pas encore occupé. »

« Kane, » dit-elle, en le fixant d'un regard qui fera en sorte qu'il accepte tout ce qu'elle lui dira ensuite. « S'il te plaît, commence par le début, je veux savoir comment cela s'est exactement déroulé. »

Il s'exécute, il raconte comment il s'est rapproché pour la première fois avec Victor après la mort de ses parents, comment il a ressenti le besoin de s'occuper de Kyle malgré le fait que cette responsabilité incombait à leur grand-mère. Il parle du départ de Kyle et de l'accord qu'il a conclu avec Victor qui était censé se terminer au moment où Victor s'assurerait qu'il obtienne sa place à MKU, celle qu'il aurait dû avoir l'année précédente. Et puis il lui raconte tout ce qui s'est passé depuis le début du semestre, y compris ce qui m'est arrivé et comment j'ai découvert la vérité sur Papa.

Maman écoute tout ça, sans aucun jugement sur son visage. Je suppose que cela aide qu'elle ait grandi dans ce monde.

« Est-ce que tu croyais vraiment qu'il te laisserait partir, juste comme ça ? »

Un rire triste s'échappe de Kane. « Non, jamais. Ce que je n'avais pas prévu, c'est ceci... » Il tend la main et prend la mienne. « Avant, rien n'avait d'importance tant que Kyle était bien installé. Je savais qu'il ne me laisserait pas partir comme promis, mais peu importe, j'avais une chance de réaliser mon rêve. Mais j'en veux plus maintenant. »

« Et que penses-tu qu'il va se passer maintenant que tu lui as dit que tu t'en allais et qu'il peut te retirer tous les services qu'il t'a rendus ? »

« J-je ne sais pas. Dans le meilleur des cas, il me laisse continuer ma vie, dans le pire des cas... Je n'ai pas à m'inquiéter d'un avenir que je n'aurai pas. »

« Ça n'arrivera pas jusque-là, » je lâche, bien que je sois plus que consciente que je n'ai aucun contrôle sur tout ça.

« Seul Victor peut décider de l'issue de tout cela, » dit Maman. « Il y a eu très peu d'hommes dans le passé qui ont réussi à filer. »

« J'ai certaines choses de mon côté qui pourraient m'aider, » admet Kane.

« Alana ? »

« Oui, mais pas seulement elle. Il y a autre chose aussi. »

« Assez pour qu'il ferme les yeux sur ton départ ? »

Kane hausse les épaules. « Victor ne pense pas comme le reste d'entre nous. C'est impossible à prévoir. »

Comme s'ils savaient que nous avions besoin d'un peu de temps seuls pour examiner tout ça, Kyle et Harley prennent leur temps pour préparer le café, mais finalement, ils frappent et ils entrent avec des tasses pour chacun de nous.

« En tout cas, » dit Maman en se tournant vers son ordinateur. « J'ai pu mettre la main sur ta candidature, et je dois dire que malgré tous tes... loisirs, c'est une candidature solide et je comprends parfaitement pourquoi tu as été accepté. Il n'y a rien ici, sans compter tes compétences sur le terrain, qui pourrait faire en sorte qu'ils ne veuillent pas te récupérer. Mais le financement pourrait être un problème. Si cette corruption va plus loin que le simple fait que Victor ait un contact interne avec quelqu'un du bureau des finances, cela pourrait mettre à jour un sérieux scandale. »

« Ce que j'essaie de dire, c'est... que même si nous trouvons un moyen, que nous récupérons ta bourse, ce ne sera peut-être pas un processus rapide. »

« C'est bon. Je ferai tout ce que je dois faire en attendant pour prouver ma valeur. »

Maman hoche la tête en prenant une gorgée de café. « Je suppose que le mieux est d'attendre de voir ce que demain matin nous réserve. »

« Je dois parler à l'entraîneur. »

« Fais-le. Tu as besoin de lui à tes côtés en ce moment. »

« Merci, Jada, » dit sincèrement Kane. « Je ne sais pas comment je te revaudrai tout ce que tu as fait pour nous. » Kane jette un coup d'œil à Kyle qui est appuyé contre le mur de l'autre côté de la pièce.

« Prends soin d'elle, garde-la en sécurité et traite-la bien. »

« Maman, » je me plains, mes joues rougissant en entendant ses mots.

« Quoi ? J'ai toujours su que cela arriverai— »

« Tu, quoi ? », je demande, mes sourcils atteignant presque la racine de mes cheveux.

Elle secoue la tête vers moi. « J'ai toujours pensé que tu aurais dû être avec Kane au lieu de Riley, » admet-elle.

« Et tu n'avais pas pensé à me dire ça avant. »

Elle sourit. « Parce que tu aurais écouté, » dit-elle sur un ton impassible. « C'est le genre de choses que tu dois réaliser toi-même. Et qui nous dit que j'avais raison ? Mais malgré ces problèmes évidents, je suis heureuse que vous vous soyez trouvés. »

« Merci, Maman. Cela signifie beaucoup pour moi. Je veux dire, je pensais que tu me dirais que j'avais perdu la tête et que tu me renierais après tout ça. »

« Jamais, bébé. Nous faisons tous des erreurs, nous faisons tous des choses que nous regrettons. C'est ce qui nous rend humains. »

Je lui souris, en sentant une partie du poids que je portais se soulever de mes épaules.

« Vous avez mangé ? », demande-t-elle en se levant de sa chaise.

« Ouais, nous avons mangé. »

« D'accord, eh bien, je vais aller me chercher quelque chose. Vous êtes tous les bienvenus pour rester aussi longtemps que vous le souhaitez, vous le savez. »

Nous la suivons quand elle sort de son bureau et elle se dirige directement vers la cuisine pendant que nous traînons dans le couloir.

« Tu veux rester ici ? », demande Kane en me regardant avec un peu d'espoir dans les yeux.

« Je n'en ai vraiment, vraiment pas envie, » j'admets. Si je dois retourner à Maddison et le laisser bientôt, la dernière chose que j'ai envie de faire est de passer la nuit avec nos jeunes frères et sœurs.

« OK, bien. Moi non plus. »

« Nous y allons. »

Kyle fait un signe de tête à son frère. « Je reviendrai demain. » Il me fait un clin d'œil avant de me sourire.

« Merci, » lui dis-je.

« Appelle-moi si tu découvres quelque chose, OK ? », il demande Kane. « Tout ira bien. Jada va y arriver. »

« Espérons que oui. »

Il presse ma main et il fait un pas vers la porte puis nous sortons.

CHAPITRE DIX-HUIT

Kane

J'entoure mes bras autour de la taille de Letty alors qu'elle verse les résidus de son café dans l'évier et rince sa tasse.

« Ne pars pas, » je dis dans un souffle.

« Kane, » elle soupire. « J'ai cours. Nous ne pouvons pas tous les deux prendre du retard en attendant que tout s'arrange. »

Je sais.

« Fais ce que tu as à faire aujourd'hui et on se voit après, d'accord ? »

« Ça marche. »

Quand nous sommes rentrés hier soir, j'ai appelé l'entraîneur. Il avait besoin de savoir ce qui se passait avant l'entraînement de ce matin auquel je n'assiste pas ou qu'il l'entende de quelqu'un d'autre. Il a été de mon côté pendant tout ce temps, je ne sais pas si c'est vraiment parce qu'il me voulait vraiment ou parce qu'il savait ce qui se passait, et si les allégations de Luca au début de la saison étaient vraies. Que je n'étais là que grâce à Victor.

J'ai envie de penser que ce n'est pas la seule raison pour laquelle je me trouvais là. Jada a dit elle-même que ma candidature était solide, que j'aurais peut-être réussi moi-même. Que les choses s'arrangeront peut-être.

Je reste sur la terrasse et regarde Letty me faire un signe de la main et s'éloigner de moi.

Je déteste qu'elle y retourne sans moi, mais avant de me montrer à nouveau à MKU et de frapper à la porte de la direction, je dois revoir Jada, trouver un plan pour savoir comment nous allons jouer ça.

Je claque la porte d'entrée derrière moi avec une telle force que toute la maison tremble.

Je sors mon portable de ma poche pour appeler Reid.

Je lui fais un bref compte-rendu et il me dit que tout est en place de son côté. J'espère que l'avoir à mes côtés signifie que je vais avoir le dessus sur son connard de père.

Je prends une douche, m'habille et met mon portable et mon portefeuille dans mon pantalon, prêt à sortir quand le bruit d'une portière de voiture qui claque attire mon attention mais je n'en fais aucun cas alors que je me dirige vers la porte et l'ouvre.

Les deux silhouettes debout de l'autre côté de la porte m'ont fait tellement sursauter que je n'ai pas anticipé ce qui allait arriver ni réagi avant que tout ne devienne noir.

CHAPITRE DIX-NEUF

Letty

Leon m'a accueilli avec un large sourire lorsque je suis arrivée au Westerfield Building le lendemain matin pour notre cours de littérature anglaise.

Il m'a enveloppé dans une énorme étreinte comme un gros ours, m'a demandé si j'avais passé un bon week-end avant que l'inévitable question ne soit posée.

« Qu'est-ce qui se passe avec Kane ? »

Je savais que je ne pouvais pas lui dire la vérité, alors j'ai été obligé d'inventer quelque chose à propos d'un problème avec sa bourse. Leon m'a regardée comme si j'avais deux têtes mais heureusement, il ne m'a pas questionnée davantage, en devinant évidemment que je mentais pour une bonne raison.

Luca m'a regardée quand nous sommes entrés dans l'amphi et j'ai pris cela comme une petite victoire.

Il reviendra, je n'en doute pas, mais avec Kane absent pour un certain temps, sa vie est devenue encore plus difficile, donc je ne m'attends pas à ce qu'il change d'avis de sitôt.

Ça fait mal, mais ça va. Il doit se concentrer sur ce qui est important en ce moment, et j'espère qu'il sait que je serai là à l'attendre quand il se sera repris.

Dès que nous avons retrouvé Ella à la cafétéria après les cours, elle a exigé de tout savoir sur mon week-end avec ma sœur. J'ai cru qu'elle allait exploser quand j'ai expliqué que les choses ne s'étaient pas vraiment déroulées comme prévu.

Au moment où nous sortons du cours de psycho plus tard dans l'après-midi, je suis plus que prête à voir Kane et, espérons-le, à entendre de bonnes nouvelles, mais alors que nous sortons du bâtiment, il ne m'attend pas comme il me l'avait promis.

« Tu peux y aller, » dis-je à Ella quand je fais du surplace devant une rangée de buissons, en espérant qu'il a été retardé après avoir vu son entraîneur ou la direction.

« Tu es sûre ? », demande-t-elle, mais je vois qu'elle a envie de rentrer, elle m'a déjà dit qu'elle avait une échéance demain et qu'elle était en retard.

« Bien sûr. Il ne sera pas long, j'en suis sûre. »

Je me retrouve sur un banc une fois qu'elle est partie et je sors mon portable de mon sac dans l'espoir d'avoir un message.

Rien.

Je cherche son contact et je l'appelle mais ça sonne avant d'aller sur la messagerie vocale.

En supposant qu'il est en réunion, j'ouvre Instagram

et commence à faire défiler mon feed pendant que j'attends.

Les étudiants vont et viennent devant moi, le soleil commence à descendre plus bas dans le ciel et le téléphone de Kane ne répond toujours pas.

À chaque minute qui passe, la boule de terreur dans mon estomac grandit.

Il ne me poserait pas un lapin aujourd'hui. Je sais que non.

« Kane, où es-tu bordel ? », je me demande en appelant à nouveau son portable, en sachant déjà que c'est inutile.

« Putain, putain, putain, » je scande pour moi-même, en essayant de trouver quoi faire en premier.

Il y a de fortes chances qu'il soit sur le campus avec quelqu'un quelque part, mais quelque chose me dit que je pourrais fouiller cet endroit dans ses moindres recoins et ne jamais le trouver.

Mon instinct me dit qu'il n'est pas en réunion pour essayer d'assurer son avenir, que c'est pire que ça. Et si c'est le cas, alors il n'y a qu'une seule personne à qui je dois parler maintenant.

En prenant mon sac à main qui était sur le banc, je pars en courant jusqu'à ce que je sois sur le parking. Je claque la portière de la voiture derrière moi, met le moteur en marche et démarre.

Je me souviens à peine du trajet jusqu'à la maison des Harris. Chaque virage et chaque feu rouge défilent devant moi sans que je les remarque. Je ne sais pas si je les grille et, franchement, je m'en fous.

Je laisse mon moteur tourner et vole de la voiture à la

seconde où je suis dans l'allée puis je tape mon poing sur la porte d'entrée comme une maniaque.

Ma panique accélère ma respiration, ma tête tourne et mes mains tremblent de peur à l'idée que quelque chose lui soit arrivé.

Je n'aurais pas dû partir ce matin. J'aurais dû—

La porte s'ouvre et en une fraction de seconde l'expression de Devin passe d'un sourire à un regard meurtrier.

Je me demande si tous les Harris sont des psychopathes finis.

« Quoi ? », aboie-t-il en me fixant comme si je n'avais pas le droit d'être sur le pas de sa porte.

« As-tu des nouvelles de Kane ? L'as-tu vu ? Sais-tu où il est ? », je demande précipitamment, à peine capable de reprendre mon souffle.

« Non. Il doit être à l'entraînement. »

« Non. Il ne te l'a pas dit ? »

Il hausse un sourcil pour que je continue.

« Il a dit à Victor qu'il en avait fini et il va lui en coûter sa place à l'université. Il n'est pas à l'entraînement, il a perdu sa place dans l'équipe. »

L'expression de Devin commence à changer au fur et à mesure que je parle.

« Quand lui as-tu parlé pour la dernière fois ? »

« Je l'ai laissé à Rosewood ce matin pour aller en cours. »

« Putain. Barre-toi du chemin. »

Il me dépasse, en me faisant m'écarter, et déverrouille immédiatement sa voiture.

« Qu'est-ce que tu fous ? », j'aboie après lui alors que je me redresse.

« Est-ce que tu viens ou quoi ? » Je regarde ma voiture puis celle de Devin et je cours rapidement vers la mienne pour couper le moteur.

« Ouais, j'arrive. » Je n'ai aucune putain d'idée d'où nous allons, mais je suis totalement partante.

Il attend à peine que je m'asseye sur le siège passager pour appuyer sur l'accélérateur et faire crisser ses roues sur le bitume.

« Où allons-nous ? »

« Chez Reid. »

J'acquiesce. C'est là que je voulais aller, mais ne pas savoir où il habite a un peu mis fin à mon plan.

Je suis assise avec la jambe qui rebondit et les doigts qui tambourinent sur ma cuisse pendant que mon estomac se noue en imaginant toutes les choses que Victor pourrait lui faire parce qu'il a voulu partir. Il n'est peut-être même plus en vie.

Ma respiration devient si erratique que je pense que je vais devoir demander à Devin d'arrêter la voiture pour pouvoir prendre l'air.

En réalisant clairement que je suis en train de perdre le sens des réalités, il m'ouvre la fenêtre.

« Inspire, expire, » répète-t-il jusqu'à ce que je commence à suivre les ordres et que mon cœur commence à ralentir.

« OK, je pense que ça va mieux, » je murmure après de longues minutes de panique.

« Il ira bien. Il n'a pas traversé tout ça pour abandonner maintenant. »

« Il n'aura peut-être pas le choix. »

« Aie confiance, Letty. Kane et Reid ont tout prévu. Je n'ai aucune idée de ce qu'ils ont manigancé ou de ce qu'ils ont sur Victor, mais j'ai toute confiance en l'idée qu'ils savent ce qu'ils font. »

« Eh bien, je suis contente que l'un de nous voie les choses comme ça, » je marmonne alors que nous dépassons le panneau indiquant Harrow Creek.

Un frisson me parcourt alors que nous roulons dans un endroit où j'aurais été heureuse de ne jamais remettre les pieds.

Il y a tellement de questions que j'ai envie de poser à Devin à propos de tout ça, mais quand je lui jette un coup d'œil et vois la raideur de sa mâchoire, je décide de ne pas le faire.

Il a dit très clairement au cours des dernières semaines qu'il n'était pas mon plus grand fan, donc je pense que moins nous parlons, mieux c'est.

« Putain de merde. Reid habite ici, » je halète alors qu'il s'arrête devant des portes massives à l'écart de la route.

« Pourquoi ? Tu t'attendais à ce qu'il vive dans une jolie petite maison rose avec une palissade ? », il demande, sur un ton amusé alors que les portes s'ouvrent comme par magie pour lui.

« Eh bien, non. Mais cet endroit est hanté, n'est-ce pas ? », je demande.

Il s'arrête et nous remontons la longue allée.

« C'est ce que les jeunes du lycée de Harrow Creek aiment dire. La vérité, c'est que le seul qui fait pleuvoir la terreur ici, c'est mon frère. »

« Est-ce destiné à me faire me sentir mieux ? »

« Absolument pas. Il vaut probablement mieux que tu réalises maintenant que mon frère appartient à une race très spéciale de tarés. »

Je déglutis nerveusement.

Je sais que Reid est... effrayant. D'accord, terrifiant, mais je me demande si je ne l'ai pas un peu sous-estimé.

L'imposant bâtiment apparaît devant nous et un frisson de peur me traverse à la seule vue de l'architecture sombre.

« Bienvenue dans la maison du diable, » annonce Devin en s'arrêtant devant.

« L-la maison du q-quoi ? », je demande, en pensant que je l'ai mal entendu.

« Allez, Princesse. Allons voir ce que notre gars mijote. »

Je sors de la voiture après Devin et le suis jusqu'à l'immense porte noire menaçante.

Il ne prend pas la peine de frapper, à la place, il pousse la porte. Je suppose qu'il sait que nous sommes ici et je suis Devin à l'intérieur.

« Yo, frérot. T'es où ? »

« Dans la cuisine. »

L'intérieur n'est pas aussi effrayant que l'extérieur. Tous les murs sont d'un gris doux et les meubles sont noirs mais c'est chaleureux et en quelque sorte convivial, je pense. Je regarde une pièce qui semble être le salon lorsque nous passons, encore une fois tout est noir et il y a un énorme écran plat sur le mur. On dirait une garçonnière.

« Letty, quelle surprise, » dit-il, en marquant un temps d'arrêt alors que je traîne derrière Devin.

« Tu sais où il est ? », je demande, le désespoir étant clair dans mon ton.

« N-non. Pourquoi ? »

Putain.

Je dis à Reid que Kane n'est pas venu et il essaie aussi de le joindre sur son portable, et arrive au même résultat que moi. Ça sonne sans réponse.

La colère durcit ses traits mais il ne dit ni ne montre rien, ce qui ne fait qu'énerver Devin.

« Je sais que tu sais quelque chose, alors tu peux cracher le morceau, putain ? »

« Non, je ne peux pas. Tu dois juste me faire confiance. »

« Tu sais, c'est de plus en plus difficile en ce moment. Je sais que tu es celui qui est responsable de notre problème d'approvisionnement. Ça t'ennuierait de m'expliquer ? »

« Non. Le problème est plus grave que ton putain de problème d'approvisionnement. »

« Eh bien, tu voudrais bien dire ça à Victor parce qu'il nous fait chier ? Si nous ne faisons pas ce qu'il veut, alors il ne nous initiera pas. »

« Bien sûr que si. Vous êtes son putain de sang. »

« Tu es sûr de ça ? Il n'a pas l'air de se soucier de Gray. »

Les lèvres de Reid se pressent en une fine ligne alors que sa patience avec son frère commence à atteindre ses limites.

« Ça suffit, OK. J'ai juste besoin que tu aies confiance

en l'idée que votre avenir—y compris celui de Kane—est ma priorité là tout de suite. Alors vas-tu faire ce que je dis et fermer ta gueule ? »

« Jésus, qui t'a foutu de mauvais poil ? Tu as besoin de baiser ou un truc du genre, frérot. »

Reid grogne comme un animal sauvage en entendant le commentaire de son frère.

« Allons-y, putain, » aboie-t-il, en poussant Devin en direction de la porte d'entrée.

« Où allons-nous ? », je demande, en espérant calmer un peu la situation.

« Au club-house. Si Victor l'a enlevé, c'est là qu'il sera. »

La peur me fige sur place à l'idée d'y retourner. Des images de Victor en train de violenter mon père défilent dans mon esprit, mais ce n'est pas mon père assis sur cette chaise, c'est Kane.

Ma vision se brouille donc je ne vois pas Reid s'arrêter devant moi et s'accroupir pour se mettre au niveau de mes yeux.

« Letty, Letty. Scarlett, » dit-il sèchement, en me tirant de mon cauchemar. « Tout ira bien. Je vous ai tous les deux sortis de là, presque indemnes. Je ferai la même chose pour Kane. Victor veut juste montrer sa force mais il ne gagnera pas. Pas contre moi. »

« À quoi joues-tu ? » Je ne veux pas que la question soit posée à haute voix, mais en l'écoutant parler, je ne peux pas m'empêcher de penser qu'il a son propre plan en ce qui concerne son père.

« Ça me regarde, Princesse. »

Un sanglot me déchire la gorge quand il utilise le surnom que Kane me donne.

« S'il ne va pas bien, Reid. J-je ne s-sais pas— »

« Il ira bien. Nous avons une longueur d'avance sur ce connard. Tu n'as rien à craindre. »

« Tu es un peu effrayant, tu le sais ça ? », je demande alors qu'il passe son bras autour de mes épaules et me guide vers la porte par laquelle Devin a déjà disparu.

« On me l'a dit une fois ou deux, ouais. » Il rit, en me conduisant à l'extérieur et vers son pick-up.

CHAPITRE VINGT

Chapitre Vingt
Kane

utain, qu'est-ce que c'est que ce bordel ?

Je me bats comme un diable pour ouvrir mes paupières et je suis aveuglé par un projecteur lumineux qui est pointé droit sur moi. C'est le premier indice qui m'indique que cette fois je ne me réveille pas dans un hôpital.

Non, c'est bien pire que ça.

Je suis en enfer.

« Ah, tu nous rejoins enfin, » dit une voix familière à glacer le sang alors que la douleur dans mon corps se fait sentir.

Ma vision est floue alors que je cherche le propriétaire de la voix dans la luminosité.

« Qu'est-ce que tu m'as fait prendre, connard ? », je marmonne, ma voix donnant l'impression que j'ai passé toute la journée à boire alors que je sais que ce n'est pas le cas.

« Juste un petit quelque chose pour te rendre un peu plus... agréable. »

« Il va falloir plus que ce que tu m'as donné, alors. »

« Oh, je ne sais pas, » dit Victor, en bougeant enfin pour se trouver dans mon champ de vision. « J'ai trouvé ça plutôt facile de t'amener ici. »

« Qu'est-ce que tu veux ? », je crache.

Il rit, sa voix est basse et menaçante et terrifierait un homme plus faible. Mais ce n'est pas ce que je suis.

Alors que ma vision commence à s'éclaircir un peu plus, je vois trois hommes debout derrière lui. L'un d'eux est le mari d'Alana. Je me bats pour garder le sourire narquois sur mon visage quand je remarque les cernes sombres sous ses yeux et le stress évident sur ses traits.

Oh ouais, il se soucie de ne pas pouvoir la retrouver.

Parfait.

« Qu'est-ce que je veux ? Tu es vraiment plus stupide que tu n'en as l'air, mon garçon. »

Il me faut concentrer toute mon énergie et ma force pour me relever du sol froid et dur pour m'asseoir et m'adosser au mur.

Ma tête tourne, mes yeux veulent désespérément se fermer et laisser les ténèbres me consumer une fois de plus mais je ne peux pas.

Je savais que ça allait arriver. Je savais qu'il ne me laisserait pas partir sans avoir le dernier mot. Malheureusement pour lui, j'ai un plan. J'ai juste besoin de rester suffisamment concentré pour m'en souvenir.

« On en a fini, Victor. Je te l'ai dit, tu peux tout me retirer. Je ne veux plus rien avoir à faire avec toi ou cette vie de merde. J'en ai fini. »

« Tu es un putain d'idiot. Tu ne peux pas abandonner ça à cause d'une fille. Une putain de Hunter en plus. Ces filles ont-elles des chattes incrustées de diamants ou quelque chose comme ça ? »

« Le seul connard ici, c'est toi, Victor. Laisse-moi partir et je m'éloignerai sans me retourner. »

« C'est presque mignon que tu penses que je vais laisser ça arriver, » marmonne-t-il, en lissant sa cravate ignoble et en se tournant pour regarder ses hommes de main qui sourient également de ma proposition.

« Je pense que c'est exactement ce que tu feras, Victor. »

« Oh ouais, et pourquoi donc ? Pourquoi laisserais-je quelqu'un qui en sait tellement sur moi et mon business s'en aller sans encombre ? »

« Parce que je sais des choses que tu ne sais pas. »

« Oh ? » fait-il, en semblant à peine intéressé par ce que je pourrais avoir à offrir.

Je reste silencieux pendant quelques instants et lève la main pour repousser mes cheveux humides de ma tête. Je ne sais pas si c'est mouillé de sueur ou de sang et je ne regarde pas ma main pour connaître la réponse, je n'ai pas vraiment envie de savoir.

En détournant mes yeux de Victor, je regarde son bras droit, Razor, puis son fils, Maverick, le mari d'Alana.

« Il te manque quelque chose qui t'appartient, Mav ? »

Sa mâchoire tressaute alors qu'il me fixe, toute

tentative pour essayer de ne pas sembler affecté échoue lamentablement.

« Ouais, c'est vrai, n'est-ce pas ? »

« Tu mens, » grogne-t-il, ce qui lui vaut un regard renfrogné de Victor.

« Tu crois ? » Je secoue la tête. « Je pense qu'il te manque peut-être des informations concernant ta jolie petite *femme*. »

« Ah ouais ? »

« Victor, pourquoi tu ne lui dis pas ? »

Les yeux de Maverick quittent les miens pour regarder le patron.

« Il dit des conneries pour essayer de s'en sortir. »

« Si tu veux la revoir, je te suggère fortement de l'ignorer, Mav. »

Maverick écarte les lèvres pour répondre mais aucun mot ne sort.

« Tu délires putain si tu penses que je vais te laisser partir à cause de cette pute. »

Les poings de Maverick se serrent en entendant les mots aboyés de Victor, et cela me fait me demander quelle peut bien être toute l'histoire qui se cache là-dessous. Ils sont mariés, pour autant que je sache. Il semble se soucier d'elle, mais il ne veut pas coucher avec elle. L'hypothèse la plus simple est qu'il est gay, mais quelque chose me dit que ce n'est pas du tout ça.

« Savais-tu que c'était une pute, Mav ? Que Victor la prostitue pour obliger les hommes à faire ce qu'il désire ? »

Ses lèvres se contractent et je suis sûr que ses dents grincent suffisamment pour en fêler une.

« Oh, tu ne le savais pas ? Alors tu ne savais pas non

plus qu'il me faisait baiser avec elle depuis plus d'un an dans l'espoir que je tombe amoureux d'elle ? »

« Putain de connard. » Maverick vole vers moi, son poing se connecte à ma pommette en faisant ricocher ma tête contre le mur derrière moi.

« Je vais prendre ça pour un non, » je marmonne, en frottant mon visage avec ma paume alors que Razor tire son fils en arrière.

Le silence résonne dans la pièce alors que Maverick me regarde comme s'il voulait me tuer tandis que Victor se tient là avec un sourire suffisant sur le visage.

« Je m'en fous de cette salope, alors tu peux la menacer autant que tu veux. Ça ne va pas aider ta cause. »

Maverick grogne une fois de plus.

« Tu t'en fous peut-être, mais lui, non, » dis-je, en inclinant mon menton dans la direction de Mav. « Et je sais que tu as très peu d'alliés dans ce monde, mais Razor et Maverick sont deux d'entre eux. »

Ses yeux brillent de mépris et il sait que j'ai raison.

« Il y en a un autre cependant, n'est-ce pas, Victor ? Le monde extérieur pourrait penser que tous tes fils sont aussi importants les uns que les autres pour toi, mais ce n'est pas le cas, n'est-ce pas ? »

Il fait un pas en avant pour m'intimider mais je ne bronche pas.

« J'imagine que les gens pourraient supposer que Reid est ton préféré. Il est ton sous-chef. Celui qui perpétuera cet héritage parce que c'est son droit d'aînesse. Mais ce n'est pas celui que tu as préparé pour être ton petit chien obéissant, n'est-ce pas ? Il ne l'est pas celui qui a accompli pour toi les tâches les plus sales et les plus véreuses, n'est-ce pas ? »

Victor pâlit en confirmant ce que je soupçonnais déjà. Sa nonchalance face à la disparition de son plus jeune fils en est une preuve.

« Tu as fait tant d'efforts pour avoir l'air de t'en foutre, mais nous savons la vérité, n'est-ce pas, Victor ? »

« Tu ne sais rien du tout. »

« Ah bon ? »

Il me fixe, le muscle de sa tempe en train de palpiter.

« Donc, je ne suis pas censé savoir que tu as envoyé des hommes infiltrer la famille Cirillo parce que tu penses qu'ils ont ton plus jeune fils ? » Je lève un sourcil alors que le visage de Victor commence à virer au rouge.

« Je ne suis pas censé savoir que, pendant que tu agissais comme si tu t'en foutais de savoir s'il était mort ou vif, tu te battais comme pas possible pour le retrouver ? »

Je secoue la tête et me moque de lui.

« Tu as même envoyé des hommes en Angleterre en pensant qu'ils lui avaient fait clandestinement traverser l'océan. Il n'y a qu'un idiot ici en ce moment, Victor. Et je peux t'assurer que ce n'est pas moi. »

« Putain, où est mon fils, Legend ? »

« Qu'est-ce qui te fait penser que je vais te le dire ? »

Mon cœur tonne dans ma poitrine quand il passe la main dans son dos et sort son arme. Il enlève la sécurité et la pointe droit sur ma tête.

« Vas-y, tire-moi dessus ! Mais je peux t'assurer que tu ne le retrouveras jamais si tu le fais. »

« Vic, » supplie Maverick.

« Je me fous de toi et de ton business, Victor. Je veux

être aussi loin que possible de toi et de tout ce que tu représentes. Je garderai pour moi tes putains de secrets, et combien tu es malade et cinglé. Ce sera comme si je n'avais jamais été ici. »

« Et Alana et Gray ? », demande-t-il comme s'il réfléchissait à mon offre.

« En temps voulu, je m'assurerai qu'ils te soient rendus sains et saufs. »

« En temps voulu ? », demande-t-il comme si c'était la chose la plus absurde qu'il ait jamais entendue.

« Ouais. Pardonne-moi, Victor, mais tu es un connard qui n'est pas digne de confiance donc je ne vais pas te les remettre à la seconde où tu me laisseras sortir de cette pièce. Tu auras Alana en premier, parce que je me sens un peu désolé pour Maverick. Il est clairement amoureux d'une femme dont il ne devrait pas être amoureux pour une raison à la con. Ensuite, Gray. Si, et seulement si, tu respectes ta part du marché et me laisses continuer ma vie librement. »

Il me fixe, sa mâchoire se crispant de frustration alors que son bras tendu commence à trembler.

« Alors ? »

CHAPITRE VINGT-ET-UN

Letty

Le bruit d'un coup de feu ralentit notre course à travers le club-house des Hawks.

« Kane, » je gémis, la peur de ce que cela aurait pu être me traverse, en me paralysant. « Non, non, non. »

Reid tend la main et passe son bras autour de mon épaule. Être réconfortée par lui, ça fait bizarre. Je devrais avoir peur de lui, tout le monde a clairement peur de lui. Mais alors que sa chaleur m'envahit, cela m'aide à me ramener dans l'instant présent et à me rappeler pourquoi nous sommes venus ici.

« Allons-y, » dis-je, en refoulant ma peur et en faisant un pas en avant.

Reid me conduit dans un long couloir sombre dont je pense que je devrais me souvenir, mais ce n'est pas le cas. Mes souvenirs de mon court séjour ici sont pour le moins vagues, à part ces minutes où j'étais éveillée et assise sur la chaise, le reste est flou.

À la seconde où nous arrivons devant une porte fermée, Reid tend la main et l'ouvre.

« Reste ici, » prévient-il en se glissant à l'intérieur, mais ça fait longtemps que j'ai arrêté de faire ce qu'on me dit et à la seconde où il entre dans la pièce, je me précipite après lui.

« Oh mon Dieu, » je crie quand mes yeux se posent sur la silhouette illuminée qui est allongée sur le sol, une petite mare de sang sous lui. « Qu'est-ce que tu as fait, bordel ? », je crie en courant vers Kane.

Je ne ressens rien alors que mes genoux entrent en collision avec le sol en béton et je n'enregistre pas le grognement sourd de Reid alors qu'il me réprimande pour avoir bravé ses ordres.

« Kane, Kane, » je répète, en pressant ma main contre son cou dans l'espoir de sentir un pouls.

Son visage est noir et bleu, ses yeux gonflés et ses lèvres coupées avec du sang qui coule le long de son menton, mais ces blessures ne sont pas celles qui me terrifient le plus, c'est plutôt le trou béant dans son épaule.

« J-je vais bien, » il réussit à dire.

« Kane! Oh mon Dieu, putain, » je sanglote, en me penchant en avant et en enroulant mes bras autour de lui du mieux que je peux.

Il y a des voix qui s'élèvent derrière moi mais je n'en entends pas un mot alors que je recule pour trouver les yeux bleus peinés de Kane sur moi.

« Ça va aller, » lui dis-je, en prenant doucement sa joue rugueuse en coupe en essayant de ne pas le blesser.

« Je sais, » dit-il. « Tu es là. »

Mon cœur se brise dans ma poitrine en entendant ses mots.

« Nous allons te sortir d'ici. Tout ira bien, » je répète, plus pour moi que pour n'importe qui d'autre.

« Pourquoi as-tu amené cette pute ici ? » Le ton vicieux de Victor m'envoie un frisson dans le dos et, sans réfléchir, je me lève et me tourne vers lui.

« Comment est-ce que tu viens de m'appeler ? », j'aboie, en marchant vers lui sans hésitation.

« Letty, » m'avertit Reid mais je l'ignore alors que je continue vers son père avec tous les muscles de mon corps prêts à se battre.

« Une pute. Tout comme ta mère. Tss-tss. » Il secoue la tête vers moi. « Entrer ici et essayer de sauver ce connard. Il est tout aussi inutile que toi. »

« Laisse-le partir, » je crie, en volant vers lui pour faire valoir mon point de vue, mais des bras s'enroulent autour de ma taille, en m'empêchant d'entrer en contact avec Victor et je suis ramenée contre un corps dur et chaud.

« Assez, Princesse, » grogne Kane dans mon oreille.

« Merde, Kane. » Je m'arrache de ses bras et me retourne. Il est debout mais il vacille légèrement, la blessure dans son épaule suintant toujours du sang rouge vif.

« Je pars, » dit-il à Victor. « Je suppose que tu acceptes mes conditions et que tu vas me laisser tranquille. Tu as laissé ta marque. » Il montre son épaule. « Si tu respectes le reste, tu obtiendras ce que j'ai promis. »

En enroulant mon bras autour de la taille de Kane pour tenter de l'aider, nous nous tournons pour sortir. Nous sommes à la porte quand Victor se met à parler, en ayant clairement besoin d'avoir le dernier mot.

« Tu reviens là-dessus et vous êtes tous morts. Tous autant que vous êtes. »

Sa menace s'infiltre en moi, en transformant mon sang en glace. Il ne dit pas leurs noms mais je sais qu'il fait référence à ma famille et à Kyle.

« Ne l'écoute pas, Princesse. Vous êtes tous en sécurité. »

Kane regarde Victor par-dessus son épaule une dernière fois avant de sortir avec Reid et Devin sur nos talons. La porte vient à peine de claquer derrière nous que les jambes de Kane lâchent.

« Oh merde, » j'ai le souffle coupé alors qu'il glisse hors de ma prise, mais au moment où je me tourne vers lui, Reid et Devin l'ont tous les deux attrapé.

« On l'a, continuons. »

Tous les regards se tournent vers nous alors que nous nous dépêchons de traverser la zone commune où tous les gars sont en train de traîner. Certains semblent vouloir aider, mais à la seconde où ils voient Reid, ils se réinstallent rapidement et continuent ce qu'ils étaient en train de faire.

« C'est ouvert, » dit Reid quand nous arrivons à son pick-up, et je me précipite vers eux pour ouvrir la porte arrière.

Kane est maintenant avachi entre eux, la tête basse et l'épaule qui répand toujours du sang qui a plus que mouillé sa chemise blanche.

D'une manière ou d'une autre, ils parviennent à le manœuvrer pour l'allonger sur la banquette arrière et, à la seconde où ils s'écartent, je me précipite pour grimper à l'intérieur mais avant d'y arriver, une main se pose sur mon bras.

« Je ne laisserai rien lui arriver, » dit doucement Reid.

Je lève les yeux vers ses yeux inquiets.

« C'est un peu tard pour ça, tu ne penses pas ? », je crache, loin d'avoir aussi peur de lui qu'autrefois.

« Il ira bien, » dit-il en contournant la porte et en attendant d'entrer dans la voiture.

Je monte à l'intérieur et pose les jambes de Kane sur mes genoux avant qu'il ne claque la porte et se laisse tomber sur le siège conducteur pendant que Devin prend le côté passager.

Aucun mot n'est dit alors que nous sortons de la place et que nous nous éloignons du club-house.

Je garde mes mains sur Kane, mes yeux fixés sur son visage, en espérant qu'il montre un signe de vie mais il est sonné.

« Je dois arrêter le sang, » dis-je en fixant son épaule.

« Merde. » Reid regarde autour de lui mais ne trouve rien.

« Tiens, » dit Devin, en enlevant son t-shirt et en me le jetant.

« Merci. »

En le mettant en boule, je le presse contre l'épaule de Kane.

Il ne bronche pas quand je fais pression sur la plaie et mon estomac se tord.

« S'il te plaît, Kane. S'il te plaît, allez, » je murmure, en passant mes doigts sur sa joue mal rasée.

De longues et douloureuses minutes s'écoulent alors que je reste assise à regarder son torse, en bougeant lentement et en essayant d'entendre sa respiration. Quand je lève enfin les yeux, nous ne nous dirigeons pas dans la direction vers laquelle je m'attendais.

« L'hôpital est par là. » Je signale en pointant du doigt la lunette arrière.

« On ne va pas à l'hôpital avec une putain de blessure par balle, Letty. »

« Mais il saigne— »

« Quelqu'un va nous rejoindre chez moi. Nous n'allons pas le laisser mourir. »

« Cet enfoiré n'aura pas cette chance. Il va devoir se réveiller avec nos visages souriants devant lui, » dit Devin sur un ton impassible.

« Reid ne sourit jamais, » je fais remarquer en pensant aux peu de fois où je l'ai vu sans son air renfrogné habituel sur le visage.

« Oh cassé, frérot ! », aboie Devin mais comme on pouvait s'y attendre, Reid ne réagit pas.

Quelques minutes plus tard, nous nous arrêtons à nouveau devant la maison de Reid à côté d'une voiture qui n'était pas là tout à l'heure.

Dès que les frères sortent de la voiture, un homme d'âge moyen couvert de tatouages émerge de l'autre véhicule.

Reid et l'homme se serrent brièvement la main avant que la porte à côté de moi ne s'ouvre.

Devin me fixe avec ses lèvres pressées en une fine ligne et une expression impatiente sur le visage.

« Tu vas t'écarter de là, putain ? », grogne-t-il, clairement toujours en colère contre moi malgré le fait que je sois celle qui l'ait alertée de cette situation en premier.

Rapidement, je sors de la voiture avec le t-shirt foutu de Devin à la main. Reid me passe ses clés et me demande d'aller ouvrir la porte.

Ils parviennent à le faire sortir de la voiture et je reste à l'intérieur de la maison, en tenant la porte ouverte et en espérant ne pas être dans le passage quand l'homme, que je ne peux que supposer être un médecin, les suit tous les trois.

Ils se dirigent immédiatement vers les escaliers, et après avoir fermé la porte, je les suis.

Au moment où je me tourne vers la pièce où ils ont disparu, Kane est déjà allongé au milieu du lit et le médecin coupe sa chemise pour atteindre sa blessure.

Devin recule jusqu'à une chaise à côté de la fenêtre et se laisse tomber dessus pendant que Reid vient se tenir à côté de moi alors que l'homme ouvre la valise, que je n'avais pas remarquée qu'il portait, et injecte quelque chose à Kane avant de nettoyer correctement sa blessure pour voir les dégâts.

« Doc est le meilleur, tu n'as pas à t'inquiéter, » marmonne Reid.

« M'inquiéter ? », je demande comme si cette simple remarque était absurde. « L'homme que j'aim— » Je secoue la tête, en ravalant les mots. « Il est allongé là avec une putain de balle dans l'épaule en train de saigner. »

« Il a de la chance, quelques centimètres plus bas et— »

« Non, » je dis sèchement. Pas d'humeur à envisager d'autres options plus dramatiques.

Nous restons silencieux, mon corps commençant à souffrir à cause de la tension alors que nous regardons le médecin s'affairer.

Je n'ai aucune idée de ce qui se passe, mais il marmonne des choses comme 'chanceux' et 'tir propre', donc je ne peux que supposer que les choses vont vraiment s'arranger.

« Bien, j'ai fini, » dit Doc, en se tournant pour regarder directement Reid. « J'ai nettoyé et recousu la blessure. J'ai soulagé sa douleur. Il va dormir un moment mais quand il se réveillera, donne-lui ça. » Il met une bouteille de pilules dans la main de Reid. « Deux toutes les quatre heures. »

« Je connais la routine, Doc. Tu sais que je ne suis pas né de la dernière pluie. »

« Je sais, je sais. Tu me raccompagnes ? »

« Pas de problème. » Il fait signe au docteur d'avancer avant de se tourner pour nous regarder Devin et moi. « Tout va bien tous les deux ? »

Devin hoche la tête et j'arrive à peine à esquisser un sourire. Heureuse que nous ne soyons pas sur le point de nous entretuer, Reid nous laisse pour raccompagner le docteur.

À la seconde où il est parti, je me précipite dans la pièce et me laisse doucement tomber sur le côté du lit à côté de Kane.

Je prends sa main chaude dans les miennes et le regarde avec les larmes aux yeux.

Ne me fais plus jamais ça, je le réprimande silencieusement, l'image de lui affalé sur le sol dans cette pièce tourne dans ma tête comme un putain de film et refuse de quitter mon esprit.

Victor aurait pu le tuer. Il aurait pu le tuer sur-le-champ, et s'il n'avait pas prévu de me retrouver, combien de temps aurait-il fallu avant que quelqu'un ne s'en aperçoive ?

Un sanglot jaillit de ma gorge à l'idée qu'il aurait pu mourir sans que les personnes qui tiennent à lui ne le sachent.

« Tout est ta faute, » résonne une voix basse et menaçante dans la pièce silencieuse.

« M-ma faute ? », je bégaie, en me tournant pour regarder Devin qui est toujours assis torse nu sur la chaise.

« Ouais, » dit-il, en s'avançant et en plaçant ses coudes sur ses genoux. « Tu es responsable de tout ça. »

« Je n'ai rien fait. Je ne veux rien avoir à faire avec ta putain de famille, » je crache.

« Pourtant, c'est ce que tu fais. La brave petite Scarlett Hunter qui joue avec les grands méchants loups. »

Mes dents grincent alors que je le regarde.

« Qu'est-ce que tu pensais qu'il allait se passer quand tu lui as fait choisir entre ta chatte et nous ? »

« Q-quoi ? J-je n'ai pas— »

« Si, tu l'as fait. »

« Je n'ai jamais voulu qu'il s'éloigne de vous. Vous faites partie de sa vie, vous tous. »

« Mais nous sommes des Hawks, Letty. Donc en lui disant de s'éloigner des Hawks, c'est comme lui dire de nous quitter. »

« Non, non, je n'ai jamais— »

Il se lève de sa chaise, sa colère durcissant ses traits et faisant se rapprocher ses sourcils.

« Tu savais que cela arriverait mais tu es une connasse égoïste et tu l'as quand même fait. »

« Non. Non, » je crie. « Je veux juste qu'il ait une vie meilleure. Je veux qu'il réalise son rêve. Tout ce qu'il a toujours voulu, c'est le football et l'université. »

« Ce sont des conneries, Letty. C'est un enfant de Creek. Nous le sommes tous. Cette vie que nous vivons tous est un putain de mensonge. »

Je lâche la main de Kane, et je me lève du lit pour ne pas me sentir désavantagée durant cet échange.

« C'est peut-être vrai te concernant, mais pas pour moi, ni pour Kane. J'ai travaillé dur pour ça. J'ai combattu l'enfer pour être ici, pour réussir, pour me faire une vie. Je ne suis pas seulement ici parce que mon père veut que je contrôle ce putain de réseau de drogue. »

« Tu veux qu'on parle de ton père, Scarlett ? Alors parlons du tien. » Devin fait un pas menaçant vers moi, en me regardant à travers ses cils comme s'il préparait la manière la plus cruelle de me faire taire.

« Ça suffit, » retentit une voix grave, qui me fait sursauter. « Vous pouvez vous disputer autant que vous voulez, mais cela ne changera rien. Kane en a fini, il est sorti. Il a conclu un accord avec le diable que le diable ne peut qu'accepter. Il est vivant et ira mieux dans quelques jours. Letty a raison, Dev. Il est temps pour lui de se tourner vers son avenir au-delà des Hawks. Être avec nous n'a jamais été son destin et tu le sais bien. »

Les lèvres de Devin s'entrouvrent pour répondre mais il ne dit rien.

« Va nous préparer un putain de café, » crache Reid. « Avec du lait et un sucre pour Letty, au cas où tu ne le saurais pas. »

C'est à mon tour de rester bouche bée. Comment connaît-il la façon dont j'aime mon café ?

Devin disparaît et Kane gémit, en bougeant légèrement sur le lit et toutes mes pensées précédentes sont oubliées.

« Ignore-le, il est juste énervé que Kane ait trouvé une fille convenable avant lui, » dit Reid, même si je ne le crois pas une seconde. Il n'y a aucune chance que Devin soit jaloux de moi. Le gars est un coureur et il semble plus qu'heureux de vivre ainsi.

« OK. Bien, » je marmonne, en gardant les yeux rivés sur Kane. « Quel... euh... quel marché a conclu Kane, est-ce qu'Alana est vraiment si importante ? J'ai eu l'impression qu'elle n'était qu'une salope qui aimait jouer à des jeux. »

Il rit. « Oui et non. Je pense qu'elle aime les jeux, c'est une distraction pour elle. »

« Pour se distraire de quoi ? », je balance sans réfléchir.

La mâchoire de Reid tressaute pendant qu'il réfléchit. « De la vie. » Il passe sa main dans ses cheveux. « Écoute, quand il sera réveillé et que tu seras prête, tu pourras lui demander toi-même. » Pour la première fois, je crois entendre une petite hésitation dans sa voix.

« Elle est ici ? », je demande, en essayant de masquer mon choc.

« Oui. Je... la garde en sécurité. »

Je plisse les yeux en entendant son explication.

« O-OK. » Je ne sais pas vraiment ce que je ressens au sujet de la femme qui a essayé de m'arracher le cœur il n'y a pas longtemps, sans compter ce que je ressens à l'idée de savoir qu'elle est ici sous ce même toit où je sais que Kane a l'habitude de traîner.

« Il ne veut pas d'elle, Letty. Ça n'a jamais été le cas. Je ne sais pas ce qu'il t'a dit, mais tout ce qui se passait entre eux, ce n'était rien de plus qu'une sorte d'accord commercial. »

Je hoche la tête, en acceptant ses paroles.

« Merci, » dis-je sincèrement.

« Kane veut partir depuis longtemps. Il ne fait pas ça à cause de toi, il le prévoyait déjà. » J'essaie d'avaler la boule dans ma gorge. « Même si je déteste l'admettre parce qu'il est l'un de mes meilleurs gars, il n'est pas fait pour cette vie. Il mérite de vivre son rêve, il mérite MKU et les Panthers, et toi, Letty. Je suis sûr que tu n'as pas besoin que je te raconte tout ce qu'il a traversé. Il mérite d'être heureux. »

Mes yeux se remplissent de larmes et tout ce que je peux faire c'est hocher la tête.

« Je vais te laisser tranquille. Tu peux rester aussi longtemps que tu le souhaites. »

Il serre mon épaule et recule vers la porte. Juste avant qu'il ne disparaisse, je retrouve ma voix.

« Tu es un bon ami, Reid. Il a de la chance de t'avoir. »

« Je n'en suis pas si sûr, Princesse. Mais je fais de mon mieux. Appelle-moi si tu as besoin de quoi que ce soit. »

Je lui souris faiblement avant qu'il ne ferme la porte et ne me laisse seule avec Kane.

J'enlève mes chaussures, et je me glisse doucement sur le lit, en faisant attention à ne pas peser sur Kane alors que j'enroule ma main autour de son bras, en ayant besoin d'une sorte de contact avec lui pour sentir sa chaleur.

Je reste allongée là avec lui pendant une éternité, en écoutant juste sa respiration et en remerciant tous ceux qui m'entendraient que Victor n'ait pas pointé son arme plus bas.

« Il a raison, tu sais. » Sa voix rauque me fait sursauter et je me redresse rapidement sur mon coude pour le regarder.

Ses yeux sont fermés mais il est clairement réveillé.

« Kane ? »

Ses yeux s'ouvrent et à la seconde où je regarde ses yeux bleus légèrement vitreux, je pousse un énorme soupir de soulagement.

« Salut, Princesse. »

« Oh mon Dieu. » Je ne peux pas arrêter le sanglot qui me déchire la gorge ni les larmes qui coulent de mes yeux en le voyant et en l'entendant. « Quand nous sommes entrés... je pensais... je pensais que tu étais... »

« Bébé, je vais bien. »

« Tu as un putain de trou dans l'épaule. »

« Meh. » Il hausse les épaules, en regrettant instantanément son mouvement car il grimace de douleur.

« Tu as besoin de quelque chose pour soulager la douleur ? Le médecin a laissé des pilules. »

« Je vais bien. Tout ce dont j'ai besoin, c'est de toi. » Je m'évanouis en entendant ses mots. « Viens ici. » Il lève son bras sur son côté non blessé et me fait signe de me blottir contre lui.

« Je ne veux pas te faire mal. »

« Tu ne me feras pas mal. Allonge-toi juste un peu avec moi. »

Une fois de plus le silence se fait autour de nous et le bruit de sa respiration s'alourdit. Après le stress de l'après-midi, mes yeux commencent à se fermer et je m'endors avec lui. Même si c'est un sommeil troublé parce que je fais attention à ne pas trop bouger pour ne pas le blesser.

Quand je finis par revenir à moi un peu plus tard et que j'ouvre les yeux, la pièce est dans l'obscurité, seule la lumière de la lune provenant de la fenêtre sur le mur opposé l'éclaire et le lit à côté de moi est vide.

« Kane ? », je crie de panique.

CHAPITRE VINGT-DEUX

Kane

J e me tiens avec mon épaule appuyée contre l'embrasure de la porte pendant que je la regarde dormir. Le clair de lune éclaire un côté de son beau visage et je ne peux m'empêcher de penser qu'elle ressemble à un ange. Mon ange.

Dieu sait combien de temps Victor et ses hommes de main m'auraient gardé enfermé dans cette pièce si elle n'avait pas alerté tout le monde que je n'étais pas venu au rendez-vous.

Je suis presque sûr que je n'ai rien fait dans ma vie pour la mériter, tout a été merdique et pourri depuis presque aussi longtemps que je me souvienne, mais putain, j'ai envie de la garder et d'essayer de tout changer.

Je n'ai pas entendu tout ce que Reid lui a dit tout à l'heure, j'étais à l'ouest. Mais il avait raison, mon destin n'a jamais été d'être avec les Hawks. Ça ne coule pas dans mon sang comme dans le sien. Il a voulu ça dès la seconde où il a appris la vérité sur son père et sa vie, et moi, tout ce que je voulais, c'était le football.

Je pousse un soupir en sachant que j'ai peut-être raté cette opportunité, mais avec mes yeux toujours rivés sur Letty, je sais que je trouverai mon chemin même si l'université n'est plus une option pour moi. Je l'ai elle, je suis libéré de Victor tant que je tiens mes promesses, ce que Reid s'occupera de faire pour moi, et le reste finira par s'arranger, espérons-le.

Un sourire se dessine sur mes lèvres alors que je la regarde remuer. Mon corps me fait très mal après les coups que j'ai reçus des hommes de main de Victor et l'endroit sur mon épaule où ce connard a tiré me brûle, mais elle vaut bien toute cette douleur et plus encore.

Elle se tourne vers l'endroit où j'étais dans le lit et tend le bras pour me trouver. Dès qu'elle réalise que je ne suis pas là, ses yeux s'ouvrent et elle s'assoit.

« Kane ? »

« Je suis juste là, Princesse. »

Ses yeux me trouvent et tout son corps se détend de soulagement.

« Tu devrais être au lit, » elle me signale, en faisant courir ses yeux de haut en bas sur mon corps, en inspectant chacune de mes coupures et contusions.

« Je vais bien. »

« Je suis désolée, tu vas tout sauf bien. On t'a tiré dessus, Kane. Tiré dessus. »

Je ne peux pas m'empêcher de me moquer d'elle. « Je sais, bébé. »

Je m'écarte du mur, et je me dirige lentement vers le lit.

« Tu as besoin de quelque chose pour soulager la douleur, et n'essaye même pas de me dire que tu n'en as pas besoin. Je peux le voir dans tes yeux que tu es à l'agonie. »

« J'ai un peu mal. »

« Un peu, » se moque-t-elle en s'extirpant du lit pour m'aider à faire les derniers pas. « Est-ce que tu t'es regardé dans le miroir quand tu étais là-dedans ? » Elle jette un coup d'œil en direction de la salle de bain.

« Ouais, » j'admets avec une grimace, en me souvenant de mes yeux meurtris et enflés, de mes lèvres et de mes sourcils coupés et des bleus noirs autour de mes côtes, et, bien sûr, du trou flagrant dans mon épaule.

« Mets-toi au lit, » demande-t-elle en tirant les draps pour que je puisse me glisser dessous.

« Mon pantalon ? », je demande d'un air suffisant.

Son regard soutient le mien un instant avant de descendre jusqu'à ma ceinture.

« Tu veux que je sois à l'aise, n'est-ce pas ? »

« Tu vas avoir de sérieux problèmes, Kane Legend. »

Un sourire narquois se dessine sur mes lèvres alors qu'elle s'approche de moi et laisse tomber ses mains sur ma ceinture avant de l'ouvrir.

Le désir me traverse à la seconde où ses doigts doux effleurent ma peau sensible et ma bite se met à bander, en mettant momentanément toute la douleur de côté.

Elle déboutonne mon pantalon et enroule ses doigts autour du tissu pour le faire descendre le long de mes jambes.

À la seconde où il glisse sur ma bite, elle halète.

« Kane, » grogne-t-elle. Je pense qu'elle veut me lancer un avertissement, mais dans ma tête, ça ne ressemble pas du tout à ça.

« Quoi ? Tu me déshabilles. Je n'y peux rien. »

« Bien sûr que tu ne peux pas, » marmonne-t-elle. « Assis. » Je fais ce qu'on me dit et me laisse tomber sur le bord du lit, en soupirant de soulagement de ne plus être debout.

Elle retire mon pantalon, puis mes chaussettes avant de tenir les couvertures et de me faire signe de venir.

« Mais— », je boude.

« Il n'y a pas de 'mais', Legend, » dit-elle avec ses mains sur les hanches comme si c'était elle la chef ici. Même blessé, je pourrais la mettre sur le dos en quelques secondes et elle le sait. « Tu as faim ? »

« Je suis affamé, » je gronde, mes yeux la scrutant de la tête aux pieds.

« Je parle de nourriture, Kane. Tout le reste n'est pas au menu pour le moment. »

« Rabat-joie. Te regarder enrouler tes lèvres autour de ma bite en ce moment serait— »

Elle gémit de frustration. Je ris pendant une seconde avant de réaliser à quel point ça fait mal et je m'arrête brusquement, ce qui, naturellement, ne lui échappe pas si son sourcil relevé du genre 'je te l'avais bien dit' veut dire quelque chose.

« Prends ça, » dit-elle en me tendant deux comprimés et un verre d'eau. « Ensuite, je vais aller chercher à manger. Ne fais pas l'idiot. »

Elle va dans la salle de bain pour se rafraîchir avant

de m'examiner à nouveau et de quitter la pièce. Mes yeux la suivent jusqu'à ce qu'elle passe l'angle, puis je repose ma tête en arrière et laisse mes yeux se fermer une fois de plus alors que la douleur bat régulièrement dans chaque centimètre de mon corps.

Je repense au moment passé avec Victor et ses hommes de main. Je savais que ça se passerait mal quand il m'attraperait, je m'attendais à être battu mais j'ai supposé que s'il appuyait sur la gâchette, je ne serais plus là pour raconter le récit. Peut-être qu'il s'adoucit en vieillissant, ou et comme je le soupçonnais, au fond de lui, il ne se soucie plus que de lui-même.

Ce n'était un secret pour personne dans la famille Harris qu'il préparait le plus jeune frère à devenir son prodige. Reid est peut-être le commandant en second et l'avenir des Hawks, c'était son droit d'aînesse après tout. Mais s'agissant de Gray, Victor a vu quelque chose de différent en lui et il l'entraînait— en lui faisant un lavage de cerveau—pour faire tout son sale boulot. Je veux dire, personne avec la moitié d'un neurone n'aurait pensé que kidnapper Harley était une putain de bonne idée, mais il l'a fait. Je me demande s'il le regrette encore.

J'imagine le jeune Grayson Harris avec qui Kyle était ami et je me demande à quel moment tout a mal tourné pour lui.

« Hé, comment vas-tu ? », demande Reid, en m'arrachant de mes pensées concernant son petit frère.

« Ouais, tu sais. Au septième ciel. »

Il rit en se dirigeant vers la chaise sous la fenêtre et en la faisant glisser.

« Il a mordu à l'hameçon, alors. »

« Je suis vivant, n'est-ce pas ? »

« À peu près, » marmonne-t-il, en baissant les yeux sur ma blessure par balle fraîchement recousue. « Doc a fait du bon travail, hein ? »

« Il a eu beaucoup d'entraînement au fil des ans, » dit-il sur un ton impassible.

« J'imagine. »

Le silence se fait entre nous.

« Tu es confiant pour la suite ? »

« Bien sûr, mec. Je gère ça. Je... euh... j'ai dit à Letty qu'elle pourrait parler à Alana, » admet-il en se frottant la nuque.

« Je lui ai dit qu'elle pouvait lui parler aussi, pour qu'Alana puisse expliquer sa version. »

« Tu veux que je la réveille ou... »

« C'est à toi de décider, mec. C'est ta prisonnière. »

Il rit d'une manière qui fait briller ses yeux.

« Tu aimes un peu trop l'avoir ici, n'est-ce pas ? »

« Qu'est-ce qui te fait dire ça ? »

Un gros fracas résonne dans la maison, suivi de ce que je ne peux que supposer être une série de jurons de Letty.

« Je devrais probablement... » Il passe le pouce par-dessus son épaule. « Ouais. Cela avait l'air d'être quelque chose qui vaut cher. »

Il se lève de la chaise, et se dirige vers la porte avant de me regarder.

« Tu as une nana bien, Kane. Ne la laisse pas partir. »

« Ce n'est pas ce que j'avais prévu, mec. »

Après que Letty m'a apporté des sandwichs et avoué avoir brisé presque toutes les assiettes de Reid sur son sol carrelé, je me suis endormi avec elle enroulée autour de moi comme un singe. C'était parfait, mis à part ma souffrance et le fait qu'elle refusait toujours de me sucer.

Le poids qui pesait sur mes épaules depuis... eh bien, des années, s'était enfin soulevé. Je n'étais plus la marionnette de Victor et j'étais libre de vivre ma vie. Du moment que Reid va jusqu'au bout, ce qu'il fera je n'en doute pas, alors ce sera fini. Vraiment fini.

Je suis resté allongé là à regarder le soleil se frayer un chemin à travers la fenêtre et puis Letty a commencé à remuer à côté de moi.

« Bonjour, Princesse, » je murmure quand ses cils commencent à cligner.

« Hé, » dit-elle, ses yeux s'illuminant immédiatement et un large sourire se dessinant sur ses lèvres en me voyant. « Comment te sens-tu ? »

« Comme si j'avais été renversé par un bus, » j'avoue.

« Eh bien, tu as l'air sexy. Le bleu et le violet te vont vraiment bien, » marmonne-t-elle, en désignant du doigt mon visage défoncé.

« Ah ouais ? Je ne savais pas que ça te plairait, » je plaisante.

« Putain, je déteste ça, Kane. Je n'arrêtais pas de me réveiller cette nuit avec l'image de lui en train de pointer une arme sur toi. »

« C'est fini, bébé, » je lui assure, en la serrant plus fort et en ignorant la douleur brûlante qui traverse mon corps à cause de ce geste.

« Est-ce que c'est fini ? Est-ce que ce sera vraiment fini? Il sera toujours en arrière-plan. »

« C'est une partie de mon passé que je ne pourrai jamais complètement oublier, » j'avoue. C'est vrai. À tout moment, il pourrait revenir sur notre accord, mais je suis convaincu qu'il ne le fera pas. En plus, il y a d'autres choses en jeu ici que moi. Reid ne m'a donné aucun détail mais je sais qu'il prépare quelque chose. Cette embrouille avec les expéditions n'est que la partie émergée de l'iceberg, j'en suis sûr. Mais je suis heureux de le laisser gérer son truc pendant que je recommence ma vie, proprement cette fois.

« C'est bon, » dit-elle, en prenant doucement ma joue en coupe et en me regardant dans les yeux. « Je comprends. Et cela fait aussi partie de mon passé. Mais cela n'a pas à définir notre avenir. Que veux-tu maintenant, Kane ? »

« Toi, » je réponds dans la seconde.

« Tu m'as déjà. » Elle rit. « Quelle est la prochaine étape pour ce Legend ? »

Je rejette la tête en arrière et je ris aussi et c'est tellement bon.

« Je vais retourner à l'université, d'une manière ou d'une autre. Même si c'est via des cours en ligne ou dans une fac communautaire. Je veux obtenir mon diplôme, je veux obtenir un travail convenable, je veux être le genre d'homme dont tu peux être fière. »

Elle me sourit, les yeux brillants de larmes.

« Je suis tellement fière de toi. » Elle se penche en

avant, et ses lèvres effleurent précautionneusement les miennes mais je ne sens rien et je passe mes doigts dans les cheveux derrière sa nuque et la force à m'embrasser correctement.

Ma lèvre se rouvre et remplit ma bouche, et j'imagine la sienne, du goût cuivré du sang mais notre baiser ne faiblit pas. Je souris en sachant qu'elle est aussi perverse que moi parce qu'en ce moment, je sais qu'elle est mouillée comme pas possible pour moi... ce n'est pas que mon sang qui coule.

« Letty, » je gémis de désir quand elle finit par s'écarter.

Elle se mord la lèvre inférieure et me regarde à travers ses cils.

« Je suis là, bébé. Juste... ne bouge pas et n'essaie pas de prendre le contrôle, OK ? »

« Je ne peux rien promettre, Princesse. »

Elle secoue la tête alors qu'elle se lève du lit mais elle ne fait pas ce à quoi je m'attends et j'aspire ma lèvre inférieure en faisant la moue quand elle sort deux pilules de la bouteille sur la table de chevet derrière moi et me les tend avec le verre d'eau.

« Prends ça, » demande-t-elle avant de me tourner le dos et de se diriger vers la salle de bain. Elle ne porte que le t-shirt d'hier et sa petite culotte qui montre presque entièrement ses fesses. Cette situation ne change rien à la situation dans laquelle je me trouve depuis ce baiser.

Elle sait que je la regarde et remue ses fesses avant de se glisser dans la pièce.

« Ce n'est pas juste, Letty, » je me plains alors qu'elle ferme la porte d'un coup de pied.

Quand elle revient quelques minutes plus tard, ses longs cheveux sont torsadés en un chignon sur le dessus de sa tête et elle a un sourire aguicheur aux lèvres.

Je baisse les yeux sur son corps, et je vois ses tétons coquins pressés contre le tissu fin de son t-shirt. Elle a clairement retiré son soutien-gorge à un moment donné alors que j'étais évanoui, puis je vois son entrejambe recouvert de dentelle, puis ses longues jambes galbées.

Ma bite tend mon boxer juste en la regardant.

« Déshabille-toi. » Ma voix est grave et rauque alors que ma demande remplit la pièce.

Ses dents s'enfoncent dans sa lèvre inférieure avant qu'elle ne lève une main sur l'ourlet de son t-shirt. « Ça ? », demande-t-elle innocemment en écartant un peu le tissu de son corps.

« Ouais, bébé. Ça. Tout ça. »

« Tu es sûr que tu peux gérer ? » Elle traverse la pièce et s'arrête au bout du lit, en ne s'approchant pas suffisamment pour que je la touche.

« Putain, tu sais que je peux. »

« Tu es plutôt handicapé en ce moment. »

« Je bande tellement pour toi là tout de suite, Princesse. Cela fonctionne parfaitement bien. »

« Cela va te faire mal. Peut-être que tu devrais juste me regarder. » Sa main glisse sur son t-shirt jusqu'à ce qu'elle prenne sa poitrine en coupe.

« Putain, Let. » Je jette les couvertures, mon corps brûlant de désir.

En suivant son mouvement, je mets la main dans mon boxer et enroule mes doigts autour de ma bite.

Un grognement monte dans ma gorge à ce contact

mais ce n'est pas ce dont j'ai vraiment envie. J'ai envie d'elle. De son toucher délicat et de sa bouche chaude et perverse.

« Laisse-moi voir, » je demande quand elle pince manifestement son téton et laisse échapper un petit halètement de plaisir torride.

« Qu'est-ce que tu veux voir ? », demande-t-elle en haussant un sourcil, en essayant—et en échouant lamentablement—d'avoir l'air innocent.

Scarlett Hunter n'a rien d'innocent, j'ai détruit chaque once d'innocence de son corps et je l'ai salie encore et encore. Et je vais le refaire, putain.

« Je veux voir ton beau corps, Princesse. Je veux te voir te toucher. Je veux te voir avoir un orgasme et ensuite je veux jouir dans ta bouche. »

« Tu veux que je sois ta sale petite pute ? », demande-t-elle en utilisant mes mots.

« Putain ouais, bébé. » Je branle ma bite plus vite. Elle ne s'est pas encore touchée mais je peux déjà imaginer à quoi vont ressembler ses doigts fins alors qu'elle jouera avec sa jolie petite chatte. « Maintenant, retire-le. »

Lentement, affreusement lentement, elle laisse tomber sa main et enroule ses doigts au bas de son t-shirt.

Centimètre par centimètre, en me torturant, elle révèle son corps de pécheresse. Je fais courir mes yeux le long de sa taille, en remarquant une fois de plus à quel point elle s'est remplie en quelques semaines seulement. Mes doigts se contractent pour les faire courir sur ses courbes alors qu'elle expose le bas de ses seins.

J'en ai l'eau à la bouche à l'idée de les lécher, de les taquiner jusqu'à ce qu'elle me supplie de prendre son téton dans ma bouche et de le mordre jusqu'à ce que ça fasse mal.

Enfin, elle le fait passer par-dessus sa tête, en s'exposant entièrement à moi.

« Putain, tu es belle, » je laisse échapper, incapable de garder cette pensée pour moi. Elle sait à quel point j'aime son corps mais malgré cela, mes mots n'empêchent pas son visage de rougir.

« Et maintenant ? », demande-t-elle, avec une pointe de timidité que j'adore, putain.

« Ta culotte, Princesse. Je la veux. »

Elle accroche ses pouces sur les côtés et la fait glisser le long de ses cuisses avant de se pencher, en me donnant une vue de ses fesses et de sa chatte déjà humide alors qu'elle la retire doucement.

« Tu me tues, putain. »

« C'est ce que tu as demandé. » Elle se lève et me lance sa culotte.

Elle atterrit sur mon torse, je l'attrape, et la porte à mon nez.

« Putain, tu dégoulines, n'est-ce pas, Princesse ? » C'est une question purement rhétorique. Nous savons tous les deux que oui, et il semble qu'elle sache que je n'attends pas de réponse car elle ne m'en donne pas.

J'inspire pour me préparer à la douleur qui va venir et je m'assieds un peu plus haut et pousse la ceinture de mon boxer vers le bas, en exposant ma queue qui palpite.

Les yeux de Letty se concentrent immédiatement sur ma bite alors que je recommence à la caresser lentement.

« Assieds-toi sur la chaise. » Je fais un signe du

menton en direction de l'endroit où Reid l'a laissée la nuit dernière et elle s'en approche immédiatement.

En laissant ses fesses juste au bord, elle s'assoit poliment, les genoux joints.

« Bien essayé, Princesse. Écarte tes jambes, laisse-moi voir ta jolie chatte. »

Elle déglutit nerveusement mais fait ce qu'on lui dit, en allant même jusqu'à poser un pied sur le bord du lit.

« Brave fille. Maintenant, passe tes doigts sur ta chatte et dis-moi à quel point tu es mouillée, à quel point tu as envie de ma bite. »

Elle passe une main sur son ventre jusqu'à ce que deux de ses doigts appuient contre son clitoris exposé alors qu'elle halète, sa tête retombant contre la chaise.

Mon cœur tonne dans ma poitrine pendant que je la regarde, et je serre ma bite plus fort avec mon envie de sentir sa chatte serrée s'enrouler autour d'elle.

« Oui, Princesse. Maintenant, enfonce tes deux doigts à l'intérieur. Est-ce que tu es mouillée pour moi ? »

« O-oui, » crie-t-elle en plongeant deux doigts dans sa chatte.

« Putain, tu es tellement sexy en train de te toucher, bébé. Je veux te regarder jouir pendant que tu penses à moi en train de te baiser brutalement. Tu peux faire ça ? »

« O-oui. »

Elle retire ses doigts et les remet sur son clitoris, en faisant un mouvement circulaire et régulier alors que ses hanches roulent en rythme.

« Tu aimes savoir que je te regarde ? Est-ce que ça t'excite, Princesse ? »

Elle lève la tête et ses yeux à peine ouverts trouvent les miens.

« Oui. »

Elle arrache son regard du mien et pose son attention sur ma bite.

« C'est pour toi, bébé. J'ai hâte d'entrer en toi. Je vais te baiser jusqu'à ce que tu ne te souviennes plus de ton propre nom. »

« Kane, » gémit-elle, en ne réussissant plus à tenir la tête haute.

Je regarde sa main libre se soulever vers ses seins et elle pince et fait rouler ses tétons entre ses doigts alors que ses mouvements entre ses jambes deviennent plus erratiques.

« C'est ça, bébé, » je l'encourage, le rythme de ma main devenant plus rapide à chaque seconde qui passe. « Je veux entendre mon nom quand tu jouis, OK ? »

« Oui, Kane. Oui, » gémit-elle comme si elle s'entraînait.

Je souris en la regardant commencer à perdre le contrôle.

« Baise ta chatte, Let. Je veux voir tes doigts au fond de ta chatte. »

Elle relâche sa poitrine et laisse sa main rejoindre l'autre et enfonce deux doigts à l'intérieur.

« Oh mon Dieu, » elle halète en étirant ses parois.

« Oui, bébé. Maintenant continue avec ta main jusqu'à jouir pour moi. »

« Oh mon Dieu, Kane. Kane, » crie-t-elle alors que son orgasme arrive. Sa poitrine rougit alors qu'elle cherche à respirer. Ses seins sont gonflés et désespérés que je les touche. Je fais descendre mon regard, pour la voir se masturber jusqu'à la jouissance.

Son corps entier se tend quand elle finit par jouir.

« Kane, » crie-t-elle alors qu'elle commence à se contracter sur la chaise, en profitant de chaque seconde de plaisir.

Mon souffle se coupe alors que je la regarde. Elle est tellement belle, tellement mienne.

Sa tête se lève alors qu'elle commence à reprendre ses esprits. Quand ses yeux trouvent les miens, ils sont vitreux et brillants de désir.

« C'était tellement sexy. Maintenant viens ici et suce-moi, et ne t'arrête pas jusqu'à ce que mon sperme coule dans ta gorge. »

Plus vite que ce à quoi je m'attendais, elle se lève de la chaise et rampe jusqu'au bout du lit.

En enroulant ses mains autour de la ceinture de mon boxer, elle le fait descendre le long de mes jambes et le laisse tomber au sol, avant de m'embrasser le long de mes cuisses.

« Princesse, » je dis à la fois en gémissant et sur un ton d'avertissement, déjà proche de l'orgasme après avoir regardé son petit spectacle et ne sachant pas si je vais durer bien longtemps si elle continue à me taquiner.

« Tu es tellement impatient, Legend. Je suis à la place du conducteur maintenant, alors assieds-toi et profite du voyage. »

Je gémis parce que même si j'ai envie d'être dans sa bouche, la chevaucher et m'enfoncer profondément dans sa chatte serait tellement mieux, mais je sais déjà qu'elle ne voudra pas parce qu'elle ne veut pas me faire de mal. Et pour être honnête, je ne suis pas sûr d'en être capable non plus de toute façon, pas que je sois sur le point de l'admettre à qui que ce soit.

Elle m'embrasse en remontant le long de mes cuisses avant de me lécher et de me taquiner les couilles pendant que je continue de me branler lentement.

« Letty, putain. »

Je regarde chacun de ses mouvements alors qu'elle commence à me lécher et à sucer ma bite jusqu'à ce que je me libère pour qu'elle puisse pleinement prendre le contrôle.

En tenant la base, elle la lèche et la suce jusqu'à mon gland, mon début d'orgasme étant déjà là avant même qu'elle n'écarte ses lèvres pour me sucer profondément.

« Bébé, j'ai vraiment envie de— »

« Chut, je sais ce dont tu as envie, » murmure-t-elle avant de finalement me laisser entrer dans sa bouche.

« Oh merde, putain. Putain, Letty. » Je lève la main et je glisse mes doigts dans ses cheveux, mais je ne prends pas le contrôle, je la laisse faire avant d'atteindre le point de non-retour quelques minutes plus tard et je décharge tout ce que j'ai dans sa gorge comme je l'avais promis.

« Putain, Princesse, » je halète lorsqu'elle s'écarte et s'essuie la bouche avec le revers de sa main.

Ses yeux sont toujours vitreux, et je sais pertinemment qu'elle est prête pour ma bite.

« Enlève ce regard pervers de tes yeux, Legend. Cela n'arrivera pas. Pas tant que tu n'auras pas guéri. »

« Mais tu es en train de me supplier, » je fais remarquer.

« Je n'ai pas dit un mot, » argumente-t-elle en se soulevant d'entre mes jambes.

« Je peux te lire comme dans un livre ouvert Scarlett Hunter et tout ton corps est en train de crier : *baise-moi, Kane. Baise-moi jusqu'à ce que je ne sente plus mes jambes.* »

Elle se moque de moi en ramassant ses vêtements abandonnés. « Peu importe ce que tu penses que mon corps crie. Cela n'arrivera pas. »

« OK, très bien. Mais je ne vais pas me rhabiller parce que je vais avoir besoin de ton aide pour me doucher. »

« Non, Kane. Je ne pense pas— » Ses mots s'évanouissent à la seconde où elle lève les yeux pour me trouver assis sur le bord du lit, prêt à me diriger vers la salle de bain.

« Aide-moi ou j'irai seul et je ne suis pas sûr que je devrais être seul, tu sais, après avoir pris une balle. » Je lui lance un regard de chien battu et elle lève les yeux au ciel en guise de réponse.

« C'est un coup bas, Legend. Un putain de coup bas. »

« Cela a fonctionné, n'est-ce pas ? », je demande quand elle se tient devant moi, toujours nue, en train de me tendre la main.

« Si tu essaies de faire le malin, tu auras de gros ennuis, » prévient-elle.

« En même temps, quand n'ai-je pas d'ennuis ? »

« Jésus, » marmonne-t-elle alors que nous nous dirigeons vers la salle de bain.

« J'aime ça, tu sais. »

« Quoi, la salle de bain de Reid ? », demande-t-elle innocemment.

« Non, Princesse. Plaisanter avec toi comme des étudiants normaux. » Elle me lâche alors qu'elle se penche dans la cabine de douche pour ouvrir l'eau.

« Ouais, j'aime ça aussi. Faisons en sorte que tu reviennes et nous pourrons être normaux comme ça tous les jours. »

En enroulant ma main autour de son cou, je l'attire contre moi.

« Ce serait le paradis, bébé. » Je frotte mon nez contre le sien. « Nous allons trouver un endroit où vivre, juste nous deux et je vais te baiser tous les jours comme j'aurais dû le faire depuis des années. »

« Et moi qui pensais que tu allais me roucouler de doux mots d'amour, » dit-elle sur un ton impassible.

« Oh Princesse, qu'y a-t-il de plus doux que de multiples orgasmes quotidiens donnés par ton serviteur ? »

« OK, ouais. Tu as peut-être raison. »

« Notre avenir commence ici, Scarlett. Nous pouvons faire et être tout ce que nous voulons, ensemble. »

Elle baisse la tête sur mon épaule non blessée et prend une inspiration tremblante.

« Letty ? », je demande, l'inquiétude m'inondant à l'idée d'avoir dit quelque chose de mal.

Elle s'accorde une seconde avant de lever la tête et de me regarder. Ses yeux sont pleins de larmes qu'elle essaie de retenir.

« J-je ne peux pas attendre, Kane. Je veux ça, je te veux. »

« Putain, je t'aime, Scarlett Hunter. »

Mes lèvres trouvent les siennes avant que j'aie à voir son expression tiraillée comme à chaque fois que je prononce ces mots. Je sais qu'elle ressent la même chose, je le vois dans ses yeux à chaque fois qu'elle me regarde, je le sens à chaque contact mais pour une raison quelconque, elle ne veut pas dire ces mots. J'ai envie d'être OK avec ça et de lui donner le temps dont elle a besoin. Bon sang, je comprends après tout ce que je lui ai fait au fil des ans, mais le connard égoïste que je suis a besoin de les entendre. J'ai besoin de savoir qu'elle est vraiment à moi dans tous les sens du terme.

Nous nous embrassons pendant de longues minutes avant qu'elle ne me prenne les deux mains et ne me conduise dans la cabine où elle lave très soigneusement chaque centimètre de ma peau, en faisant très attention à ne pas mouiller ma blessure. C'est l'infirmière parfaite, eh bien, jusqu'à ce qu'elle se mette à genoux et accorde à nouveau une attention particulière à ma bite, alors elle redevient juste ma sale petite pute et je ne changerais ça pour rien au monde.

CHAPITRE VINGT-TROIS

Letty

« I**l** a une putain de chambre de torture dans son sous-sol, Kane. Dis-moi que tu ne penses pas que ce soit foutrement dingue, » je dis presque en criant alors que nous quittons la maison de Reid plus tard dans la journée.

J'ai pensé que je rêvais quand j'ai regardé par la fenêtre et que j'ai vu ma voiture garée dans l'allée de Reid, mais il semblait que pendant que j'étais avec Kane, en train de m'occuper de lui... de le divertir, nous avons raté l'autre visite des Harris venus déposer ma voiture.

Je vois Kane hausser les épaules du coin de l'œil alors que nous franchissons les énormes portes et que nous sortons sur la route. « Ouais, c'est bizarre. Mais c'est Reid. Il est barré, » dit-il comme si je venais de découvrir qu'il avait un court de tennis chez lui ou quelque chose du genre, pas un endroit où il torture littéralement les gens, à mort probablement, mais je pense que je ne souhaite pas avoir de confirmation.

« Qui d'autre retient-il là-dedans ? »

Kane rit. « Honnêtement, je ne sais pas. Les cellules pourraient être tout aussi bien vides que pleines— »

« À part Alana, » je fais remarquer.

« Ouais, à part elle. Ce sont les affaires de Reid avec les Hawks. Moins j'en sais, mieux c'est. » Je lui jette un coup d'œil, en sentant qu'il n'est pas tout à fait honnête avec moi, mais je décide de laisser tomber. Je ne veux vraiment pas savoir. C'est déjà assez moisi que je sache que cela existe et qu'il garde Alana là-bas comme un animal de compagnie.

Je l'ai peut-être détestée dès la seconde où elle a enroulé ses mains autour de mon homme devant le stade l'autre week-end, mais je ne souhaite quand même pas ce genre de vie à qui que ce soit. Je peux seulement me dire qu'elle le mérite et espérer que Reid ne soit pas un monstre fini avec elle.

Comme s'il pouvait lire dans mes pensées, Kane tend la main et serre ma cuisse pendant que je conduis. « Je ne m'inquiéterais pas pour Alana si j'étais toi, bébé. Quelque chose me dit qu'elle apprécie le temps qu'elle passe là-bas. »

« Qu'est-ce que tu—non, » dis-je en m'interrompant toute seule. « Je ne veux pas savoir. Je vais juste oublier qu'il a même un sous-sol. »

« C'est probablement pour le mieux. Elle ne va plus nous déranger. »

« Tu penses qu'elle t'aimait vraiment ? » Je n'ai aucune idée de pourquoi je pose cette question, ce n'est pas comme si je voulais vraiment connaître la réponse mais ma bouche me joue des tours.

« Je n'en ai aucune idée. Je pense qu'elle aimait l'idée de 'nous', mais je pense que sa vie est plus compliquée que nous ne pouvons l'imaginer. Je suis juste content de ne plus être au milieu de tout ça. »

« Pareil. »

« Les gars vont me manquer, évidemment. Ils sont mes amis depuis que nous sommes enfants, mais la vie... J'en ai fini avec tout ce qui concerne Creek. »

Je lui jette un coup d'œil et souris, en aimant l'écouter s'ouvrir sincèrement.

Il est facile de voir la différence en lui depuis qu'il s'est réveillé hier après-midi. Je ne pense pas que je réalise vraiment à quel point il était stressé avec tout ce qu'il avait à faire. En le regardant maintenant, ecchymoses et œdèmes mis à part, il ressemble à un homme totalement différent.

« Pareil, » j'admets après quelques secondes silencieuses. « Eh bien, à part mon père, évidemment. »

« Reid y travaille. »

« Q-quoi ? »

« Laisse-lui juste un peu de temps et ne me demande pas de détails parce que je ne sais rien mais il essaie aussi de libérer ton père. »

« Pourquoi ? », je demande, mes yeux passant de Kane à la route devant moi.

« Parce que c'est important pour toi, donc c'est important pour moi. Je lui ai demandé de voir ce qu'il pouvait faire. »

« Kane, » je soupire, en entrelaçant mes doigts avec les siens sur mes genoux.

« Tes parents le méritent, Let. Ce sont tous les deux des gens incroyables. »

« Je suis contente que tu le penses, » je murmure en riant.

« Eh bien, ils t'ont fait donc ça les rend assez géniaux à mes yeux. »

Je ris. « Tu es un idiot. »

« Tu aimes ça, c'est ce que tu veux. »

« Oui. Oui, je le veux. » Je sursaute en réalisant la connotation de ce que je viens de dire mais il ne réagit pas, ou du moins il essaie de ne pas le faire mais sa main serre brièvement sur la mienne.

Je sais qu'il a besoin d'entendre les mots, je voulais lui dire ce matin dans la salle de bain mais le moment n'était pas le bon. Je ne veux pas dire les mots juste après qu'il a failli mourir, et quand il ne peut pas sceller correctement la promesse entre nous. Je suppose que les mots peuvent attendre quelques semaines le temps qu'il guérisse et ensuite nous pourrons le célébrer de la bonne manière.

« Tu n'es pas obligée de rester une semaine ici, tu sais, » dit-il alors que nous roulons vers Rosewood. « Je vais bien et tu peux aller en cours, si tu veux. »

« Nope. J'ai déjà envoyé un e-mail à mes professeurs et en leur disant que je travaillerai à distance au moins cette semaine. »

« Let, je ne veux pas que tu prennes du retard à cause de moi, » me prévient-il.

« Ce ne sera pas le cas. En plus, tu peux travailler

avec moi comme ça quand tu seras de retour, tu seras mieux préparé. »

« *Si*, Let, pas *quand*, » me rappelle-t-il.

« Ça marchera, Kane. Aie confiance. »

Reid m'a dit, pendant qu'il m'aidait à nettoyer les assiettes que j'avais brisées partout dans sa cuisine, qu'il avait parlé à des contacts pour tenter de dissimuler les actes de corruption qui avaient eu lieu autour de la bourse de Kane à MKU. Je ne suis pas tout à fait sûre de ce que je ressens à l'idée qu'il dissimule cela avec davantage de corruption, mais je l'ai remercié et lui ai dit que ma mère avait tout sous contrôle.

Nous devons juste espérer que c'est la vérité et attendre l'appel téléphonique pour qu'il puisse revenir et reprendre là où il s'était arrêté. Même si je pense que nous savons tous les deux que même s'il était autorisé à revenir demain, sa saison est pratiquement terminée. Il prétend peut-être qu'il va bien, mais il vient d'être battu à mort et de se prendre une balle. Le dernier endroit où il devrait être en ce moment est sur le terrain, peu importe à quel point il en a envie.

« J'essaye, mais je dois être réaliste. J'ai besoin d'un plan B. »

« Nous allons trouver une solution, Kane. »

L'allée est vide lorsque nous nous arrêtons devant la maison mais nous savons déjà que Kyle nous attend. Kane lui a dit que tout irait bien, mais je pense qu'il avait besoin de voir ça de ses propres yeux.

La porte d'entrée s'ouvre à la seconde où j'arrête la voiture et Kyle sort en courant, en confirmant mes soupçons. Je comprends, je réagirais pareil si je savais que Zayn ou Harley venait de vivre ce que Kane a vécu.

« Comment va-t-il ? », Kyle demande à la seconde où je sors de la voiture.

« Il va bien, Kyle. Vraiment. Une semaine de repos et il sera comme neuf. »

« Je n'arrive pas à croire qu'il se soit fait tirer dessus, » dit-il, en frottant sa main sur son visage, un froncement de sourcils faisant se rider son front alors qu'il regarde dans le vide.

« Tout est ma faute, » marmonne-t-il. « Si je ne m'étais pas fait prendre cette nuit-là. »

« Non, Kyle. Ce n'est pas ta faute. Kane était déjà mêlé aux affaires de Victor bien avant cette nuit-là. »

« Je sais mais tout ce qu'il a fait depuis, c'était à cause de moi. »

« Il t'aime, Ky. Il ferait littéralement n'importe quoi pour toi. »

« Je sais, » dit-il, en enfonçant sa main dans ses cheveux et en tirant sur les longueurs, le mouvement ressemble tellement à celui de son grand frère que ça me déchire le cœur malgré le regard curieux de Kane que je sens brûler dans mon dos.

Il est plus que capable de sortir lui-même de la voiture, donc le fait qu'il n'ait pas encore bougé signifie qu'il doit penser que Kyle a besoin de ce moment avec moi et qu'il nous donne le temps dont il a besoin.

« C'est fini maintenant. Ils sont parvenus à un accord et Kane est libre. »

« C'est bien. C'est tellement bien. Mais, et maintenant ? »

« Une étape à la fois, hein ? » Je tends la main et serre son épaule en signe de soutien. « Vous faites tous les deux partie de la famille maintenant, et nous nous occupons des nôtres. Tout ira bien. Tu dois juste te concentrer sur l'obtention de ton diplôme et sur ce que tu veux faire l'année prochaine. »

« Maddison, » dit-il du tac au tac. Je souris et hoche la tête, je ne peux pas dire que je suis surprise.

« Bon, eh bien concentrons-nous sur le fait de vous y amener tous les deux alors, d'accord ? »

Il hoche la tête.

« Allez, faisons sortir notre handicapé. Il adore qu'on soit aux petits soins pour lui. »

« Vraiment ? », demande Kyle en plissant le nez.

« Non, putain, il déteste ça. C'est amusant. Monsieur *J'ai Toujours Le Contrôle* a vraiment perdu le contrôle. »

« Chouette. Amusons-nous alors. »

J'attrape les sacs de Kane dans le coffre pendant que Kyle l'aide à sortir de la voiture et le conduit vers la maison, à son grand mécontentement si les plaintes que j'entends veulent dire quelque chose.

Mon coffre est plein à craquer, non seulement les Harris ont rapporté ma voiture, mais ils ont aussi vidé la chambre de Kane. Il n'a pas paru surpris quand Devin lui a dit ce qu'ils avaient fait. Il savait qu'il allait devoir déménager. Vivre dans cette maison signifiait qu'il était encore lié à Victor et ce n'était pas une option. S'éloigner voulait dire s'éloigner de tout.

Il a fait bonne figure et leur a souri à tous comme si de rien n'était, mais je pouvais voir qu'au fond de lui ça lui faisait mal que ses amis de toujours le fassent sortir de leur vie si facilement.

Avec tout ce poids, je marche péniblement jusqu'à la maison et je jette le tout dans l'entrée.

« Café ? » Kyle me demande depuis sa place dans la cuisine.

« S'il te plaît. Avec du lait et un sucre. » Il hoche la tête et se met à le préparer.

En laissant les sacs où ils sont, je me dirige vers Kane qui est assis sur le bord du canapé, la tête dans les mains.

« Hé, tout va bien ? As-tu besoin de plus de comprimés ? »

« Non ça va. » Il me regarde et je ne peux m'empêcher de haleter en voyant la noirceur dans ses yeux. « Qu'est-ce qui ne va pas ? »

« Je... » Il passe ses mains dans ses cheveux. « J-je juste... » Il regarde derrière moi pendant un instant avant de se lever. « Je vais m'allonger. J'ai juste besoin de... » Il s'interrompt une fois de plus avant de disparaître dans le couloir jusqu'à sa chambre. Le bruit de la porte qui se ferme résonne dans toute la maison et je soupire de confusion.

Tout se passait bien. Super bien, même. Qu'est-ce qui vient de se passer ?

« OK, je ne fais pas le sien, alors, » marmonne Kyle depuis la machine à café.

« Je ne... merde. Je pensais qu'il allait bien, » j'admets, en me jetant de nouveau sur le canapé.

« Il va bien, Let, » dit Kyle en posant ma tasse sur la table basse et en s'asseyant sur la chaise en face de moi.

« Il veut aider tout le monde, tout arranger. Garder le

contrôle comme tu le disais tout à l'heure, et il ne l'a plus. Il n'a pas de travail, pas d'université, rien pour le moment. Il panique. »

Je regarde Kyle tandis que ses mots résonnent en moi.

« Ouais, tu as raison. Putain, je déteste ça. J'aimerais pouvoir arranger ça et le ramener à l'université. »

« Ça va arriver. »

« Je l'espère, » dis-je, en me penchant pour prendre mon café. Il est trop chaud pour le boire, alors je serre simplement la tasse et souffle dessus.

« Je reste chez ta mère avec Har pour que vous puissiez avoir un peu d'espace. »

« Non, Ky. Tu n'as pas besoin de déménager à cause de moi. »

« Je sais, mais je pense que vous devriez passer du temps seuls tous les deux pendant sa guérison. Ça ne me dérange pas. Ta mère est géniale. »

Je lui souris, à la fois heureuse qu'ils s'entendent si bien et triste pour lui qu'il ait perdu ses parents si jeune.

« Venez dîner bientôt, OK ? Je n'ai pas cours cette semaine et je pourrai cuisiner quelque chose. »

« Bien sûr. Nous te dirons quand. Les choses sont un peu dingues pour nous deux avec le foot et le cheerleading. »

« Raison de plus pour profiter d'un bon repas. »

« J'ai déjà hâte. »

Nous discutons de Rosewood et de la vie lycéenne pendant que Kane se repose ou boude, je ne sais pas lequel des deux, avant que Kyle ne parte pour aller chez Maman.

Je le prends dans mes bras avant qu'il ne s'en aille, en

ayant l'impression qu'après tout ce qui s'est passé avec Kane, il en a besoin.

« A bientôt, hein ? » dit-il un peu maladroitement après avoir accepté mon étreinte pendant quelques secondes.

« Ça marche. »

Je lui fais un signe d'au revoir avant de retourner dans la maison pour trouver Kane qui m'observe depuis la porte de sa chambre.

« Tu utilises ton charme Hunter sur Kyle maintenant, hein ? » demande-t-il avec un sourire narquois.

« Eh bien, nous savons tous les deux que vous avez une faiblesse quand il s'agit de nous. »

« Cela, Scarlett Hunter, est très, très vrai. »

« Est-ce que ça va ? », je lui demande avec hésitation.

« Ouais, ça ira. » Il s'avance vers moi et me prend la main. Ensemble, nous nous laissons tomber sur le canapé. « Le simple fait d'être de retour ici, cela me rappelle toutes les choses que je ne sais pas comment gérer. Payer le loyer de la maison, trouver un travail, la fac. Je déteste être dans l'incertitude à propos de tout. »

« Un problème à la fois, » lui dis-je. « Combien d'argent as-tu et pendant combien de temps peux-tu vraiment garder cet endroit ? »

« Probablement quelques mois, mais après je n'aurai plus rien. »

« D'accord, nous devons donc examiner le sujet du logement. Kyle vient de me dire qu'il veut aller à l'université l'année prochaine, donc cet endroit ne sera bientôt plus nécessaire. Peut-être qu'il pourrait vivre avec Maman et Harley pendant quelques mois avant qu'ils ne commencent l'université. Nous pourrions avoir notre logement près de MKU, que tu sois à l'université ou non, je peux trouver un travail pour aider à payer. »

Il me regarde avec une expression ininterprétable.

« Quant à l'université et au travail, nous devons simplement attendre et voir ce qui va se passer. As-tu eu des nouvelles ? »

Il secoue la tête. « Je vais appeler Maman pour qu'elle me mette au courant. »

Il tend la main, enroule son bras autour de ma taille et me fait glisser plus près de lui. « Je t'aime. Scarlett Hunter. »

« Hmmm, » je marmonne dans son baiser. Je ne sais pas s'il me donne une chance d'éviter d'avoir à le dire ou s'il est réellement terrifié de l'entendre là tout de suite.

« Q ui est-ce ? » Kane grogne le soir suivant quand nous sommes recroquevillés sur le canapé en train de regarder un film à l'eau de rose qu'il a mis, apparemment pour me faire plaisir. Pour être honnête, je pense que c'était juste un prétexte pour me peloter sur le canapé parce qu'aucun de nous ne fait vraiment attention à la télé.

« Aucune idée. Harley a dit qu'ils étaient occupés ce soir. »

En m'extirpant de Kane, je défroisse mes vêtements et me dirige vers la porte d'entrée.

« Oh mon Dieu, » je halète lorsque j'ouvre la porte et

que je trouve nos deux visiteurs qui attendent avec impatience de l'autre côté.

« Tu es toujours en vie, » couine Ella, en entrant et en enroulant ses bras autour de moi.

« El, on a parlé hier. »

« Je sais, je sais. Alors, comment va le patient ? », demande-t-elle en s'invitant à l'intérieur. « Ouah Legend. Je dois être honnête, je t'ai déjà vu en meilleure forme. »

« Merci. Euh... qui t'a laissée entrer ? » Je secoue la tête avant de me retourner vers notre autre invité, plus calme.

« Lee, » dis-je avec un sourire avant de sauter dans ses bras.

« Hé, Cupcake. Comment ça va ? »

« Euh... bien. Ouais. »

« Tu es sûre ? »

« Ouais. J'ai passé quelques jours bizarres. Qu'est-ce que tu fais ici ? »

« Tu nous as manqué. Je pensais venir te voir. En plus, nous avons apporté des cupcakes, » dit-il en soulevant le sac que je n'avais pas vu à ses pieds.

« Eh bien, maintenant que tu dis ça, entre. »

Ella est toujours en train de parler à Kane quand je ferme la porte derrière Leon.

« Tu viens m'aider à faire du café ? », je demande après qu'il a été choqué par l'état du visage de Kane.

« Il ne s'est pas simplement fait tabasser, n'est-ce pas ? » Leon me chuchote une fois que j'ai posé le sac de cupcakes à côté.

J'expire lentement et relève mes yeux du comptoir pour rencontrer les siens.

« Moins tu en sais, mieux c'est. »

« Ouais, c'est bien ce que je pensais. Qu'est-ce qui se passe avec la fac ? Il revient, n'est-ce pas ? Nous avons besoin de lui. »

« Honnêtement, je n'en ai aucune idée pour le moment. Nous faisons en sorte qu'on lui redonne sa bourse, mais qui sait si cela arrivera. Mais même si c'est le cas, il ne jouera pas de sitôt. Il s'est fait tirer dessus, Lee. »

Les yeux de Leon lui sortent presque de la tête en entendant ma confession.

« Dans l'épaule, tir net. Mais quand même. Cela va prendre du temps avant qu'il ne soit prêt pour revenir sur le terrain. »

« Putain de merde, Let. »

« Je sais ce que tu penses, mais sérieusement, Lee. Tout cela fait autant partie de ma vie que de la sienne. »

« Ton ancienne vie, » souligne-t-il.

« Seulement parce que Maman nous a miraculeusement éloignés de là. Si elle ne l'avait pas fait... » Un frisson me parcourt l'échine. « Nous avons eu une seconde chance, Lee. Il est temps que Kane en ait une aussi. »

« Je ne dis pas le contraire, Let. Je suis totalement d'accord. J'aimerais juste pouvoir aider. »

« Je pense que nous avons fait tout ce qui était en notre pouvoir, nous devons juste attendre que les décisions soient prises. Comment va Luc ? »

« À part être un enfoiré déprimé, tu veux dire ? »

« Rien de neuf, donc ? », je plaisante mais ça tombe à plat parce que nous savons tous les deux que Luca est généralement tout sauf déprimé.

« Il ira bien. Nous avons un match difficile à l'extérieur samedi, Papa est sur son dos... »

« Je suis avec Kane, » j'ajoute.

« Ouais, ça aussi. Ça va s'arranger. Si vous étiez faits pour être ensemble, alors vous seriez ensemble depuis longtemps. Il a juste besoin de s'accrocher à quelque chose de familier en ce moment alors que tout part en vrille. »

« Je comprends qu'il soit en colère contre moi, et les trucs avec votre père mais— »

« Papa veut qu'il soit recruté plus tôt. »

« Oh. Il ne veut pas ? »

« Non, il veut terminer l'université et obtenir son diplôme d'abord. Il veut peut-être la même carrière que notre père, mais il ne veut pas seulement se focaliser sur le foot et faire les mêmes erreurs que Papa. »

« C'est compréhensible. »

« Il va arranger ça. En plus, si cette saison tourne mal sans notre receveur vedette, le recrutement ne sera pas vraiment une option. »

« La saison vient à peine de commencer, je suis contente de constater que tu vois les choses de manière optimiste, » je marmonne en glissant une tasse sous la machine à café et en appuyant sur le bouton pour l'allumer.

« Cette saison a quelque chose d'étrange, et c'est pire sans lui. »

« Ne lui dis pas ça, il se prend déjà suffisamment la tête en ce moment, » je dis à Lee.

« C'est bon. Tout ce que nous pouvons faire, c'est faire de notre mieux, n'est-ce pas ? »

« Bien sûr. Tiens. » Je lui passe son café avant de m'attaquer aux autres.

Nous rejoignons enfin Kane et Ella, pour le plus grand plaisir de Kane car Ella lui parle toujours comme s'ils étaient des meilleurs amis qui ne s'étaient pas vus depuis longtemps.

« Merci, » me murmure-t-il lorsque je lui passe son café, même si je ne pense pas une seconde que c'est de café dont il a désespérément besoin.

« Donc, Ella t'a raconté tout ce que tu as manqué, alors. »

« Bien sûr, » dit Ella avec un grand sourire. « Le dortoir n'est pas le même sans toi, Let. Quand est-ce que tu rentres ? »

Je regarde Ella et Kane tour à tour et déglutis nerveusement.

« E-en fait— »

« Tu ne reviens pas, n'est-ce pas ? »

Je secoue la tête tristement, parce que je suis triste. J'aime notre dortoir et mes colocs, mais ce n'est pas ma place. « Je suis désolée, El. Je vais rester ici avec Kane et faire la navette pour le moment pendant que nous cherchons un endroit où vivre tous les deux. »

Elle me sourit et même si son sourire n'atteint pas ses yeux, je sais qu'elle comprend.

« D'accord. Tu vas nous manquer. »

« Vous me manquerez aussi. Vous étiez tous tout ce dont je n'avais pas conscience d'avoir besoin au début du semestre. »

« Je serai de retour en cours la semaine prochaine et

nous pourrons nous voir, et une fois que nous aurons un endroit plus proche, nous pourrons faire la fête. »

« Carrément, oui, » dit-elle en levant sa tasse comme si c'était une boisson alcoolisée. « Et maintenant, vous êtes tous les deux officiellement ensemble, donc tu »— elle fixe Kane du regard —« n'auras plus à l'éloigner de ses amis pour lui faire subir des trucs pervers. »

« Ella, » je préviens alors qu'un sourire narquois apparaît sur le visage de Leon.

« Quoi ? Nous le pensons tous, » marmonne-t-elle, en soulevant sa tasse pour prendre une gorgée.

« Alors, comment se fait-il que vous soyez ici tous les deux ? » Je pose la question qui me taraude depuis que j'ai ouvert la porte.

« Oh, je suis tombé sur lui dans la bibliothèque après le cours de psycho, je lui ai demandé s'il t'avait parlé, une chose en a entraîné une autre, et nous voilà. »

« Vous voilà, » marmonne Kane pour lui-même, mais pas assez doucement si le petit grognement de Leon signifie quelque chose.

Ils finissent par rester quelques heures. Nous commandons des plats à emporter pour nous quatre et une fois que nous avons mangé, ils repartent à Maddison.

« Ils forment un joli couple, tu ne trouves pas ? », je demande à Kane pendant que je nettoie la cuisine.

« Non, ils ne sont pas amoureux l'un de l'autre. »

« Tu penses ? »

« Ouais, je veux dire, Ella a des étoiles dans les yeux. C'est une coureuse d'athlètes— »

« Hé, » je siffle, en ressentant le besoin de défendre mon amie.

« J'allais dire seulement une plus classe, plus subtile. Ce n'est pas une Clara. »

« Euh, je la déteste. »

« Je savais que tu étais jalouse, Princesse. »

« Ouais, eh bien… elle veut ce qui est à moi. »

Sa chaleur se répand dans mon dos alors qu'il s'approche de moi au niveau du l'évier et qu'il enroule ses bras autour de ma taille.

« J'adore quand tu deviens possessive. »

« Tu devras peut-être t'y habituer quand tu reviendras et que toutes les coureuses d'athlètes penseront qu'elles pourront profiter de toi. »

« Personne d'autre que toi ne profite de moi, Princesse. »

« Kane, » je préviens quand il presse sa bite contre mes fesses. « Pas tant que tu n'iras pas mieux. »

« Je vais bien, Let, » ment-il. « Ça ne fait presque plus mal. »

« Bien sûr. » Je me tourne dans ses bras et le regarde dans les yeux. « Ça fait deux jours que tu t'es fait tirer dessus, Kane. Pas moyen. »

Il baisse la tête et dépose des baisers dans mon cou. « Tu peux tout faire. Je ne lèverai pas le petit doigt. »

« Pas un seul doigt ? », je lui demande en haussant un sourcil.

« Je le promets. » Il aspire la peau sensible de mon cou et mordille doucement. « Allez, bébé. Je sais que tu le veux autant que moi. Je sais que tu es mouillée pour moi en ce moment. »

Je halète alors qu'il effleure un de mes tétons avec son pouce, en envoyant une vague de chaleur dans tout mon corps qui finit par s'installer dans mon entrejambe.

« Si ça fait mal, tu me le dis et on arrête, » je lui dis fermement.

« Oui, bien sûr, » il plaisante.

« Je suis carrément sérieuse, Kane. Tu es censé te reposer. »

« Oh, je vais me reposer, juste en te regardant rebondir sur ma bite. »

« Putain de merde, tu es insupportable. »

« Ouais, et je suis tout à toi. » Il passe ses doigts dans les miens et me tire vers sa chambre. « Nous devons nous mettre au travail, nous devons avoir baisé sur toutes les surfaces de cette maison au moins une fois avant de déménager. »

« Kane, » je le gronde.

« Quoi ? Je parie que Kyle et Harley ont fait exactement la même chose pendant que nous étions à Maddison. »

« Ne... non. C'est de ma petite sœur dont tu parles. »

« Oui, et de mon petit frère, » déclare-t-il fièrement.

« Oh, s'il te plaît. »

Dès que nous sommes dans sa chambre, il se retourne contre moi et me plaque contre le mur mais avant que je puisse argumenter, il claque ses lèvres sur les miennes et passe ma jambe autour de sa taille avec son bon bras, en faisant en sorte que sa bite dure effleure mon entrejambe.

« Kane, » je gémis.

« Déshabille-toi. Maintenant. »

Il fait un grand pas en arrière, en me laissant frustrée de désir qu'il me touche alors qu'il dézippe son sweat à capuche et le jette à travers la pièce avant de laisser tomber son pantalon de jogging et de s'allonger sur le lit, sa bite dure à la main en soutenant mon regard.

« Je suis prêt pour toi, Princesse. Fais ce que tu veux de moi. »

Incapable de résister, je me débarrasse de mes vêtements en un clin d'œil et grimpe sur le lit, en enjambant immédiatement ses hanches pour que sa bite taquine ma chair sensible.

« Voilà, c'est bien ce dont je parlais, » gémit-il alors que je glisse lentement sur lui.

Chacun de mes mouvements est lent et réfléchi, en faisant attention à ne pas lui faire mal. Il tient presque sa promesse d'abandonner le contrôle et ce n'est qu'à la toute fin qu'il saisit mes hanches avec assez de force pour laisser des bleus, et qu'il s'enfonce en moi sans retenue alors que son orgasme le saisit.

Dès l'instant où nous avons terminé, je me mets contre lui et tire les couvertures sur nous.

« Je t'aime, Princesse, » murmure-t-il à mon oreille.

Je t'aime aussi, dis-je dans ma tête, en attendant toujours le bon moment pour prononcer les mots à haute voix.

CHAPITRE VINGT-QUATRE

Letty

Comme prévu, j'ai repris les cours lundi. J'avais secrètement espéré que Maman aurait tout réglé, que Kane aurait récupéré sa bourse et que nous aurions pu repartir ensemble. Mais ce n'est pas comme ça que ça s'est passé.

Maman semble penser que les choses évoluent dans le bon sens et qu'il faut juste être patient pour que tout soit examiné. Kane est venu à Maddison avec moi hier pour rencontrer un responsable des finances ainsi que la direction et l'entraîneur. Ils ont parlé comme si tout allait bien se passer, en disant qu'il y avait des options pour lui, mais nous n'avons pas encore obtenu de réponse. Avec chaque jour qui passe, je peux voir que ça lui pèse. À ce stade, il veut juste obtenir une réponse quelle qu'elle soit pour pouvoir commencer à planifier la suite. Le flou le tue à petit feu.

J'espérais rentrer tôt après mon cours de socio ce matin mais je suis toujours tellement en retard sur certains de mes devoirs que j'ai dit à Kane que j'allais passer l'après-midi à la bibliothèque pour tenter de rattraper ce retard en sachant qu'il est le spécialiste pour me distraire quand je suis à la maison.

Je me retrouve à une table avec Brax et West et nous travaillons en silence. Je les sens me regarder de temps en temps. Je sais que tout le monde a des questions à me poser sur cette situation avec Kane et il devient de plus en plus difficile de les éluder avec des demi-vérités, mais c'est comme ça. Personne d'autre ne peut être impliqué dans ce truc avec Victor.

La seule bonne chose dans tout cela est que, fidèle à sa parole, il est resté loin de Kane. Son portable est resté silencieux et les seuls Harris à être entrés en contact ont été les frères.

« Tu es sûre que tu ne viens pas à la fête ce soir, tu nous manques, » dit Brax, en faisant une tête de chiot abandonné.

« Vous me manquez aussi les gars, et je reviendrai pour faire la fête, je vous le promets. »

Il souffle.

« Ne fais pas ça, tu me fais culpabiliser. »

« Alors tu viendras ? », demande-t-il, les yeux brillants.

« Lâche-la, mec, » dit West en lui frappant l'épaule. « Elle a déjà dit qu'elle avait des projets avec Kane. Arrête un peu. Elle a dit qu'elle reviendrait et elle le fera. »

Je lui souris, reconnaissante de sa contribution alors

que des papillons commencent à virevolter dans mon ventre alors que je me demande ce que Kane nous réserve ce soir.

J'avais un message de lui sur mon portable quand j'ai fini les cours, en me demandant de lui promettre de ne pas être en retard car il avait des projets.

Dès que j'ai suffisamment avancé, je range mes affaires et dis au revoir aux gars, impatiente de retrouver Kane qui a été seul toute la journée. Brax essaie encore une fois de me convaincre de revenir ce soir, mais je refuse une fois de plus.

Après une courte étreinte à chacun d'eux, je sors de la bibliothèque et me dirige vers ma voiture presque en sautant d'excitation.

Je mets Billie Eilish à fond durant le court trajet de retour à Rosewood. J'ai l'impression que le trajet a pris plus de temps qu'il n'a pris toute la semaine, mais l'excitation et l'impatience de ce que cette soirée pourrait me réserver prennent le dessus.

Au moment où je m'arrête dans la rue devant la maison de Kane, mes mains tremblent avec mon excitation à peine contenue.

Je regarde la maison un instant, en me demandant pourquoi tous les rideaux sont fermés. Il est là, sa voiture est garée dans l'allée.

Mon cœur bat la chamade alors que j'envisage la possibilité que Victor ou ses hommes de main soient là, mais je remarque alors que le rideau bouge et le visage de Kane apparaît brièvement à la fenêtre.

Je lui ai envoyé un message sur le chemin du retour

pour qu'il sache quand j'arriverai, et il semble qu'il soit aussi impatient que moi.

Rapidement, j'attrape mon sac à main et saute de la voiture, sur le point de courir vers la maison.

Je tourne la poignée de la porte à la seconde où je l'atteins mais je la trouve verrouillée.

Qu'est-ce que c'est que ce bordel ?

Je serre le poing et je frappe à la porte, plus confuse que jamais.

Des pas se dirigent vers moi avant que la porte ne s'ouvre et que Kane ne se dresse devant moi.

Il a meilleure mine que jamais depuis son calvaire avec Victor. Ses cheveux sont fraîchement lavés et coiffés d'une façon que je n'ai pas vue depuis ce fameux jour et il porte autre chose qu'un sweat à capuche et un pantalon de jogging. Il porte une chemise élégante et un pantalon cargo, pour être exacte.

« Ouah, on a un rendez-vous torride ce soir, M. Legend ? »

« Oui, j'attends juste ma copine. »

Je regarde par-dessus mon épaule comme si je cherchais quelqu'un. « Oh, dois-je partir ? », je demande avec un sourire narquois.

« Aucune putain de chance. » Il tend la main, ses doigts chauds s'enroulent autour de mon avant-bras et je suis tirée contre son torse. « Je t'ai attendue toute la journée, tu n'iras nulle part, Princesse. »

Je n'ai pas l'occasion de regarder dans la maison pour voir ce qu'il a fait, à la place, il me distrait avec un baiser qui fait fléchir mes genoux et qui me fait frissonner jusqu'aux orteils.

« Tu m'as manqué, bébé, » murmure-t-il contre mes lèvres.

« Tu m'as manqué aussi. »

« Es-tu prête pour ton rendez-vous ? »

« Oui. »

« Bien. »

« Qu'est-ce que tu fabriques ? », je demande quand il me fait tourner et pose sa main sur mes yeux.

« C'est une surprise. »

« OK, » je soupire, en le laissant me guider dans la maison.

Il me prend mon sac et le pose quelque part avant de presser son corps contre mon dos.

« Prête ? », demande-t-il, et je hoche la tête contre lui.

Il retire lentement ses mains et je cligne des yeux plusieurs fois pour éclaircir ma vision.

« Oh ouah, » je dis dans un souffle, en regardant autour de moi toutes les bougies scintillantes et les guirlandes lumineuses qui sont accrochées partout. La table est dressée pour deux et il y a une bouteille de champagne dans un seau au centre. « Kane, c'est incroyable, » dis-je, en me retournant vers lui et en souriant quand je vois dans ses yeux une vulnérabilité que personne en dehors de cette maison n'a jamais vue.

« Ça te plaît ? »

« Quoi ? Comment peux-tu me demander ça ? C'est incroyable. »

« Je voulais te remercier, mais je ne savais pas comment m'y prendre. »

« C'est parfait. Et tu n'as pas à me remercier. »

« Letty, » soupire-t-il. « Je dois te remercier pour tout. »

Je le regarde avec des larmes qui me brûlent le fond des yeux.

« Et puis, nous avons quelque chose à célébrer. »

« Oh ? » Mon cœur tonne contre ma poitrine en pensant qu'il est peut-être sur le point de me donner de bonnes nouvelles en ce qui concerne l'université.

Il sort son portable de sa poche et tape sur l'écran pendant une seconde avant de le retourner.

Mes yeux survolent l'écran, en ne lisant pas vraiment ce qu'il y a devant moi mais en enregistrant suffisamment de mots pour comprendre ce que je regarde.

« Tu reviens ! », je couine. « Tu reviens, » je répète, incapable de croire ce que je lis. « Oh mon Dieu, » je crie, en jetant mes bras autour de ses épaules, je le serre fort, les larmes qui brûlaient mes yeux coulent abondamment sur mes joues.

Avec ses bras autour de moi, il glisse sa tête dans le creux de mon cou, sa respiration tremblant sous l'émotion.

Quand il me lâche enfin et que je peux le regarder dans les yeux, la vue de ses larmes contenues me déchire le cœur.

« Kane, » je soupire, en prenant ses joues dans mes mains. « Je t'aime. Je t'aime tellement putain. »

Un gémissement gronde du fond de sa gorge alors qu'il reçoit mes paroles.

« Putain, » dit-il d'une voix grave et rauque. « Je crevais d'envie de t'entendre dire ces mots mais maintenant tu que tu les as dits... putain, Letty. Je ne... je ne peux pas... merde. » Une de ses larmes finit par couler et je l'attrape avec mon pouce. « Je t'aime tellement et je te promets de passer le reste de ma vie à me faire pardonner le passé et à te prouver à quel point tu comptes pour moi. »

« Je sais, Kane. Tu n'as rien à prouver. »

« Putain, » dit-il, en enroulant sa main autour de mon cou, l'endroit qu'il aime, et en inclinant ma tête dans la position parfaite pour pouvoir attraper mes lèvres.

Son baiser est doux au début, doux et plein d'émotion mais en quelques minutes seulement, il devient passionné.

« J'ai envie de toi, bébé. J'ai attendu assez longtemps. Je ne peux pas attendre une seconde de plus. »

« OK, » je soupire contre ses lèvres et il commence immédiatement à me faire reculer vers la chambre.

« Ça y est, Letty. C'est ici que nos vies commencent. »

ÉPILOGUE

Letty
Dix semaines plus tard

Kane et moi sommes retournés ensemble à MKU le lundi matin suivant et nous sommes entrés dans notre cours de littérature américaine presque comme si de rien n'était.

Tous les regards se sont tournés vers Kane, non seulement à cause de sa disparition soudaine, mais aussi à cause des bleus qui persistaient encore sur son visage. Tout était presque revenu à la normale mais il gardait une faiblesse évidente sur son côté gauche sur laquelle il allait vraiment devoir travailler dans les semaines et les mois à venir.

Il a eu une réunion avec le médecin de l'équipe puis avec l'entraîneur cet après-midi-là pour découvrir que, bien qu'il soit officiellement de retour dans l'équipe, il serait mis sur la touche pendant au moins quatre semaines le temps de récupérer et de reprendre ses forces.

Kane étant Kane, il était déterminé à leur montrer qu'il serait prêt bien avant quatre semaines, mais l'entraîneur a tenu bon et il n'a pas été autorisé à revenir sur le terrain avant l'avant-dernier match de la saison, et malheureusement, à ce moment-là, la saison était terminée pour les Panthers. Avec l'absence de Kane et le moral de Luca qui continuait de décliner, ils ont fini par perdre plus de matchs qu'ils n'en ont gagnés.

À chaque match qu'ils ont joué, la déception et la tension de chaque joueur étaient palpables. Mais j'imagine que c'est comme ça que ça marche, ce n'est pas parce qu'ils ont tout réussi l'année dernière, qu'ils seront capables de le refaire cette année.

Leur manque de succès a aidé à sceller le destin de Luca qui va pouvoir terminer ses études avant de se faire recruter, au grand dam de son père, j'en suis sûre. Je ne lui en ai pas parlé, mais je sais par Leon qu'il est content de faire ce qu'il a envie de faire, au moins concernant un aspect de sa vie.

Luca et moi avons parlé brièvement. Mais avec son attention focalisée sur sa saison épuisante, il n'a pas vraiment fait d'efforts pour arranger les choses entre nous, mais au fil des semaines, j'ai remarqué qu'il m'accordait plus d'attention en cours et je ne peux m'empêcher de me demander si le moment, où nous pourrons redevenir amis et qu'il pourra accepter ce que Kane représente pour moi, viendra bientôt.

« OK, qu'en penses-tu ? », je demande, en me

tournant pour le regarder assis sur le canapé avec une expression amusée sur le visage. « Quoi ? », je boude.

Il rit, en se levant du canapé et en s'approchant de moi.

Nous avons emménagé dans notre nouvel appartement il y a deux semaines. Nous avons chargé nos deux voitures avec autant de choses que nous pouvions y rentrer et nous avons déménagé environ trente minutes après avoir eu les clés entre nos mains. Nous n'avions pas de meubles mais nous nous en fichions. C'était officiellement notre premier appartement ensemble et nous ne voulions pas perdre de temps pour nous installer.

Kyle et Harley ont passé quelques semaines ensemble dans la maison de Rosewood avant de rendre les clés et d'emménager avec Maman. Ils ne se sont pas plaints une seule fois et je sais que c'est parce qu'ils comprennent, mais en même temps, je ne peux qu'imaginer à quel point ils sont frustrés de perdre leur petit confort à deux après des semaines passées ensemble. Mais ils n'ont que quelques mois à vivre là-bas avant d'aller à l'université, j'espère ici, si leurs plans fonctionnent.

« C'est le réveillon de Noël, » dit-il avec un sourire.

« Je sais, et donc— » Je fais un geste vers notre petit arbre que je viens de finir de décorer.

« Demain matin, la première chose que nous ferons est d'aller chez ta mère. »

« Je sais, mais je voulais que notre premier Noël ensemble soit spécial, » dis-je, en arrachant mes yeux de ceux amusés de Kane qui regarde notre arbre scintillant.

La vérité est que je n'avais pas vraiment besoin de dépenser de l'argent pour un arbre ou des décorations mais nous n'allons passer qu'une nuit chez Maman et passer le reste de la période de Noël ici à cause de mon nouveau travail dans un café pas loin du campus. Je travaille autant d'heures que possible, en voulant apporter une contribution financière pour ne pas dépendre uniquement des économies et de la bourse de Kane.

« Ça sera spécial, bébé. Nous serons ensemble. » Sa main s'enroule autour de mon cou et il effleure mes lèvres avec les siennes.

Tout mon corps s'affaisse contre lui.

« Attends ici, » m'ordonne-t-il, en reculant et en s'éloignant de moi.

« Mais— » Je boude.

« Ça en vaudra la peine, promis. » Il se précipite hors du salon et je me tiens maladroitement à côté de l'arbre en attendant de voir ce qu'il mijote.

Les choses entre nous au fil des ans ont peut-être parfois ressemblé à l'enfer, mais en ce moment, je n'ai jamais été aussi heureuse. Kane est... Kane est tout pour moi. L'homme que j'ai découvert caché sous toute cette colère et cette rancœur est tout simplement incroyable.

Il finit par commencer à vraiment accepter les deuils auxquels il a dû faire face dans sa vie et il parvient vraiment à aller de l'avant et à regarder vers l'avenir.

Victor est loin derrière nous, même si les frères Harris font toujours partie de nos vies, tout comme mes anciens colocataires.

En ce moment, nous vivons tous les deux nos meilleures vies et j'ai hâte de voir ce qui nous attend.

« Ouah, » dis-je, mes yeux écarquillés quand il entre

dans le salon avec une grande boîte emballée. « Qu'est-ce que c'est ? »

« Ton cadeau. »

« Kane, » je préviens. Nous nous étions mis d'accord pour ne pas s'offrir de cadeaux cette année mais de dépenser notre argent dans les choses qui nous manque toujours dans l'appartement.

Maman nous a aidés pour acheter des meubles essentiels, comme un lit, mais il y a encore tellement de choses dont nous avons besoin.

« Je sais, je sais. Je voulais attendre mais je n'ai pas pu. »

« Tu vas avoir de sérieux ennuis. » La vérité, c'est que je lui ai aussi acheté quelque chose, même si c'est petit et plus un truc sentimental qu'autre chose, mais quand même. Je veux être la seule à enfreindre mes propres règles, il n'était pas censé le faire.

« Viens t'asseoir, » dit-il en posant la boîte sur la table basse.

« OK. » Je me précipite, plus que prête à découvrir ce qu'il m'a offert.

Je déchire le papier comme quelqu'un de possédé et retire le couvercle de la boîte.

« Hein ? », je fais quand je trouve une autre boîte emballée.

Kane rit mais m'exhorte à continuer.

J'ouvre cette boîte, puis j'en trouve une autre, et une autre, et une autre.

« À quel point ce cadeau est petit ? », je demande, en ouvrant encore une autre boîte.

« Très petit. Je voulais t'impressionner avec la taille. » Il remue les sourcils.

« Je n'ai rien à redire sur la taille de quoi que ce soit, Legend. »

« C'est bon à savoir, » marmonne-t-il avant que son souffle ne se coupe alors que j'ouvre ce que je ne peux que supposer être la dernière boîte.

Je retire l'emballage pour trouver une petite boîte à bijoux en velours noir.

Mon cœur tonne et mes mains tremblent tandis que des idées sur ce qui pourrait être à l'intérieur de cette boîte remplissent mon esprit.

« Kane ? », je murmure quand il glisse du bord du canapé et tombe à genoux. « Oh mon Dieu, » je soupire, ma main recouvrant ma bouche alors qu'il me prend la boîte des mains et l'ouvre.

La bague me fait presque sortir les yeux de la tête, elle est originale et magnifique et tout, mais je ne peux pas garder mon regard dessus parce que je dois regarder Kane.

Ses yeux brillent alors qu'il me fixe.

« Letty, je sais que ça ne fait pas longtemps. Mais quand tu sais, tu sais, n'est-ce pas ? Je suis presque sûr que je suis tombé amoureux de toi quand nous avions huit ans, je n'avais juste aucune idée de ce que cela signifiait ou de comment gérer cela. Tu me terrifiais, tu m'excitais, tu me captivais.

Notre histoire est un peu glauque sous certains angles, mais je t'ai déjà dit que je voulais passer chaque jour du reste de ma vie à me rattraper. C'est ma promesse, Letty. Ma vraie promesse.

Veux-tu, Scarlett Jada Hunter, rester à mes côtés pour le reste de nos vies, me tenir la main lorsque les choses seront difficiles et promettre de me baiser comme une pute à chaque occasion— »

Je glousse alors qu'en même temps, je peine à retenir mes larmes.

« Est-ce que tu veux bien, un jour dans le futur, quand nous aurons complètement remis de l'ordre dans tout ça, m'épouser ? »

« Oui, Kane. Un million de fois oui. »

Je tombe à genoux devant lui, prends ses joues dans mes mains et l'embrasse comme si c'était notre dernier baiser.

Au moment où nous nous séparons, nous sommes tous les deux à bout de souffle et plus que prêts à sceller notre accord.

Il me regarde dans les yeux pendant un long moment, en me faisant me sentir nue alors qu'il regarde directement dans mon âme. Mais aussi effrayant que cela puisse être de savoir que nous avons trouvé cette connexion, c'est le sentiment le plus exaltant au monde.

Ses doigts effleurent les miens alors qu'il soulève ma main et arrache la bague de son coussin.

« Il m'a fallu beaucoup de temps pour trouver ça. Je ne voulais pas t'offrir quelque chose de normal, ça n'aurait tout simplement pas été nous. »

Je me moque de lui alors qu'il glisse la bague en or blanc à mon doigt mais vraiment, je ne pourrais pas être plus d'accord.

Le diamant noir taille Princesse est entouré de

diamants classiques qui scintillent dans les lumières du sapin de Noël.

« Kane, elle est parfaite. Je l'adore. » Je lève mes yeux vers les siens. « Mais pas autant que je t'aime. » Je passe mes bras autour de ses épaules et le serre fort.

Il m'accorde cinq minutes entières avant de me prendre dans ses bras, de me porter dans notre chambre et de me jeter sans cérémonie au centre du lit, en promettant de me montrer exactement à quoi pourrait ressembler une vie avec lui.

Je crie de bonheur alors qu'il saute sur moi et réclame ma bouche.

Le bonheur me traverse et pour la première fois de ma vie, j'ai l'impression d'avoir vraiment trouvé ma place.

Kane et moi ressemblions peut-être à une sorte de désastre imminent. Mais la réalité est que nous étions faits l'un pour l'autre.

Il avait raison il y a toutes ces semaines. Nous devions expérimenter le mal pour savoir à quel point cela pouvait être bon. Et je sais que je vais en apprécier chaque minute pour toutes les années à venir.

Parce que c'est comme ça.

J'ai officiellement été possédée, revendiquée et salie par une Legend.

Et je ne pouvais imaginer les choses autrement.

ÉPILOGUE BONUS

Luca

C'est la veille de Noël, je devrais être chez moi à Rosewood avec Maman et Lee. C'est là que j'ai dit que je serai. Pourtant, je suis toujours à Maddison dans un endroit qui s'appelle The Locker Room. Aucun rapport avec les vestiaires de la fac, c'est le bar exclusif des sportifs en ville.

C'est le seul endroit de cette ville où les hommes peuvent vraiment se cacher. Il existe une politique stricte réservée aux membres qui garantit que tous les paparazzis sont laissés dehors sur le trottoir pour que nous puissions tous noyer notre chagrin et nous adonner à nos fantasmes les plus fous sans caméra braquée sur nos visages.

Lee et moi avons eu vingt-et-un ans seulement il y a quelques semaines, mais nous venons tous les deux ici depuis des années, grâce à son propriétaire. Notre père.

Un goût amer emplit ma bouche en pensant à lui.

Nous n'avons pas parlé depuis que les Panthers n'ont

pas réussi à se qualifier pour les séries éliminatoires cette année.

Il est énervé, je comprends. Je suis fou de rage après le succès de l'année dernière. Cette saison, c'était comme si nous avions oublié comment tenir ce putain de ballon et, qui plus est, comment le lancer.

Je passe ma main sur mon visage et frotte mon menton mal rasé. Je ne me souviens pas de la dernière fois que je me suis rasé, je ne me souviens pas de la dernière fois où je ne me foutais pas de tout, pour être honnête. Tout s'effondre autour de moi et chaque chose que je fais ne semble que faire empirer les choses.

Je glisse sur le canapé en cuir sur lequel je suis assis et fais signe au barman pour avoir un autre verre et il me regarde avant que je n'avale ce qui reste du liquide ambré et que je ne fasse claquer le verre sur la table.

En reposant ma tête en arrière, je laisse l'alcool me réchauffer le ventre pendant que je regarde une serveuse se promener en ramassant des verres vides. Elle porte un short minuscule et un haut court qui montre la fine courbe de sa taille. Je regarde ses longues jambes au bout desquelles se trouvent des talons vertigineux.

Je me réajuste alors que ma bite commence à réagir à ses courbes quand je fais glisser à nouveau mes yeux de son cul jusqu'à ses doux cheveux roses.

Je surveille ses mouvements, en essayant de ne pas me faire d'idées concernant un membre du personnel qui travaille pour mon connard de père, pas qu'il ait une quelconque influence sur le personnel de son empire bien-aimé, cela dit.

Elle passe de table en table, en souriant et en flirtant

avec tous les hommes qui la regardent. C'est son travail, je comprends, mais malgré le fait que je n'ai pas vraiment vu son visage, je n'ai envie que de ses yeux sur moi.

Elle finit par retourner au bar et je regarde le barman glisser mon scotch vers elle et faire un signe de tête vers ma table.

En tenant le plateau sur son épaule, elle se retourne et marche vers moi.

Mon cœur bondit jusque dans ma gorge quand je fixe son visage et ses yeux argentés dont je me souviens si bien.

À la seconde où elle réalise à qui elle est sur le point de servir un verre, ses pas vacillent et son plateau glisse de sa main, en envoyant mon verre s'écraser sur le sol.

« L-Luca ? »

Je me relève un peu, je soutiens son regard un instant, et un sourire mauvais s'étire sur mes lèvres à cause de la peur que je vois dans ses yeux.

Je détache mon regard, et je passe mes yeux sur son corps, en la regardant de face. Ma bite gonfle davantage à mesure que les idées commencent à tourbillonner dans mon cerveau alimenté par le scotch.

« J-je dois y aller. » Elle recule d'un pas hésitant comme si elle n'était pas sûre que je la laisse partir.

« C'est ça, petite. Fuis, » je gronde.

Elle déglutit nerveusement tout en continuant à reculer.

« Peyton, » je l'interpelle quand elle est presque hors de portée. Tout son corps se fige. « Tu ne t'en sortiras pas cette fois. »

Elle est partie avant que je n'aie eu le temps de

cligner des yeux, en me laissant l'impression que cette soirée pourrait peut-être prendre une autre tournure.

Je regarde à nouveau le barman et lève deux doigts. Il semble que je vais traîner un moment ici parce que Peyton ne va pas partir d'ici seule.

Joyeux Noël, Luca. Ton nouveau jouet est arrivé.

L'histoire de Peyton et Luca continue dans 'La vengeance que tu convoites'

REMERCIEMENTS

Eh bien... ça y est. Je ne sais pas vraiment quoi dire maintenant, à part, ouah, cela a été vraiment une folle aventure.

Je planifie l'histoire de Kane depuis des mois, il fait partie de ma vie depuis longtemps, bien avant de commencer à apparaître à Rosewood dans Hunter et Fury. Je ne peux pas vous dire à quel point c'est bon de le libérer enfin.

J'ai vécu et respiré cette trilogie pendant longtemps et aujourd'hui, cela fait environ un mois que j'ai fini de l'écrire et, bon sang, ils me manquent.

Je suis peut-être à fond dans l'écriture de MKU #4, mais Kane Legend occupera toujours une place très spéciale dans mon cœur. Et ça me rend si heureuse de vous voir tous accepter ses côtés sombres et brisés, parce que, en dépit de tout ça, il est assez incroyable.

J'ai toujours prévu de passer de Rosewood High à MKU, c'était planifié quand j'ai mentionné pour la première fois l'Université Maddison Kings, mais je ne m'attendais pas à ce que d'autres mondes émergent et me donnent à ce point hâte d'en découvrir davantage. Par exemple, j'ai envie d'en connaître plus sur ce psychopathe de Reid Harris. J'espère que vous êtes partants aussi.

J'ai tellement de gens à remercier pour tout cela, et je

sais que si j'essaie de remercier tout le monde, je vais oublier quelqu'un. Mes lecteurs alpha, mes lecteurs bêta, Sam, mon incroyable assistante, Candi pour toute la promo, Eric pour les images de couverture démentes et qui m'aide à donner vie à cette série et à Armando pour ses incroyables clichés. À tous les blogueurs, les fans de livres sur Insta et TikTok qui m'ont aidée à partager et à publier des critiques.

Mais surtout, je tiens à vous remercier. Je ne pourrais pas le faire sans vous et cela signifie tellement pour moi que vous soyez allés si loin et que vous fassiez ce voyage avec moi. Alors merci. Merci de nous avoir donné une chance à moi et à mes personnages fous. JE VOUS AIME !!!!

Alors... maintenant vous savez qui sera le prochain. Je découvre déjà tellement de choses que je ne savais pas sur notre personnage principal, Luca Dunn, quarterback vedette, et je suis tellement excitée de vous livrer l'histoire de Luca et Peyton dans les mois à venir.

À la prochaine,
Tracy
xo

À PROPOS DE L'AUTEUR

Tracy Lorraine est une auteure à succès de romans
d'amour contemporain pour New Adults reconnue par
USA Today et Amazon.
Tracy vit dans un joli village des Cotswolds en Angleterre
avec son mari, sa fille et un adorable, épagneul springer
qui est un peu fou. Ayant toujours été une accro aux
livres avec la tête plongée dans son Kindle, Tracy a décidé
de s'essayer à écrire une histoire qu'elle avait revé et elle
n'a jamais regardé en arrière.

Soyez le premier à découvrir les nouveautés et les offres.
Inscrivez-vous à sa newsletter ici.

Si vous voulez savoir ce qu' elle fait et voir des teasers et
des extraits de ce sur quoi elle travaille, alors vous devez
être dans son groupe Facebook. Rejoignez Tracy's
Angels ici.

Restez à jour avec les livres de Tracy sur www.
tracylorraine.com

www.ingramcontent.com/pod-product-compliance
Lightning Source LLC
Chambersburg PA
CBHW030807200726
48285CB00015B/1578